AL FILO DE LA REVOLUCIÓN

JUAN PATRICIO RIVEROLL

AL FILO DE LA REVOLUCIÓN

mr

© 2021, Juan Patricio Riveroll

Publicada por acuerdo con VF Agencia Literaria

Diseño de portada: Planeta Arte & Diseño
Fotografía del autor: © José Miguel Reynosa

Derechos reservados

© 2021, Editorial Planeta Mexicana, S.A. de C.V.
Bajo el sello editorial PLANETA M.R.
Avenida Presidente Masarik núm. 111,
Piso 2, Polanco V Sección, Miguel Hidalgo
C.P. 11560, Ciudad de México
www.planetadelibros.com.mx

Primera edición en formato epub: julio de 2021
ISBN: 978-607-07-7574-1

Primera edición impresa en México: julio de 2021
ISBN: 978-607-07-7571-0

No se permite la reproducción total o parcial de este libro ni su incorporación a un sistema informático, ni su transmisión en cualquier forma o por cualquier medio, sea este electrónico, mecánico, por fotocopia, por grabación u otros métodos, sin el permiso previo y por escrito de los titulares del *copyright*.

La infracción de los derechos mencionados puede ser constitutiva de delito contra la propiedad intelectual (Arts. 229 y siguientes de la Ley Federal de Derechos de Autor y Arts. 424 y siguientes del Código Penal).

Si necesita fotocopiar o escanear algún fragmento de esta obra diríjase al CeMPro (Centro Mexicano de Protección y Fomento de los Derechos de Autor, http://www.cempro.org.mx).

Impreso en los talleres de Impregráfica Digital, S.A. de C.V.
Av. Coyoacán 100-D, Valle Norte, Benito Juárez
Ciudad De Mexico, C.P. 03103
Impreso en México – *Printed in Mexico*

A los futuros revolucionarios de cualquier país

Así, en este libro nos vemos de pronto retratados y convertidos en anécdotas. Nos vemos como personajes, como una abstracción que interpretamos independientemente de aquella realidad que vivimos en un momento determinado. Sin embargo, somos nosotros, aunque a través de otro temperamento.

Ernesto *Che* Guevara

1

De los hombres y mujeres que irían a cambiar el rumbo de la historia cubana, Alberto fue el primero en llegar a México, en un viaje no planeado por el que más bien se dejó llevar. Para ese momento había dejado de tener control sobre su vida, encauzado en una vía cuyo motivo central era la supervivencia: lo único que pudo hacer fue soportar los reveses del destino con estoicismo.

Desembarcó en Veracruz en 1941, acompañado de su esposa Carmen y sus dos hijos, como parte de un éxodo del que México era el último eslabón, después de que las circunstancias adversas los echaran a patadas, primero de España, luego de Francia y después de Cuba. Ellos eran un apéndice más de la enorme migración de europeos a lo largo y ancho del orbe, otra muestra de la locura generalizada de la que era presa el mundo; su vida estaba secuestrada y su porvenir oculto tras la niebla.

La vida dedicada a su país había sido en vano. Las veces que Alberto arriesgó su vida como parte del ejército republicano se esfumaban en su mente como actos de bravura sin sentido, y la encrucijada en la que se encontraba tenía el tufo de lo malagradecido; estaba sin un peso en la bolsa y con la familia Bayo a cuestas. Era un despatriado que sepultó su corazón en el lodo de las batallas perdidas en suelo ibérico. No conocía nada más allá de la vida militar. Su padre fue coronel de artillería, su abuelo de infantería y sus cuatro hermanos también fueron militares de carrera, y él no recordaba haber tomado una verdadera decisión detrás de su reclutamiento. La vigorosa influencia del padre, tajantemente español, no dejó espacio para la improvisación, y la madre sumisa no le abrió ningún otro camino. Los parientes cubanos del lado materno pudieron haber sido para él un contrapeso, pero vivían del otro lado del Atlántico.

Además de soldado, Alberto era un aviador de primer orden. Con dinero prestado compró tierras y su primer avión e inauguró el aeródromo Bayo, el primero civil de Madrid; escribió *Cómo se forma un aviador* y lo usó para dar clases. Una vida ligada tanto a la aviación como a lo militar, aunque todo ese esfuerzo y esa experiencia parecían no tener relevancia en el exilio. El mundo se dirigía al desfiladero a paso redoblado y él era solo una más de las víctimas. «Al menos estamos vivos», pensó tumbado en el colchón viejo de una modesta pensión en la Ciudad de México, a la que llegó con su familia. Era una de tantas noches en vela en las que Alberto repasaba una vez más los pasos que lo llevaron allí, parte de una tortura mental de la que le costaba trabajo desprenderse.

Durante la guerra contra los militares sublevados su misión más importante fue recuperar Ibiza y Mallorca, ambas islas tomadas por los franquistas, con el objeto de arrebatarles bases en el Mediterráneo desde las que pudieran bombardear la costa sur de España, sobre todo Valencia y Barcelona. Reclamó Ibiza sin contratiempos y enseguida planeó el desembarco en Mallorca, tomando en consideración las posibilidades del enemigo en un proyecto que requería tiempo. Aunque fue cierto que hubo bajas importantes bajo su mando, después de apenas tres semanas de enfrentamientos hubo claras posibilidades de aguantar en la lucha para tomar primero Manacor y después Palma, las ciudades más importantes.

En toda batalla hay bajas. La cuestión que más obstáculos representaba era la desorganización en las cúpulas de mando, tanto militares como civiles, del gobierno republicano, que por una decisión inexplicable decidió dar la orden de retirarse de esa plaza. Con Menorca de su lado, solo quedaba ese punto en manos de los franquistas, un lugar tan estratégico que aviones italianos enviados por Mussolini fueron los que finalmente espantaron a ciertos mandos republicanos que no querían entrar en conflicto con Italia, como si el hecho de enviar bombarderos no los involucrara de facto en esa pelea que hasta entonces había sido puramente interna.

Alberto recibió la orden de embarcar a sus hombres para huir de la batalla, con lágrimas de rabia y un coraje que le costó trabajo contener. La desinformación y la animadversión entre los distintos bandos que conformaban el gobierno hicieron que lo juzgara un consejo de guerra y que algunos militares pidieran su fusilamiento. No podía creer lo que escuchaba, después de haber hecho todo para ganar, incluso arriesgar el pellejo. Un fallo en ese sentido pudo haberlo matado, pero sobrevivió a la confusión política y en adelante no volvió a tener un puesto de mando. Su idea de atacar a los franquistas con una guerra de guerrillas también fue bloqueada. Estaba seguro de que, si lo hubieran dejado concluir la batalla en Mallorca con el equipo que pidió y nunca le enviaron, la habría recuperado tras semanas sangrientas. Incluso de haber sido conferido con responsabilidades de estratega, quizá la república habría resistido, haciendo la guerra con otros medios. Su sentido del deber lo obligó a obedecer, pese a no estar de acuerdo con sus superiores.

Comprobada la victoria de Franco, Alberto enfiló hacia la frontera con su familia, gravemente herido de un ojo, y al tratar de cruzar a Francia las autoridades decidieron separarlos, desoyendo las súplicas de Carmen, que lo único que pedía era mantener unida a la familia. Dada la urgente atención médica que necesitaba, él cruzó la frontera antes; lo llevaron a una iglesia en un camión lleno de heridos y fue acogido en una casa donde le limpiaron la herida y la cubrieron, y además lo alimentaron. Al día siguiente consiguió que la prefectura de policía le concediera un boleto de tren para llegar a un hospital en París, donde estaba Armando, su hijo; jamás imaginó que tras examinarlo el doctor llegaría a la conclusión de que la única manera de salvarlo sería dejarlo tuerto. La guerra civil dejaba de esa forma en él una marca que no se quitaría con nada, un rasgo que le recordaría a diario la derrota más dolorosa de su vida, cada vez que se mirara en el espejo. Su visión del mundo había cambiado de una manera demasiado literal.

Mientras se recuperaba recibió la noticia de que Carmen y Albertito estaban con otros refugiados en un pueblo al sur de Francia, una zona ya infectada por la Alemania nazi; ahora la angustia de estar cerca de perderlos a ellos, alejados de su protección por el torbellino de la amenaza fascista en un tiempo en que la vida no valía nada. Nunca se había sentido tan impotente, tan falto de recursos para salvar a dos personas por las que sin duda daría la vida; sufría en carne propia lo insignificante que somos los seres humanos. Debía pensar en algo para recuperarlos, en algún truco que pudiera funcionar en el inédito momento histórico en el que se encontraban y para el que nadie estaba preparado, desde una cama de hospital que lo ataba a su convalecencia. Su desesperación iba en aumento.

Abandonada a su suerte, Carmen consiguió la dirección de un periodista cubano y le envió una carta que describía su situación; hizo hincapié en su nacionalidad cubana por matrimonio y en la de su hijo. Se trataba de una relación lejana, pero era lo único en lo que podía apoyarse para ser cobijada por un país que no fuera el suyo, al que sentía que ya no pertenecía. El carácter de emergencia de ese momento histórico hizo que el periodista se pusiera de su lado y acudiera a la embajada, en donde la encargada de negocios le expidió un documento que acreditaba ambas nacionalidades. Además, tuvo la gentileza de dárselo en persona al prefecto del pueblo y llevó a cabo las gestiones para que los dejaran viajar a París. Miles de refugiados españoles en su misma situación terminaron muertos en los campos de trabajo en Francia o de exterminio en Austria y Alemania, es decir, fuera del sartén del franquismo caían directo en el fuego de Hitler.

Después de considerar la posibilidad de no volver a verse nunca, la familia Bayo se reunió en la capital francesa, sin nada más que su vida y las ganas de sobrevivir juntos. Carmen lloró en los brazos de su esposo al ver el parche blanco que todavía tapaba la cavidad ocular, adaptándose a una situación extraordinaria que le exigía sacar fuerzas de donde ya no pensaba que había. El martirio por el que habían pasado era suficiente para toda una vida, y en realidad todavía no llegaban a ninguna parte, con Francia a punto de ser devorada por la Wehrmacht. No había tiempo que perder para salir de París.

Mientras analizaban las opciones que podrían tener frente a ellos, Carmen dijo:

—Me niego a ser española si Franco está en el poder.

—Yo también —contestó Alberto sin tener que pensarlo mucho, y sus hijos también lo asumieron así.

Abrazaron la nacionalidad cubana que los salvó y con cuatrocientos pesos enviados por la familia materna de Alberto desde Cuba se embarcaron en el vapor *Flandre*, el buque en el que acabarían llegando a Veracruz los primeros españoles refugiados, luego de que ellos se bajaran en una nueva patria que en realidad no conocían. Alberto pasó por La Habana de adolescente y desde entonces no había vuelto, y Carmen y sus hijos no habían estado allí nunca.

La Cuba con la que se encontraron estaba inmersa en un proceso de cambio que por primera vez en su breve historia como nación independiente prometía la estabilización de una democracia funcional, luego de cuatro décadas de tumultuosos arrebatos de poder ligados a una dependencia malsana hacia los yanquis. Las luchas intestinas de la incipiente república no habían cesado desde el siglo XIX, bajo una segmentación social de tendencias muy variadas que lograron que la palabra *revolución* fuera sinónimo de *patriotismo*, con intentos dictatoriales coartados por revueltas armadas que se parecían mucho al terrorismo. Los estudiantes, los comunistas, los liberales, los conservadores, los militares, el gran capital, todos peleándose o haciendo alianzas, pidiendo el favor del presidente Roosevelt y al mismo tiempo quejándose de su control.

Cansado de la política, sintiéndose invitado en un país extranjero, Alberto se mantuvo al margen de los temas de interés público y se enfocó en trabajar honestamente para rehacer su patrimonio desde cero. Entre las labores que poco a poco fue sumando se contaron la de vendedor de un aparato de ayuda para sordos, contestador de preguntas en una radiodifusora, fundador de una escuela de matemáticas y tutor de la asignatura Historia de los grandes capitanes, en una academia militar, en la que expuso las hazañas de personajes históricos como Gengis Kan, Napoleón y Alejandro Magno. Sin embargo, la política chocó con él durante el verano de 1940, cuando el Instituto Martí en el que daba clases le informó que ese mes no cobraría porque el claustro de profesores militares determinó donar los sueldos a la campaña presidencial del líder de los sargentos que se sublevaron en el 33 y que desde entonces llevaba las riendas del país. El autonombrado coronel Fulgencio Batista, después de convocar a una asamblea constitucional, contendió para la presidencia por primera vez, y para ello usó el pago mensual del militar republicano al que apenas le alcanzaba para mantener a su familia. Esa fue la primera vez que Alberto escuchó el nombre de un personaje que marcaría su vida de una manera que en aquel momento era incapaz de imaginar.

Al volver al pequeño departamento que encontraron en La Habana se desahogó con Carmen, cansado de que nada funcionara en un mundo que parecía haberse olvidado de ellos.

—Cuba será grande cuando echen por la borda a tanto explotador sin consciencia, a tanto chupador de sangre del trabajador, y pueda entrar por el camino de la nueva civilización que es el socialismo. Para eso hay que llevar a la horca a los políticos amorales, a los ladrones que acá abundan como manadas de lobos hambrientos, y frenar los caballos desbocados de los capitalistas inconscientes. Cárcel a los muchos funcionarios que se venden y ancha vía a esa juventud que pelea por abrirse paso entre tanta podredumbre.

Esas proféticas palabras fueron el preámbulo que los conduciría a tomar la decisión de partir. Su situación era cada vez más complicada; vivían al día y siempre con hambre, sin un solo prospecto que hiciera del futuro algo deseable, mientras veían que la mayoría de los republicanos enfilaban hacia México. La vida de nómadas dejaba estragos en sus relaciones, los volvía incapaces de formar vínculos en una posición tan precaria, solos bajo el yugo de una pobreza sin perspectivas de cambio.

En la embajada mexicana le dijeron a Alberto que él y su familia no podían ser aceptados como exiliados, pues por esos días solo quienes venían directamente de España o Francia podían entrar con esa clasificación. De nada le sirvió argumentar que ellos habían salido de esos dos países, ante la cara perpleja de un funcionario que lo único que sabía era que estaban en Cuba y que de allí no se podía salir como exiliado. Punto.

Pero el desamparo se tornaba tan oscuro que a la familia no le quedó de otra que sacar las visas de turista; consiguieron los boletos para el barco que salía de La Habana gracias a las gestiones de la junta de exilio de republicanos. Al pisar tierra azteca se trasladaron de inmediato a la capital y se refugiaron en una pensión repleta de españoles en cuyos ojos podían ver su propio naufragio.

El poco dinero que la familia ahorró en Cuba para el viaje se esfumaba rápidamente. Mientras no hubiera un ingreso gastaban lo menos posible, comían poco y solo salían en busca de oportunidades laborales que los sacaran de las penurias a las que ya se habían acostumbrado, con el peso de la humillación que les rompía las espaldas. Cada noche volvían a la pensión para enfrentarse con las caras largas por no haber conseguido trabajo. Tenían hambre y tenían sed, y el panorama no parecía abrirse. Apoyaban la cabeza en la almohada y cerraban los ojos con el estómago hecho un nudo, llenos de incertidumbre, listos para rezarle a un dios en el que no creían. Alberto frecuentó los cafés en los que podría conocer gente que le diera una oportunidad, y en donde acabó enterándose del arquitecto convertido en ayudante de autopsias, de la señora distinguida que donaba sangre para sobrevivir, del médico que vendía corbatas, del militar vendedor de vinos y del abogado vuelto conserje en un edificio de apartamentos. Todos españoles. Esas eran las perspectivas que en aquel tiempo tenía un exiliado en México. Era como si un gigante hubiera deshecho sus destinos, sacudiéndolos con tal fuerza que acabaron irreconocibles, el Viejo Mundo envuelto en un torbellino de violencia que no parecía tener fin. Alberto se rascó la nuca, se acarició la barba y suplicó al destino que su suerte mejorara, dispuesto a aprovechar la primera oportunidad que se le presentase.

—No pienses trabajar en algo parecido a tu carrera —le advirtieron—. Lo harás en cualquier cosa menos en lo que entiendes.

Resignado a los caprichos de la vida, lo único que pedía era un trabajo digno; que fuera o no de su agrado había perdido toda relevancia. No se le ocurría soñar tan alto.

El pequeño fondo con el que llegaron se acabó y sobrevivieron gracias al empleo que consiguió su hijo de catorce años. Alberto dio con un puesto de velador en una fábrica de hilados de una casa comercial francesa, en la que los trabajadores lo recibieron al grito de «¡Gachupín, a tu patria!» y le tiraban bolas de hilo a la cabeza. Más tarde fue maestro en el Instituto Francés, en quinto y sexto años de primaria, y sumó otro empleo en el colegio para señoritas Miguel Ángel, como profesor de Álgebra. A Carmen la contrataron como asesora en una tienda de ropa, y a Armando, su hijo mayor, como vendedor en uno de los principales almacenes de la ciudad. Alberto y su familia se iban superando a paso lento en un país al que nunca tuvieron la intención de llegar, víctimas de un viento al que acabaron por acoplarse.

Desde joven Alberto había alternado las diferentes actividades que realizaba con la escritura. Por una cuestión vital encontraba cualquier rendija de tiempo que pudiera robarle al día para sentarse a escribir. En 1911 publicó su primer libro de poemas y lo siguieron varios más, encima de un par de novelas: una sobre los dos años que pasó como parte del ejército en la región de Gomara —parte del futuro protectorado español de Marruecos— y otra sobre la estrategia para ganar la guerra civil con guerra de guerrillas, prohibida por el alto mando republicano en cuanto tuvo conocimiento de su existencia. Llegó el momento de escribir la crónica de su desembarco en Mallorca.

Cuando al fin vivían una existencia apacible y hasta paseaban en auto propio, a principios del 43, la familia de Alberto recibió un mensaje del departamento de migración que los obligaba a pagar una multa de dos mil pesos y a volver a Cuba, dada la complejidad de su estatus migratorio que no se habían tomado el tiempo de aclarar. Faltaba más: explicarles que con una visa de turista no podían trabajar ni pasar tanto tiempo en México. El aparato burocrático los tenía identificados, con el correspondiente mensaje a sus patrones en el que se les ordenaba despedirlos. El cielo se oscurecía una vez más mientras Alberto echaba mano de toda su voluntad para impedir que los deportaran. Movió las influencias que pudo, se presentó ante las autoridades y les rogó a secretarios de varias dependencias que los dejaran permanecer en el país. La perspectiva de volver a Cuba con la cola entre las patas era una calamidad, pues se hacía evidente que las oportunidades para una familia como la suya prácticamente no existían allá, mientras que en México todo era posible con dedicación al trabajo. Era verdad que existía la xenofobia, que no todo el pueblo estaba de acuerdo con la oleada de extranjeros que llegaban como refugiados; sin embargo, podían superarse e incluso crecer económicamente en una tierra singular que ofrecía más apapachos que mordidas. Después de arduas negociaciones con funcionarios menores, la única vía para no ser expulsados fue renunciar a la nacionalidad cubana para ser acogidos como refugiados políticos españoles y así volver a formar parte, al menos en papel, de la España franquista, totalmente en contra de sus deseos. La historia tenía su manera de perseguirlos, de recordarles que por más que hubieran terminado con su pasado, el pasado no había terminado con ellos.

Los años trajeron una de las gratas sorpresas en la vida de Alberto: una plaza como profesor de navegación aérea en la Escuela Militar de Aviación en Guadalajara, un hecho que contradecía la advertencia de no buscar nada que tuviera que ver con su vocación. En ese puesto se reunían los tres pilares que antes sostuvieron su existencia: lo militar, la aviación y la docencia, así que no dudó en mudarse a Guadalajara con su familia para empezar un proyecto que parecía sacado de un cuento de hadas, si lo comparaba con todo lo que habían pasado desde que salieron de España.

Pero Alberto no podía quedarse quieto. Su espíritu no estaba hecho para que permaneciera sentado detrás de un escritorio, pese a lo agradecido que estaba por verse en esa posición. Y así, sin decirle a nadie, comenzó una estrecha comunicación con un grupo de exiliados nicaragüenses y con los generales Segundo y Emiliano Chamorro, quienes analizaban la posibilidad de que Alberto trabajara con ellos para derrocar al dictador Anastasio Somoza. El problema era que los revolucionarios eran incapaces de unirse; sus intentos fracasaban por la ambición de cada grupo que pedía la jefatura de todo el movimiento. Un día de mayo de 1948 un joven alto y elegante entró a la escuela comercial en la que Alberto también daba clases.

—Lo he buscado por toda Guadalajara —dijo el secretario de la junta revolucionaria del ejército de liberación de Nicaragua, con un abultado portafolio lleno de documentos—. Teníamos su dirección de hace cuatro años, los vecinos me dieron señas incorrectas de dónde se había mudado, y en la Escuela Militar de Aviación no tienen su dirección. Me tuvo que ayudar el director de correos.

—Me halaga que me busque con tanta insistencia.

—La revolución nicaragüense lo necesita. Ya compramos seis aviones, varios transportes y se adquirirán más. Lo queremos poner al frente de la aviación revolucionaria para que organice todo, escoja al personal a su gusto, regule su entrenamiento y diga cuándo está el conjunto dispuesto a liarse a tiros con Somoza.

—Estoy a su disposición desde ahora y sin condiciones —contestó Alberto con el pecho en alto, y se estrecharon la mano.

Alberto solicitó dos meses de vacaciones pagadas, luego de cinco años sin pedir un solo día libre, y lo desbordó la emoción de estar acercándose una vez más al torbellino de la lucha armada en contra de la opresión. Era el alimento que lo mantenía vivo y le daba sentido a la vida más allá de los lazos sanguíneos, harto de los trabajos comunes, desabridos en comparación con la carrera militar. En la Ciudad de México se hospedó en casa del secretario de la junta revolucionaria y se dedicó a reclutar voluntarios de entre los exiliados republicanos que conocía. Solo tres decidieron acompañarlo; el resto o no quería dejar a su familia o estaba desilusionado de la guerra civil o debido la animosidad contra el español en México. Los comunistas eran los únicos dispuestos a ayudarlo, sin una sola condición; dispuestos a abandonarlo todo y a pagarse los gastos de su bolsillo, pero no pudieron aceptarlos por el miedo que la junta nicaragüense le tenía a los yanquis. La Guerra Fría había comenzado.

Tomaron un avión a Tapachula, luego un autobús a Suchiate para cruzar el puente hasta Ayutla y de ahí un tren a la ciudad de Guatemala para encontrarse con un grupo de expatriados de Nicaragua, Honduras y República Dominicana. Guatemala vivía su mejor momento, convertida en el centro de asilados de la región centroamericana, en donde pululaban regímenes autoritarios que obligaban a los ciudadanos de ideas firmes a huir.

En Guatemala fue la misma historia hasta que muestras de resistencia civil pacífica impulsaron una breve revuelta militar que derrocó al general Jorge Ubico, en 1944, después de gobernar durante trece años con el apoyo de la United Fruit Company y de los yanquis. Los militares convocaron a elecciones y para ello trajeron del exilio a Juan José Arévalo, maestro universitario y escritor de algunos de los libros de texto que se estudiaban en las escuelas. Su victoria fue abrumadora, y en el momento en que Alberto y sus conspiradores llegaron, Arévalo impulsaba sus reformas económicas para integrar a los estratos más pobres de la sociedad, inspirado en el New Deal del presidente Roosevelt, y controlar los intentos golpistas por parte de la reacción. Para Alberto, Guatemala era la tierra prometida, el modelo a emular para los tantos pueblos pisoteados por dictadores y regímenes totalitarios, que en Latinoamérica eran casi la norma. Respirar aire guatemalteco fue como beber de la fuente de la juventud: era el augurio de una campaña en la que tendrían que alcanzar la victoria, orgulloso de formar parte de lo que podría convertirse en un movimiento centroamericano de liberación.

Tras esa pequeña escala volaron a San José, en donde los recibió el doctor Rosendo Argüello, comandante general de la revolución nicaragüense y amigo íntimo de José Figueres, don Pepe, presidente costarricense y su anfitrión. Tras las presentaciones y luego de varias conversaciones, Alberto supo que las promesas del secretario eran mentira. Argüello tenía todo tipo de voces en su contra, pues fue nombrado comandante general por su amistad con Figueres y no por la lealtad de quienes estarían dispuestos a jugarse la vida, porque ni era militar ni tenía experiencia en revuelta alguna. No era la situación que le habían planteado a Alberto y era evidente que no estarían pegando tiros pronto. Fue una desilusión y meditó la manera en que debería responder. Tenía las alternativas de claudicar o seguir, y la verdad era que en México no tenía nada mejor que hacer.

Sin embargo, aunque la organización avanzaba lentamente, había armamento. Figueres aportó millares de fusiles y Carlos Prío, recién llegado a la presidencia cubana, mandó quince aviones llenos de equipo y de armas. La prometida democracia había llegado a Cuba, aunque acompañada de los niveles alarmantes de corrupción arrastrados desde la época de la Colonia, y parecía que lo único que los cubanos podrían elegir cada cuatro años sería el nuevo grupo que atracaría al país. Prío era un demócrata genuino, simpático y bien intencionado, y su apoyo a esa legión del Caribe lo confirmaba como un partidario de la libertad, aunque a veces se inclinara por el libertinaje.

Mientras Alberto se impregnaba de los rumores del Caribe, algunos anunciando tempestad, miraba a su alrededor con un creciente escepticismo que chocaba contra su optimismo inicial, pero no podía evitarlo. Su fino ojo militar veía cada desperfecto en su sistema, detalles que por más buenas intenciones y toda la buena voluntad que se tuvieran no podían ser ignorados, y que más tarde le costarían la vida a miles de personas. En algunos casos podía dar su opinión, pero habría sido una indiscreción meterse en las relaciones personales de sus anfitriones, aunque no estuviera de acuerdo con la manera en que se estaban organizando. Se limitó a guardar silencio y a observar, con la esperanza de que todo mejoraría.

Los aviadores bajo su dirección, entre los cuales se incluía su hijo, regresaron a Guatemala para entrenarse en un aeródromo. Llevaban una carta personal de Figueres para el presidente Arévalo, quien en vez de recibirlos les dio largas y finalmente mandó a Jacobo Árbenz, su ministro de guerra, a decirles que no les podrían otorgar los medios para el entrenamiento. Otra nueva negativa que paulatinamente se convertía en una pesadilla. Volvieron a San José, Costa Rica, siguiendo un hilo de frustraciones que Alberto soportaba pensando en que algo llegaría a cambiar las circunstancias, sin dudar del final triunfo de la revolución nicaragüense y preguntándose cuánto tiempo tardarían en organizarse. Buena parte del grupo se dedicaba a emborracharse; él, abstemio, tenía poco en qué entretenerse, con un presupuesto mínimo para su manutención. Se pasaba los días leyendo o escribiendo, bajo una creciente presión que debía controlar para que no lo sacara de quicio. Daba paseos por la ciudad y podía pasar toda la tarde charlando, varado entre hombres contentos de ver el tiempo correr con lentitud.

Quedaba claro que Arévalo y Figueres creían que Somoza debía ser depuesto, pero también le tenían miedo. Darían equipo e incluso dinero, pero no facilidades militares, menos aún para entrenar pilotos, un ejercicio aparatoso del que sería fácil enterarse en la vecindad centroamericana. Los costarricenses regresaron a los puestos que habían dejado en las líneas aéreas comerciales para unirse a la revuelta. Alberto fue nombrado general de brigada por el gobierno revolucionario y la desorganización continuó como un mal generalizado en el puñado de campamentos de entrenamiento a los que iba a dar sus conferencias. Las borracheras eran el pan de cada día y no había la menor intención de mantener en secreto los preparativos del ataque. La predicción de Somoza, al tanto del complot, fue que todo se ahogaría en guaro, e incluso envió a varios espías a infiltrarse entre los voluntarios. Para evitar ese tipo de maniobras, Alberto sugirió levantar un nuevo campamento para los recién llegados, pero no le hicieron caso y los incluyeron en las filas existentes. Las constantes quejas de los nuevos ensuciaban aún más el ambiente ya de por sí enrarecido por el desorden, después desertaban y a los pocos días los periódicos nicaragüenses publicaban los detalles de los precarios campamentos antisomocistas en Costa Rica. Alberto no podía entender por qué no mantenían las operaciones en secreto ni emprendían el ataque. Era la primera vez que se encontraba con una situación militar tan desordenada y tan caótica que, aunque pudiera achacársele al carácter latinoamericano, iba más allá de lo imaginable.

Viajó a Cuba con Argüello en busca de fondos que no consiguieron. Prío sobrevivía a su mandato entre balazos, huelgas y más escándalos de corrupción. De regreso a Costa Rica hicieron escala en Panamá, en cuyo aeropuerto se cruzaron con Tachito Somoza, el primogénito del dictador que venía de España de vuelta a Nicaragua. Al júnior lo cuidaba un nutrido grupo de guardaespaldas yanquis, mientras que a Alberto lo fotografiaban, y en ese bullicio el fotografiado notó cuchicheos y extrañas miradas a su alrededor. Subió al avión comercial con un presentimiento que lo mantuvo inquieto durante los minutos anteriores al despegue: rozar espaldas con Tachito no podía ser una buena señal. La aeronave empezó a andar; Alberto se relajó con el rodar de las llantas que pronto se aceleraron y cuando dejaron de tener contacto con el suelo suspiró aliviado, pero en segundos tocaron tierra una vez más. Descendieron del avión y el piloto yanqui anunció una avería que no tardarían en reparar, y sin mayor preámbulo se dirigió a Alberto y Argüello:

—Si cargan con pistola entréguenmela. Está prohibido subir armados.

Era la primera vez en todos sus viajes que les pedían entregar sus armas, a ellos o a cualquier otra persona. Todo confirmaba sus sospechas.

Decidieron cancelar el viaje al tiempo que el piloto intentaba disuadirlos, pero por más convincentes que fueran sus palabras era impensable hacerse al vuelo en esa lata después de tantas señales y un fuerte sentimiento de ansiedad. Sabían que hacía poco otro piloto yanqui había llevado al revolucionario Edelberto Torres a Managua por la cantidad de diez mil dólares. Para aquellos mercenarios era nada más un negocio, cuando ellos se jugaban la vida. El razonamiento detrás del aterrizaje no era difícil de dilucidar: cuando sobrevolaran Costa Rica para seguir a Nicaragua podían desenfundar sus armas y amenazar al piloto para volver, o de plano liarse a tiros en el aire. En última instancia podían prescindir de él y Bayo tomaría los controles para salvarse de un secuestro seguro, con posible tortura, cárcel y una muerte probable, que en vez de ayudar a la causa la metería en más problemas. El olfato del republicano los obligó a quedarse en tierra, los motores se encendieron sin que nadie los tocara y en minutos la aeronave alzaba el vuelo. Bayo observó el ascenso con una mezcla de consuelo y desasosiego, nervioso por saberse descubierto como conspirador. No cabía duda de que estaban en peligro.

Los hombres lanzaron miradas furtivas en su ruta de salida del aeropuerto y no perdieron tiempo en dirigirse a la embajada costarricense para hacer una reservación anónima. Al día siguiente llegaron protegidos por el halo diplomático minutos antes de la salida del avión y al poco rato estaban de vuelta en Costa Rica con el cónsul que los acompañó en el viaje. Que hubieran salvado el pellejo no avanzaba en nada la organización para la lucha.

Las complicaciones aumentaban hasta que a fines del 48 se tomó la decisión de enviar a los primeros combatientes a las montañas de Nueva Segovia, al norte de Nicaragua, en donde el general Raudales, quien fuera lugarteniente de Augusto Sandino, se encontraría con los demás guerrilleros. Al fin, los preparativos parecían no haber sido en vano; el engranaje militar daría su primer paso y de ahí la guerrilla se desenvolvería hasta la final victoria, costara lo que costara. Después de tantos desaciertos y tantos obstáculos, Alberto casi no podía creer la puesta en marcha de un plan trazado con tanto esmero, y su incredulidad fue confirmada de una forma tan insólita que parecía sacada de una novela de realismo mágico combinado con humor negro. Cuando estaba todo listo, un barbero en Guatemala que sabía de la operación contó que estaba por iniciarse el ataque, como parte de una plática cotidiana que llegó a oídos de un amigo del presidente Arévalo. Sin tiempo que perder se lo comunicó al presidente, quien mandó un telegrama a Costa Rica con órdenes expresas de cancelar cualquier iniciativa de ataque. Alberto no supo si reír o llorar, tan tenue y risible era la responsabilidad de sus compañeros centroamericanos, incapaces de guardar un secreto, con filtraciones por doquier y una disciplina prácticamente inexistente. Su carrera militar se convertía en una colección de estampas tragicómicas.

A pesar de todo, los preparativos continuaron hasta que la crisis llegó a su punto cumbre, cuando el ejército de Somoza entró finalmente a Costa Rica, aplicando la máxima del ataque como la mejor defensa. Aunque dudaba de seguir con ese circo, Alberto fue enviado de emergencia a México a conseguir más pilotos y a entrevistarse con Lázaro Cárdenas, presidente de México, porque Figueres buscaba su apoyo de manera pública. Las cosas a su alrededor parecían derrumbarse; sin embargo, el bagaje emocional que tenía invertido en esa empresa no le permitía abandonar a la gente que lo veía como una guía. Quería pensar que la suya era una posición esencial para el triunfo de la revolución nicaragüense: no podía defraudarlos, y así se presentó a las siete de la mañana en la casa de Jiquilpan del general Cárdenas, que ese día ya había salido. Esperó hasta el mediodía, se fue desilusionado y en la capital fue a ver a Ignacio García Téllez, hombre de confianza del expresidente.

—El general no le hubiera aconsejado a usted nada si lo llega a ver en Jiquilpan. No se mete en política extranjera. Solo actúa cuando lo cree conveniente en los problemas vitales de México.

—¿Y usted podría indicarme qué es lo que desearía que hiciéramos nosotros? —presionó Alberto.

—Bajo ningún concepto. Yo no soy nadie para hablar en nombre del general.

—Lo que sucede es que el predecesor de Figueres fue más liberal y progresista que él. Figueres tiene al clero en una posición privilegiada, y el clero mismo persigue a todo tipo de enemigos en nombre de la religión. Hay en la cárcel cientos de comunistas o libres pensadores cuyo único pecado es no comulgar con los preceptos de la fe; sin embargo, por otro lado, vemos que las fuerzas que atacan a Figueres son enviadas por

Somoza, están ayudadas por guardias del dictador. En fin, vemos tal lío que no sabemos en qué lado está la reacción y en qué parte las fuerzas progresistas.

—No puedo decirle más que el general Cárdenas no apoya ni a uno ni a otro.

—Y usted, personalmente, señor Téllez, ¿qué opina?

—¡Ah! Yo soy distinto al general. Mi opinión la puedo decir, pero le repito que no crea que el general es un eco de mis palabras ni yo de las suyas. Yo en este caso ayudaría a Figueres, aunque no le autorizo hacer pública mi opinión.

Con un peso menos de encima y un poco más decidido, Alberto regresó a Costa Rica sin los pilotos prometidos porque el embajador costarricense se negó a otorgar las visas correspondientes; al llegar se encontró con que Figueres había pedido ayuda a la comunidad internacional ante el ataque nicaragüense. Convocaron a una reunión extemporánea de la Organización de Estados Americanos, controlada por los yanquis, en la que se aceptó que Somoza había atacado a Costa Rica provocado por el entrenamiento de guerrilleros que buscaban derrocarlo. Se les ordenó a ambos a desistir, el ejército nicaragüense se replegaría y los campamentos en Costa Rica se desmantelarían. Figueres acató las conclusiones, disolvió las operaciones revolucionarias y encarceló a los guerrilleros que se lanzaron a Nicaragua para unirse a la revolución. Varios de aquellos jóvenes, desilusionados después de meses de borracheras infructuosas, terminaron en cárceles costarricenses por hacer lo que les dijeron que harían desde un principio. A Alberto lo envolvía el caos; se preguntaba si Figueres y Argüello habían armado todo como una ficción, sin poder imaginarse un fin para todo aquello. Si Costa Rica hubiera guardado silencio ante el ataque de las fuerzas nicaragüenses, estaba seguro de que con los hombres y el equipo que contaban habrían derrocado al dictador con cierta facilidad. No encontraba la razón detrás de tantos tropiezos, todo parecía haberse armado adrede, pero ¿para qué? ¿O habrá sido solo ineptitud?

Tras el desmantelamiento de la operación nicaragüense, el general dominicano Juan Rodríguez se acercó a Alberto con otra propuesta: derrocar a Trujillo, otro dictador caribeño que debía ser detenido, y en sintonía con su espíritu de lucha se sumó a la conspiración. Fue primero a Santo Domingo y de ahí a México a comprar aviones de diez o quince pasajeros, financiados por el millonario Rodríguez, con la promesa de que Cuba les permitiría volar desde allí. Los brincos de México a Cuba y a República Dominicana requerían de aviones con un rango limitado que Alberto pudo conseguir en Oaxaca, pero al volver a la capital se enteró de que lo de Cuba había sido un invento, lo que implicaba cambiar de aviones y de estrategia. Luego de varios intentos de compra en México lo mandaron primero a Houston, en donde un choque había hundido el fuselaje del avión que supuestamente estaba disponible, después a Nueva Orleans y de allí a Tampa, y al fin dio con el candidato ideal por diez mil dólares, un precio inigualable. Un dejo de esperanza volvía a infiltrarse en su espíritu.

Al volver a México le echaron en cara la tardanza y pusieron a un joven piloto al mando de la aviación, relegando a Alberto a un papel simbólico, pero aún dentro de la conjura. La inercia de tantos preparativos inútiles lo ató a una expedición en la que además ya podía considerarse reemplazable. Compraron otro avión porque el de Tampa aún no tenía permiso de exportación, alquilaron otros tantos que por un pretexto u otro nunca llegaron y contrataron pilotos de paga que tampoco fueron de fiar. Una vez más era testigo de una pequeña catástrofe, energía perdida que difícilmente llegaría a buen fin, y una vez más el complot era pregonado a los cuatro vientos por sus protagonistas. No había un solo café en México donde no se hablara de la expedición contra Trujillo.

Si los pilotos y los aviones dejaban mucho que desear, los soldados y los oficiales de infantería eran otra historia. Ninguno exigió un solo centavo ni pidió nada a cambio, ni para ese momento ni para cuando la revolución triunfara. Eran gente que vibraba con entusiasmo: dominicanos, nicaragüenses, hondureños, mexicanos, guatemaltecos, costarricenses y españoles republicanos. Eran tantas las expectativas que cuando en Cuba se abrió una convocatoria de voluntarios se inscribieron más de cinco mil, y fue tal el escándalo internacional que tuvieron que cerrar las puertas de las oficinas de reclutamiento.

El día de la expedición se sorprendieron con la noticia de que el gobierno mexicano detuvo los aviones cargados de guerrilleros, en la isla de Cozumel, y el único aeroplano que llegó a Dominicana fue el que Alberto compró en Tampa. Sus pasajeros se batieron a tiros y todos acabaron mal, unos muertos y otros torturados, mientras que el resto de la tropa no pudo llegar y varios pilotos mercenarios desertaron. A Alberto, aviador desde 1916, se le asignó un puesto en la infantería, esa que nunca llegó.

2

Ernesto cruzó la frontera en septiembre de 1954. Llegó primero a Tapachula, siguió a Tuxtla Gutiérrez y en el trayecto conoció al Patojo, un guatemalteco varios años menor. Experto en hacer nuevas amistades después de viajes interminables, Ernesto forjó una profunda relación con el nuevo acompañante que se internó con él en un país desconocido, uno de los puntos clave dentro de su improvisado itinerario. Era su segunda travesía por el continente. A los veintiún años ya había recorrido miles de kilómetros en una bicicleta arreglada con un pequeño motor, como una expedición de reconocimiento dentro de la Argentina, en preparación para los nueve meses de trayecto sudamericano que lo habrían de llevar hasta Miami en su segunda expedición. Cuando llegó a México en su tercer recorrido el viaje era una forma de vida, sin nada por qué volver a su país y con varias posibilidades abstractas en su futuro inmediato, avalado por un título de médico. Había pasado más de un año desde que salió de Buenos Aires.

Pensaba en ir a Europa, pero también a China; la cuestión era el dinero, que con trabajos le alcanzaba para sobrevivir. Su encierro en la embajada argentina en Guatemala le trajo la sorpresa de ciento cincuenta dólares que le envió su familia, cuya preocupación por su bienestar se había vuelto una constante, y así pudo darse el lujo de moverse rápido, de no estar atado al dedo y a las largas caminatas. Quería llegar a la capital de México, pero antes no pudo despreciar la posibilidad de visitar otro sitio arqueológico para incluirlo en su repertorio.

Antes de la ciudad de Oaxaca, Ernesto y Patojo pararon en las ruinas de Mitla, y a Ernesto, al compararlas con su experiencia en Machu-Picchu y Quiriguá, no le causaron tanta impresión, aunque anunciaban el potencial que tendría el territorio. Con lo que aún tenía en el bolsillo, Ernesto pudo haber ampliado su itinerario para tocar varios puntos prehispánicos, pero su determinación era llegar a la capital, encontrarse con el futuro y no desviarse hacia el pasado, que a lo largo de sus viajes había fungido más como pie de página que como hilo conductor. En primer plano estaba el ámbito social, cada vez más interesado en política regional, oscurecida por la sombra de Washington.

Ambos acompañantes pararon en un local de quesadillas a un lado de la carretera, con tortillas hechas al momento y una gran variedad de guisados para escoger; el Patojo estaba contento de adentrarse en esas tierras. Hablaba de lo que podrían encontrar en la capital, pensaba en aventuras y hacía preguntas sobre la historia de México, pero Ernesto no tenía la respuesta a muchas de ellas. Guardaron silencio y ambos pensaron otra vez en Guatemala, en donde los yanquis orquestaron un golpe de Estado para derrocar al sucesor de Arévalo, Jacobo Árbenz, el segundo presidente electo democráticamente en la historia del país y uno de los dos militares responsables de la breve revuelta armada que diez años antes había propiciado la transición. Elegido en elecciones libres y transparentes, Árbenz renunció al gobierno por designios que nada tenían que ver con las necesidades del pueblo que lo eligió, y que de hecho iban en contra. La nación pedía a gritos una reforma agraria, y al implementarla salió herida, entre otras, la United Fruit Company, la transnacional que controlaba la economía y que era dueña de las líneas telefónicas, las plantas eléctricas, del único puerto en el Atlántico y hasta de las vías de tren que lo conectaban con la capital. De las doscientas veinte mil hectáreas que poseía la frutera, el gobierno ordenó la expropiación de ciento cincuenta y seis mil hectáreas de tierra no cultivada, con un pago de compensación de poco más de un millón de dólares, según el valor que la propia empresa declaró para efectos fiscales. El contraataque fue pedir casi dieciséis millones de dólares que el gobierno de Árbenz se negó a pagar. Esto desató la furia de la poderosa transnacional, que a su vez echó a andar una campaña de cabildeo y publicidad para forzar al gobierno yanqui a intervenir, basada en repetir que la verdadera amenaza en Guatemala era el comunismo de mano de los soviéticos: nada más alejado de la realidad.

La CIA y el Departamento de Estado armaron a un mitilarsucho exiliado en Honduras, contrataron mercenarios, enviaron armas y provisiones y se aliaron también con El Salvador y la Nicaragua de Tacho Somoza, el impulso que necesitaba aquel golpe de Estado sin precedentes en la región, todo por la simple avaricia de la frutera. Las políticas nacionalistas que por vez primera en la historia de Guatemala les daban un lugar a los desfavorecidos fueron intolerables para quienes llevaban las riendas de la inmensa empresa que a lo largo de varias décadas había amasado su fortuna a expensas de la tierra y del pueblo centroamericano, recompensado con un mísero salario que se parecía mucho a la esclavitud. El pueblo guatemalteco apoyaba fielmente a Árbenz, pero las armas militares, económicas y diplomáticas con las que contaban los yanquis demostraron ser imparables. Tomaron el control de la estrategia de ataque y de la información, o, más precisamente, de la desinformación. Los agentes de la CIA le hicieron creer al mundo que los soviéticos buscaban hacer de Guatemala un país comunista, y para el pueblo guatemalteco fingieron una lucha de liberación en contra del gobierno en turno. Inventaron que miles de campesinos y obreros de todo el país se sumaban a la lucha, cuando en realidad nunca tuvieron más de los cuatrocientos mercenarios contratados originalmente. Una transmisión de radio emitida desde Honduras logró confundir a la población, incluso al gobierno, y cuando empezaron a soltar bombas en el centro de la capital, el ejército le retiró el apoyo al presidente, quien fue obligado a renunciar por una cadena de fuerzas más allá de su control.

Durante los diez años que duró la etapa revolucionaria, Guatemala se convirtió en el epicentro de las causas más progresistas de la región y atrajo a disidentes de las dictaduras vecinas. Así fue como Ernesto llegó para vivir de primera mano las acciones de un gobierno emanado del pueblo, una rareza en el escenario latinoamericano. Su paso por las plantaciones de la frutera a lo largo de Centroamérica le abrió los ojos, cada vez fue más consciente del daño que una política económica de capitalismo extremo era capaz de causar en las comunidades, que no tenían cómo defenderse ante los maltratos y la mala paga. La miseria se reflejaba en las caras de quienes encontraba a su paso, siempre dispuestos a hablar de la terrible situación en la que se hallaban ante cualquier persona que quizá deseara prestar oídos, y ese argentino tenía el tiempo y el interés de escucharlos. Fue a Puerto Barrios a trabajar como jornalero descargando toneles de alquitrán y las historias que oyó en esos trayectos reconfiguraron su visión del mundo. Lo ataron con mayor fuerza a la raíz que compartía con todos ellos y se sentía herido al ver el estado en el que la gente estaba obligada a vivir.

Los meses que Ernesto pasó en Guatemala resultaron ser los más críticos en la historia nacional, de diciembre del 53 a septiembre del 54. Primero fue testigo del aroma democrático del gobierno de Árbenz, luego del tufo de la próxima intervención yanqui y finalmente de la podredumbre del golpe consumado. La intensidad de sus días en Guatemala lo convenció de que la única manera de enfrentarse a los grandes poderes, en defensa del tejido social, era por medio de la violencia. La vocación de médico dio pie a la del luchador social en aquellas horas significativas como testigo de la Historia, luego de ver con tristeza cómo se desmoronaba un modelo de nación que tanto costó construir.

En camino a la Ciudad de México la sangre todavía le hervía; el sentimiento de impotencia regresaba lleno de coraje ante las fuerzas oscuras con un ilimitado poder de destrucción. ¿Cómo hacerles frente? Era incapaz de ignorar tanto dolor, tanta desigualdad, tanta miseria. Se asumía como un ciudadano latinoamericano comprometido con la justicia social antes que con cualquier otra cosa. La medicina era curar a cuentagotas, mientras que lo necesario era atacar el problema de raíz para que la humanidad floreciera. Había muchos otros casos en otras latitudes, pero su contexto era su continente, aplastado y humillado por doquier.

A fines de septiembre, en una mañana lluviosa, Ernesto y el Patojo llegaron a la estación Buenavista y se dedicaron a brincar de cama en cama hasta alquilar un cuarto de servicio en un edificio de la calle Bolívar, en el centro histórico del Distrito Federal, ahora Ciudad de México. Las azoteas se vestían con tendederos, tinacos y tanques de gas; los volcanes coronaban la Ciudad de los Palacios y ellos eran recibidos con total indiferencia. El instinto llevó a Ernesto a recorrer las calles con intensidad, y aunque era imposible acabarse la ciudad, en una primera instancia sus caminatas lo llevaron a tener un profundo conocimiento de la geografía del centro; después siguió con las colonias aledañas hasta llegar a Coyoacán. El aire europeo de Buenos Aires estaba ausente, algunas avenidas podían emparentarse con las de allá, pero la esencia era distinta, se respiraba una historia más antigua y más convulsa. La Ciudad de México tenía colmillo.

Compró una cámara fotográfica y fue en busca de Ulyses Petit de Murat, el guionista amigo de su padre metido en la industria cinematográfica que aún vivía años gloriosos. Este lo llevó a las ruinas de Teotihuacán acompañado de su hija, en una visita demasiado breve para el nivel de su filia arqueológica, y durante el paseo se engancharon en discusiones políticas con miradas opuestas. Sin saber lo que Ernesto sabía, sin haber estado allí, a Ulyses le parecía bien lo que pasó en Guatemala. Eso era demasiado para la recién robustecida sensibilidad del joven de veintiséis años, que no hacía tanto, de vuelta en su país, no tenía una opinión clara sobre la agitada situación política, en pleno peronismo. Ernesto había dejado de ser el joven apolítico enfocado sobre todo en libros, historias y teorías, alejado de la práctica. Su interés daba un giro y los comentarios reaccionarios que antes dejaba pasar con natural apatía se convirtieron en dardos envenenados.

Ulyses le ofreció quedarse con ellos y le mencionó la posibilidad de una beca, pero Ernesto eligió su independencia a pesar de que sus limitados fondos pronto se acabarían. Quizá si hubiese encontrado en él a un interlocutor un poco más en sintonía con su pensamiento habría considerado una estancia allí, pero el grado de animadversión entre ellos era un muro infranqueable para siquiera considerarlo. Los pequeños lujos que Ulyses podía ofrecerle no valían la pena comparados con las concesiones que habría tenido que ceder a cambio. Además estaba el Patojo, a quien ya no hubiera podido abandonar. Al volver a su cuarto, el guatemalteco le enseñó una nota que encontró en el periódico: una de las últimas cosas que hizo Frida Kahlo antes de morir fue unirse a una marcha en contra del golpe, desde una silla de ruedas empujada por Diego Rivera hasta el Palacio de Bellas Artes.

—¡Gringos asesinos, fuera! —gritaban todos.

Era poco consuelo ante semejante agravio histórico, pero consuelo al fin y al cabo. Ernesto hizo una mueca difícil de interpretar, entre una efímera satisfacción y el desconsuelo.

Entre que veían cómo ganar algunos pesos hicieron tiempo para ver arte prehispánico y le dieron el golpe al cuarteto muralista: Orozco, Siqueiros, Tamayo y el citado Rivera, en conjunto quizá la voz más elocuente de la cultura mexicana contemporánea. No cabía duda de que estaban en un lugar profundo y poderoso, asilo de un número siempre creciente de exiliados procedentes de decenas de países primordialmente hispanohablantes, que ahora incluía la marejada que provocó el golpe guatemalteco. Eran parte de otro éxodo colectivo al que México le abría las puertas.

Ernesto y el Patojo tomaban fotografías en parques y plazas y luego convencían a clientes de todo tipo de que sus hijos se veían tan lindos en esos retratos que bien valían el peso que pedían por ellos. Ernesto las tomaba y revelaba los rollos en un cuarto oscuro cuyo dueño le permitía pagarle conforme iban juntando el dinero, y el Patojo se encargaba de repartirlas y cobrarlas a domicilio. Así los meses que pasó dando vueltas por la ciudad en busca de clientela obligaron a Ernesto a sacar su lado más persuasivo. Seducía a madres con palabras y miradas para que compraran los pedazos de papel que lo mantuvieron durante meses, con su independencia inquebrantable y siempre en busca de un puesto en el mundo de la medicina, de la que no quería separarse.

Algunos de sus lujos cuando el negocio pintaba bien eran meterse al cine o pasar horas en una librería para encontrar un título que le atrajera y que no fuera tan caro. En las de viejo era más fácil encontrar algo acorde con su presupuesto. Salía con uno o dos tomos y los devoraba rápido. Aunque le costaba trabajo hacerlo, se negaba a las iniciativas del Patojo, que a veces lo necesitaba para que lo acompañara a escuchar música y buscar mujeres. Prefería pasar el tiempo encerrado que ir a uno de esos lugares. No *tenía oído* y por eso su capacidad para bailar era absolutamente nula. Un día pasó por la entrada de un club de ajedrez que no cobraba la entrada, subió los escalones que lo separaban de los tableros y observó a los jugadores. Todos pasaban los cincuenta y no había mujeres. Tímido, se paró al lado de una columna y miró algunas de las partidas en curso, y cuando un octogenario perdió, el vencedor le hizo una seña para que tomara asiento frente a él. Cedió las blancas al joven y le dijo:

—Vamos a ver de qué estás hecho, muchacho.

De las cinco partidas que Ernesto disputó ese día perdió solo una. Las veces que regresó fue recibido con cierta suspicacia, pues casi siempre ganaba, y no se podía romper la barrera de la confianza con el argentino que muy de vez en cuando se aparecía en el club. Era común que confundieran su timidez con arrogancia. La coraza que mantenía su hermetismo era una herramienta emocional bien perfeccionada, que le permitía saciar su sed de juego durante un par de horas para enseguida volver al anonimato de la gran ciudad.

Acudía también a la tertulia del poeta republicano León Felipe en el café Sorrento. Cruzaba la Alameda, pasaba a un lado del cine Prado y desde la puerta del café ubicaba la mesa en la que presidía. Había médicos, escritores, abogados y maestros, y en la tercera fila se congregaban los estudiantes, una mezcla heterogénea en la que él se integraba envuelto en las palabras de ese hombre barbudo y de ojos penetrantes. La gabardina de color claro volaba con el brazo que dirigía al frente, con un público absorto que también participaba, y a veces Ernesto alzaba la voz para hablar de Vallejo, de Guillén, de Huidobro y de Neruda; luego seguía al departamento del poeta con un grupo más reducido y acababan desvelándose en aras de la poesía. El afecto por esa suerte de mentor creció en esos primeros meses, en los que pasaron horas reunidos alrededor de la palabra, dentro del espíritu cosmopolita de la gran ciudad.

Su insistencia en la búsqueda de una entrada al mundo de la medicina lo llevó a conocer al director del Hospital General de México, quien le abrió las puertas de la sala de alergia, su especialidad durante el tiempo que vivió como estudiante en Buenos Aires y que siguió cultivando intermitentemente durante sus viajes por el continente. La remuneración era más bien simbólica, lo que hacía que la continuidad de los parques fuese todavía esencial para sobrevivir, y entre sus proyectos seguía la idea de ahorrar lo suficiente para ir a China o de perdida a territorio yanqui, viajar por diez años para luego volver a Argentina, sin descartar la opción de obtener una plaza como médico rural no solo con la idea de curar enfermos de bajos recursos, sino también como parte del proceso de investigación para un libro cuyo título sería *La función del médico en América Latina*, un tema que conocía pero que todavía no dominaba. El marco teórico consistía en que la medicina social preventiva y el médico tendrían que ser la columna vertebral de una transformación revolucionaria que daría pie a una sociedad socialista, según la hipótesis que fue forjando en sus trayectos y de la cual tenía el plan general y algunos capítulos. En el comedor del hospital elegía la mesa más alejada para concentrarse en sus apuntes mientras comía, en un intento de aprovechar cada segundo del día, sin mucho interés en ampliar su reducido círculo social. Con el Patojo tenía suficiente. La idea del libro se concretaba en el gastado cuaderno que lo acompañó desde el extremo sur de América.

Sus días entre la lente y las camillas de hospital se sucedían con breves dosis de desasosiego, preocupado por lo material y por el poco tiempo que tenía para leer, hasta que se enteró de que Hilda había pisado México.

3

La Alianza Popular Revolucionaria Americana, o la APRA, se fundó en México en 1924, en un acto simbólico. Era la época en que José Vasconcelos estaba al mando de la Secretaría de Educación Pública, y pudo ofrecerle el puesto de secretario particular al exiliado peruano Víctor Raúl Haya de la Torre, un destacado líder estudiantil y un defensor de los derechos de los obreros. Encarcelado por el gobierno en turno, después de una huelga de hambre de seis días, fue deportado a Panamá, de allí a Cuba y luego al cobijo de Vasconcelos. El acto fundacional consistió en la entrega de la bandera indoamericana al presidente de la Federación de Estudiantes de México, con la idea de crear una institución política de carácter internacional, particularmente indoamericana, regida por cinco principios: lucha contra el imperialismo, unidad para América Latina, nacionalización de tierras e industrias, internacionalización del canal de Panamá y solidaridad con los pueblos oprimidos del mundo. Después de años de peripecias en Europa, Haya de la Torre volvió al Perú en 1931 como candidato presidencial por parte del Partido Aprista Peruano, de nuevo fue apresado por el gobierno militar y liberado un par de años después, para vivir en la clandestinidad hasta 1945, cuando su partido dejó de ser ilegal. En alianza con otras organizaciones políticas conquistó el poder, con el jurista José Luis Bustamante y Rivero como presidente, pero el control del espectro político mediante pactos entre las izquierdas fue inadmisible para la derecha oligárquica militar. Bustamante proscribió de nuevo a la APRA y en 1948 fue derrocado por un golpe de Estado: una vez más los militares. Haya de la Torre acabó refugiado en la embajada de Colombia en Lima.

Hilda también fue obligada a huir de su país por el gobierno usurpador. Había sido líder estudiantil en la Universidad de San Marcos y fue la primera mujer del Comité Ejecutivo Nacional del Partido Aprista Peruano. Era una luchadora social de convicciones firmes, resuelta y muy bien informada, con un estricto régimen de vida que mezclaba el estudio con la acción política, sin muchas distracciones fuera de sus actividades dentro de la organización. Tenía claro que las causas por las que peleaba serían difíciles, y ese exilio era en cierta forma una victoria, una manera de comprobar que estaba en el camino correcto, que las fuerzas contrarias sí tenían sus puntos débiles. Era cuestión de mantenerse en esa senda sin importar los obstáculos con los que se topara.

En su posición, la mejor alternativa para un exiliado de izquierda era Guatemala, luego de varios años en los que un gobierno emanado de una revolución condujera al país. Las naciones vecinas que no estaban bajo el yugo de una dictadura vivían tiempos convulsos; la paz hemisférica intermitente daba pie a trifulcas y golpes de Estado, y en ese entorno el gobierno de Árbenz la empleó en el Departamento de Estudios Económicos del Instituto de Fomento de la Producción Guatemalteca, y fue allí donde conoció a Ernesto un día de diciembre de 1953. Vio entrar a un joven delgado, pálido y de cabellos castaños, ojos negros y nariz corta, y lo primero que pensó fue que alguien tan bien parecido no podía ser muy inteligente. Con los zapatos rotos y una camisa sucia, tres años menor que ella, era la imagen opuesta al carácter intelectual y comprometido que buscaba en sus relaciones cercanas, pero de cualquier forma decidió ayudarlo a conectarse en la ciudad a la que recién llegaba, con solo un par de conocidos argentinos que no podían hacer mucho por él. Como no era exiliado político le restó importancia, interesada sobre todo en ayudar a compañeros de lucha que compartieran la posición en la que ella estuvo cuando llegó, y de esos había muchos.

Su amistad se hizo más fuerte con los días. Los conocimientos culturales de Ernesto le interesaron a una verdadera militante que buscaba regresarle a la sociedad lo recibido, incluso a costa de su desarrollo individual. Ambos sabían de marxismo; les interesaba lo que pasaba en la Unión Soviética y en la República China, pero ella iba más allá de la teoría: estaba dispuesta a poner su vida en juego por los ideales de justicia e igualdad social, dos aristas puntiagudas en el subcontinente. Ella fue el primer contacto que tuvo Ernesto con alguien cuyas preocupaciones eran aún más serias que las suyas, exiliada por cuestiones políticas y no por gusto. Le contó de sus viajes, de su paso por Perú y de su descubrimiento de las ideas de José Carlos Mariátegui, el pensador peruano de izquierdas fundador del Partido Socialista, y ella a su vez le habló de Víctor Raúl Haya de la Torre, de quien Ernesto concluyó que había traicionado sus planteamientos antiimperialistas del año 28.

—No habla más de luchar contra los yanquis ni de la nacionalización del canal de Panamá. Si llega al poder no hará ninguna revolución.

—Ese aparente abandono de las banderas principales de su lucha es una táctica. Una vez que la APRA llegue al gobierno va a lograr una verdadera transformación —contestó Hilda.

—Che, pero ¿cómo llegará al poder? ¿Por elecciones? Nunca. Si lo hace transando con la derecha y con el apoyo de los yanquis no es una revolución. En eso Perón ha hecho algo, ha protegido a los obreros, ha hecho algo por quitarles el poder económico a los oligarcas, y también contra los intereses imperialistas, pero falta mucho más. Para profundizar hay que ir contra los latifundios.

Sus charlas se extendían con facilidad alrededor de los temas comunes, o hablaban sobre textos de Lenin, Marx y Engels o de Tolstói, Gorki y Dostoyevski; en ese tiempo Hilda le prestó *La nueva China,* de Mao Tse-Tung para que ampliara su teoría política. Él, desde chico, tuvo la inclinación de pasar horas con las narices metidas en un libro, pero ahora tenía la intención de tender un puente hacia algún tipo de práctica. Y también sabía escuchar. Desde que se topó con Hilda apreció la joya de persona que era, un manantial de conocimiento que dispensaba a la menor provocación, y se convirtió en su mejor alumno.

Frente al escritorio de su oficina, Hilda pensaba en maneras de ayudar a que Ernesto ganara algunos pesos. Había conseguido que lo aceptaran en una pensión donde le permitían pagar más tarde, y esa cuenta debía de saldarse en algún momento. Era responsable y trabajadora, y también buena para hacer amistades; se llevaba bien con todos sus compañeros burócratas y era común que salieran en grupo al terminar su turno. Pero después de conocer a Ernesto empezó a fallar a esas tertulias de manera recurrente. Le pedían que les presentara al pretendiente por el que los había dejado; ella levantaba la mirada con una media sonrisa y no contestaba, o decía que no tenía pretendientes, solo amigos a los que apreciaba igual que a ellos.

En los primeros días de enero, en casa de amigos de Hilda, Ernesto conoció a Ñico López y a otros cubanos, exiliados por su participación en los ataques a los cuarteles Moncada y Bayamo, perseguidos por el gobierno de Fulgencio Batista, y recordó su encuentro un par de meses antes con otro grupo de cubanos en esa situación, en la cafetería del Soda Palace en Costa Rica. Ahí escuchó por primera vez el nombre de Fidel Castro, que en ese momento cumplía una condena de quince años por haber sido el autor de la revuelta. Ñico relató la historia de los ataques con la desenvoltura de un cuentista nato, con subidas y bajadas dramáticas y detalles verdaderamente descabellados, ante la mirada perpleja de sus interlocutores, hasta que Ernesto contestó:

—Mejor contame una de vaqueros —incrédulo ante la pretensión de tomar el gobierno con tan poco. Quizá simplemente estaban locos; sin embargo, el entusiasmo y el arrojo que vio en Ñico era lo más potente que había conocido. Dejaba su alma en las palabras que decía, convenciéndose a sí mismo y a quien le prestara oídos, confiado en el futuro triunfo como si no hubiera otra opción. A Ernesto esa pasión le daba envidia; no solo quería ser capaz de analizar una situación determinada en su contexto, como Ñico lo hacía, sino que comenzó a apreciar lo que significaba tener el don de la oratoria.

Cuando al poco tiempo uno de los cubanos enfermó, lo llamaron y, tras un breve examen, decidió que lo mejor era llamar a una ambulancia, así sus lazos con el grupo se acentuaron. A Ñico se le ocurrió la idea de iluminar imágenes del Cristo Negro, que gozaba de una enorme devoción en Guatemala, y Ernesto se ofreció a recorrer todos los barrios de la ciudad para venderlos y ganar algo de dinero. Había tenido que pedirle cincuenta dólares a Hilda, que no pudo prestárselos, pero a cambio le dio dos joyas de oro para que pagara su deuda en la pensión, y no quería verse forzado a hacerlo de nuevo. Su situación no le preocupaba demasiado, era preferible a perder la libertad con un puesto fijo que no fuera de médico. De una u otra forma se las ingeniaba para dormir bajo techo y comer muy poco, a veces nada, aunque se endeudara y luego le costara pagar.

Después de un tiempo de no saber nada de él, Hilda recibió una llamada de Ernesto para decirle que no había podido pasar a visitarla porque estaba en medio de un ataque de asma que le duraría varios días más. Ella quedó en pasar a la pensión cuando terminara la jornada laboral, y al llegar se encontró con Ernesto esperándola en el recibidor. No pudo ocultar la impresión al verlo esforzarse para respirar, con un leve silbido que le salía del tórax.

—Che, quitá esa cara. Se ve peor de lo que es.

—¿Estás bien?

—Es el ataque, ya se me pasa, pero no puedo subir las escaleras.

—¿Qué haces aquí entonces?

—Tenía que esperarte a vos porque no ibas a saber dónde está mi cuarto.

—Te ayudo, vamos.

—No, traeme la jeringa mejor, ya está preparada. Ahí también está el alcohol y el algodón.

—Mejor te ayudo a subir.

—Andá, por favor.

Le indicó cuál era su habitación y ella bajó con todo lo que le pidió.

—Vas a parecer adicto inyectándote aquí.

Él sonrió mientras dejaba lista la jeringa y se inyectó con cierta rapidez. A Hilda le pareció que una racha de viento podía llevarse a ese joven desvalido, y de no ser por la calma que vio en sus ojos habrían ido de urgencia al hospital. Estaba claro que a pesar de todo él era dueño de la situación. Poco a poco recuperó la respiración, se puso de pie y caminó a las escaleras lentamente, como un viejo enfermo. Ella lo siguió, preparada para cargarlo en caso de que se cayera, hasta llegar a su habitación.

—A los diez años aprendí a inyectarme —le dijo desde la cama—. Por eso me especialicé en alergias. Toda mi familia es alérgica, y de todos yo soy el peor.

Para desintoxicarse de los alimentos que había comido en días recientes, y que eran capaces de activar la enfermedad, solo consumía arroz y fruta. «Qué lástima que tenga ese padecimiento un hombre como él, que podría llegar a hacer tanto por la sociedad», pensó Hilda al verlo tan vulnerable, arrumbado sobre un colchón, completamente desamparado. «Creo que en su lugar me pegaba un tiro», se dijo sin creerlo verdaderamente.

Para seguir con el apoyo a una persona que se volvía cada vez más cercana, le pasó un trabajo de traducción que le habían pedido a ella, un libro sobre marxismo escrito por Harold White, un sociólogo yanqui de la universidad de Colorado que lo quería también en castellano. Le prestó su máquina de escribir y le ayudó con la traducción; su dominio del inglés era un poco más avanzado que el de Ernesto, y ambos con amplio conocimiento del tema en cuestión. Fue su primera empresa conjunta, mano a mano, haciendo equipo en un proyecto que ambos consideraban que valía la pena más allá de la remuneración económica. A partir de entonces se afianzó su amistad con White. Hacían excursiones fuera de la ciudad, asados campestres y paseos a los pueblos de la región, en un turismo antropológico que aderezaban con pláticas literarias o políticas.

La corriente filosófica por la que a veces reñían era el existencialismo. Ernesto era un entusiasta admirador de Sartre, cuyos preceptos le parecían a ella absolutamente individualistas y por ende burgueses.

—Es una valiosa denuncia de la miseria y la decadencia de un sistema y una sociedad, no digo que no, pero no bastan el conocimiento y la denuncia de las deformaciones de la sociedad capitalista.

—Entonces vos me das esa, la denuncia.

—Sí, pero hay que ir más allá, se necesita hacer algo para transformar la sociedad desde su raíz.

—¿Y el existencialismo niega eso?

—Yo creo que sí, definitivamente. Es una filosofía derrotista, un análisis sin salida que propone como única vía el suicidio.

—Esa es una exageración.

—Más o menos, yo creo que sí va en ese sentido. Además, los problemas que enuncia Sartre son específicos de las sociedades desarrolladas, como las europeas, que para la mayoría de Latinoamérica no aplican del todo, o por lo menos no como los plantea él. Nuestra lucha es un poco más primitiva: alcanzar la verdadera justicia social e ir en contra de la explotación, el hambre; buscar el acceso a la salud, erradicar el analfabetismo y el bajo nivel de vida. Tal vez en Francia la vida tenga menos sentido que acá, en donde hay tanto por hacer.

—¿Decís entonces que la injusticia social latinoamericana es lo que nos salva de la falta de sentido de la que habla Sartre?

—No lo había pensado así, pero sí, eso es. Preocuparse por darle sentido a una vida que inherentemente no lo tiene es estar ciego si vives en un país tan desigual como los nuestros, como este.

—Pero de todas formas la crítica de Sartre es válida, che.

—En cuanto a los problemas individuales, sí, pero creo que los problemas fundamentales están en las estructuras sociales, y es ahí donde se necesita que todos actuemos para cambiarlas.

—Tal vez tenés razón.

Era raro que en las instancias en las que no estaban de acuerdo la balanza se inclinara hacia el lado de Ernesto. La mente incisiva de Hilda iba siempre más lejos, y la coherencia militante sumada a su ánimo de acción eran para él un ejemplo, una manera de acercarse más al ideal que iba forjando en su cabeza.

A pesar de sus conexiones no podía conseguirle el trabajo de médico que él buscaba, de preferencia en la zona de Petén, aunque hubiera tomado cualquiera. Un funcionario le dijo que necesitaba un año de estudios para revalidar los que había hecho en Buenos Aires, y así desistió y en vez de un puesto oficial iba al Hospital General como voluntario. Cuando Ñico se fue a México, él se quedó sin posibilidades de pagar la pensión; dormía en los terrenos del Country Club y pasaba en las mañanas a la casa en la que se hospedaba Hilda, en donde le daban fruta y agua caliente para el mate. No aceptó el alojamiento que una amiga le ofrecía, ni más comida que eso, en parte también para impedir un ataque de asma.

Después de un paseo por Amatitlán con un grupo de amigos, se quedó a pasar la noche allí, solo, con suficiente yerba para el mate, una bolsa de dormir y un paquete de libros bajo el brazo: el *Popol Vuh*, los *Anales de los Cakchiqueles*, *La vida de los mayas* de Frans Blom y *La civilización Maya* de Sylvanus G. Morley. La soledad era un refugio, perfecta para darle el golpe a los temas prehispánicos con los que en ese tiempo estaba obsesionado, y el paraje en medio de la naturaleza era casi como un lujo. Los últimos destellos de luz le hicieron cerrar el segundo libro que consultó esa tarde, comió lo que tenía y se quedó un rato mirando las estrellas. El concierto de insectos a su alrededor lo sumió en un sueño profundo, despertó con la primera luz y con el trino de los pájaros y aguantó el frío para seguir leyendo hasta que el vacío en el estómago lo obligó a levantarse.

Su perseverancia le abrió las puertas del Centro de Maestros en un puesto de médico interno, donde además se pudo acomodar para quedarse en las noches. Recordó su tiempo en el leprosario de la Amazonía peruana en el que lo recibieron como ayudante y alumno: una vez más era útil. Mientras más avanzaba en sus conocimientos de medicina más pensaba que era una materia infinita, aun cuando se enfocara en alergias. Quería ser capaz de identificar cuadros médicos complejos para curarlos, quería abarcarlo todo. Sus días transcurrían entre pacientes de todo tipo, que al verlo de blanco le sonreían y pensaban que en él estaba la cura que necesitaban. Les hacía chistes, y hasta entre las paredes de un lugar como ese empezaba a sentirse la tensión que amenazaba la autonomía de la república.

A principios de mayo empezaron los bombardeos del supuesto ejército rebelde contratado por la CIA, que buscaba ejercer una guerra psicológica que obligara al presidente a renunciar. Primero fueron bombas en objetivos militares, en cuarteles, de día y de noche; después siguieron con barrios pobres y finalmente le tiraron al Palacio Presidencial en un esfuerzo por amedrentar, no para destruir. Ernesto se unió a la Alianza de la Juventud para hacer guardias en las noches, luego de que se ordenara el oscurecimiento total de la ciudad para evitar que los aviones piratas pudieran orientarse. Su labor era vigilar que no se encendieran luces externas en ninguna casa o que la luz interior no se filtrara hacia afuera, en patrullajes que arrancaban con las últimas luces del día y terminaban al amanecer. Recorría una ciudad fantasmagórica cuya población se mantenía al filo de un terror sin cara. El inquietante silencio que lo rodeaba en las calles de la capital hacía que caminara sigiloso hacia el siguiente foco encendido, con la vista entre el cielo y sus alrededores para no ser sorprendido por un bombazo, al hombro llevaba un fusil que apenas aprendía a manejar, el primero que cargaba en su vida. Vestido con ropa oscura que pasaba desapercibida, tocaba a la puerta con discreción y con toda amabilidad pedía que por órdenes del presidente apagaran la luz, para sumirse de nuevo en la noche de una ciudad agonizante. Era el primer conflicto armado en el que se involucraba más allá de la ayuda humanitaria, lleno de indignación por la injerencia extranjera y con cierto entusiasmo por participar de una manera activa. Confiaba en que el pueblo se uniría frente a las fuerzas que amenazaban con desintegrar al gobierno democrático.

Hilda formó una brigada para llevar alimentos a los trabajadores a quienes les tocaba guardia, y suscribió un pronunciamiento público de exiliados en apoyo a la revolución guatemalteca, también consciente del momento crítico del que era testigo. Por más que ambos fueran extranjeros no podían conformarse con ser observadores, era tiempo de poner en práctica las teorías en las que creían, de ponerse del lado del ideal popular y luchar para defenderlo de una manera internacionalista.

Además de los bombardeos se acentuó la guerra psicológica, con rumores tan absurdos como el que decía que cuando llegaran «los libertadores» asesinarían a las familias de quienes defendían al gobierno revolucionario de Jacobo Árbenz. Ernesto propuso ir a pelear al frente; muchos en la Alianza de la Juventud estaban dispuestos y algunos intentaban que el Partido Comunista apoyara esa moción, pero la respuesta fue que el ejército ya había tomado las medidas necesarias y que el pueblo no debía de entrometerse. Había un desfase entre lo que estaba pasando y la reacción de las fuerzas institucionales, que a decir de Ernesto no comprendían la magnitud del conflicto.

Entretanto la capital se vaciaba. A Hilda le aconsejaron irse del país o asilarse en alguna embajada; sin embargo, la actitud de lucha a su alrededor la convenció de seguir y ayudar en lo que fuera posible. La casa de huéspedes en la que se alojaba estaba cerca del Palacio Presidencial, y en uno de los bombardeos la ventana de su cuarto se partió en mil pedazos. Se trasladó a una habitación interior que daba a un patio, a un lado de la cocina, en donde una noche la cocinera de origen indígena confesó estar a favor de la invasión. Era católica devota, y la Iglesia apoyaba el golpe y abogaba por el ejército invasor en todas las misas del país.

—Esta mujer no ha comprendido nada de lo que significa la revolución para el pueblo —le dijo a Ernesto.

—Las metas de una revolución se deben de divulgar a todos, definitivamente, pero también la Iglesia tiene la culpa de la desinformación, de tanto atraso.

—La institución sí, las autoridades eclesiásticas, que siempre se alían con la oligarquía para mantener sus privilegios, pero la masa católica es otra cosa. Un verdadero cristiano tiene que estar de acuerdo con una sociedad en que no exista la explotación, el mismo Cristo predicó contra la injusticia y contra los ricos. Se tiene que producir una revolución desde adentro de la propia Iglesia, que irá de la mano con la revolución proletaria.

—¡Qué decís! Nunca. La institución siempre va a dominar. Con los únicos que podés contar son los católicos que por un proceso de razonamiento dejan de serlo.

La incertidumbre no detuvo el rumbo de la vida cotidiana. Ella permaneció en su puesto en el Departamento de Estudios Económicos y él seguía con sus actividades: en las mañanas iba al Centro de Maestros, en las tardes investigaba sobre la reforma agraria como parte de una tesis en la que colaboraba y en las noches se unía a las brigadas de oscurecimiento con un hondo sentimiento de impotencia por no poder combatir, pese a su continua insistencia. Era el colmo que las autoridades militares se obstinaran en prohibir que el pueblo contribuyera en la defensa nacional, una vía que pudo haber asegurado el resguardo de la república.

Siguieron los bombardeos y el ambiente se tensó aún más. En la oficina en la que trabajaba Hilda hubo varios desmayos y ataques de nervios, la gente casi no hablaba, miembros de un gobierno que estaba por ser derrocado. Ya no se juntaban después del turno de trabajo y sus recorridos se limitaban a lo más básico. El miedo constante era una cuestión generalizada. Cuando el Estado Mayor le exigió la renuncia al presidente, Ernesto propuso una vez más que se armara al pueblo, que se le hablara con la verdad y que si caía la capital se refugiaran en otra parte:

—En Guatemala hay zonas montañosas muy apropiadas. El pueblo puede defenderse desde ahí y seguir luchando, no importa cuántos años dure esto.

Sin embargo, sus consejos caían en oídos sordos. Nadie en el gobierno estaba dispuesto a llevar la defensa a sus últimas consecuencias.

No quedaba más que esperar represalias. La embajada mexicana le dio asilo al presidente junto con su familia, al igual que al líder del Partido Comunista. Esto generó una oleada de peticiones de asilo que culminó con las embajadas latinoamericanas llenas. Ernesto, incansable, salvó de la cárcel a muchos dirigentes políticos, consiguió casas en donde refugiar a unos y encontró asilo para otros, además de trasladar algunas armas, pero ante la negativa generalizada de seguir luchando decidió viajar a México y conseguir trabajo allí, y eso a Hilda no le interesaba. Para salir del país ella tenía que hacer gestiones en la embajada peruana y cambiar el salvoconducto de exiliada con el que llegó por un pasaporte, con el obstáculo de que el gobierno en turno abominaba de cualquier aprista. No se habían olvidado de ella. Sin trabajo y sin el apoyo de los representantes de su país, mientras esperaba la respuesta de la embajada, Hilda fue detenida por la policía del nuevo régimen afuera de la pensión donde vivía. Las actividades de Ernesto no habían pasado desapercibidas.

—¿En dónde está Guevara?

—No sé, pregunten en la embajada argentina.

—Denos una fotografía suya.

—No tengo ninguna.

Al entrar a su habitación, la mujer vio libros, ropas y muchas otras cosas regadas por doquier. La policía había esculcado hasta juntar todas las fotografías que pudieron y se las mostraron una por una.

—¿Está en esta foto?

—No.

—¿En esta?

—No —y así sucesivamente, negaba ver la cara de Ernesto en fotografías en las que sí aparecía.

Hilda fue trasladada a la cárcel de mujeres Santa Teresa.

Al llegar protestó para que se respetase su condición de asilada política, para que al menos le dijeran de qué la acusaban, y pidió un abogado. La directora del penal la escuchó sin poder prometerle nada: el caso estaba fuera de sus manos.

La metieron en el mismo espacio que las presas comunes, ladronas u homicidas, en un salón enorme en el que todas dormían con la luz encendida durante la noche. Las levantaban a las cinco de la mañana y a las seis empezaban a trabajar en el aseo de la cárcel. La comida no podía ser peor: frijoles casi crudos y sin ninguna sazón, y tortillas. Enseguida comenzó a dar clases de alfabetización, pues ninguna de las presas sabía leer ni escribir. Se limitó a tomar té y de vez en cuando una manzana que le llevaba una amiga, y así cuando una comisión de la Cruz Roja visitó la cárcel, al cuarto día de su encarcelamiento, Hilda declaró que si no la ponían en libertad en veinticuatro horas se declararía en huelga de hambre. La trinchera en la que se encontraba iba más lejos que el simple exilio, de nuevo condenada al ostracismo por defender los ideales en los que basaba su vida, soportando el cautiverio con una serenidad imperturbable. Pero no fueron días fáciles. El hambre y el mal sueño la debilitaban, y el miedo de no saber lo que podían hacer con ella también la perseguía. En los momentos más duros usaba la imagen de Ernesto para recobrar fuerzas, y creía que en su posición él haría lo mismo que ella. Su mayor deseo era que no lo agarraran, pues era probable que las fuerzas represivas del nuevo Estado se ensañaran más con él.

Antes de vencerse el plazo para empezar la huelga de hambre recibió a un grupo de peruanos que le contaron que

Ernesto estaba a salvo, que su primera reacción había sido querer entregarse para que a ella la soltaran, pero que todos a su alrededor lo convencieron de que no serviría de nada, que solo aumentaría el problema. Era más fácil tratar de sacar a uno que a dos. Aceptó asilarse en la embajada argentina para evitar su detención, bajo la premisa de que una vez consumada la victoria del gobierno usurpador no habría necesidad de imponer más el terror, y los prisioneros políticos quedarían en libertad.

También acudió a la cárcel el embajador chileno, que le contó que su homólogo peruano se negaba a darle el pasaporte o a hacer gestiones para su liberación, una muestra más de la mezquindad de quienes tenían secuestrado a su país. Era una pena confirmar que el embajador de la nación vecina se interesaba más por su caso.

El día que empezó la huelga de hambre la enviaron a la enfermería y la acostaron. La directora insistió en que lo que estaba haciendo era una locura y trató de disuadirla con argumentos más o menos bien fundados y la tentación de una comida como Dios manda. El aroma del pollo que pusieron a su lado en una vajilla que daba la impresión de ser fina fue como un tipo de tortura, y con toda ingenuidad intentaron convencerla con un juego de cubiertos, ausentes en el resto del penal. Recurrió a toda su fuerza de voluntad para resistir. Tomaba sorbos de agua y trataba de mantener la mente ocupada en recuerdos y en las ideas que la llevaron allí, con su integridad intacta. A las ocho de la noche la directora la mandó llamar para comunicarle que el Tribunal de Justicia había acordado liberarla y que sería interrogada al día siguiente. El nuevo gobierno temía que un caso aislado se convirtiera en un escándalo, dado el carácter político de la detención. Salieron artículos en la prensa y algunos periodistas querían hablar con ella, pero fueron rechazados por la directora; a Hilda tampoco le gustaba la idea de que un acto de rebeldía que consideraba justo cayera en el exhibicionismo.

Durante el interrogatorio el Procurador General la acusó de comunista por sus apuntes sobre la reforma agraria, sus libros sobre economía marxista y el Código del Trabajo de Arévalo.

—Tener obras marxistas no es ningún delito. Un profesional debe leer de todo.

Era cierto, porque nunca se había considerado comunista, aunque no tenía nada en contra de dicha ideología. Recordó algo que le dijo Ernesto días antes de que la detuvieran: «¿Por qué sos aprista, si pensás como comunista? Además, creo que tenés algún problema psicológico desde tu niñez, por ese complejo de Juana de Arco que revelás, eso de sacrificarse por la patria». En aquellos instantes frente al inquisidor, con las palabras de Ernesto cumpliéndose de forma grotesca, no podía explicar que ella jamás buscó estar en esa posición, que todo lo que hizo, incluso quedarse en Guatemala después del triunfo de los golpistas, fue dado por las circunstancias, y todo lo volvería a hacer si fuera necesario.

—El presidente Castillo Armas quiere verla.

—Está bien, lo único que pido son garantías para salir del país y regresar al mío.

Cuatro días más tarde todavía no se cumplía la orden de libertad, hasta que amenazó con volver a declararse en huelga de hambre. Cuando finalmente la dejaron en libertad, varias presas lloraron.

—¿Quién nos va a enseñar a leer?

—Ustedes sigan estudiando. No es fácil, pero pueden aprender solas. Es cosa de que quieran.

Hilda se apiadó de ellas. No era justo que, aunque fueran criminales, vivieran en tales condiciones. Al cerrarse detrás de ella la puerta de la prisión, la mujer sintió un gran alivio, y ese mismo día se instaló en un edificio barato. Comía en el restaurante de una amiga y se aguantaba las ganas de ver a Ernesto, encerrado en una embajada que no aceptaba visitas y era observada por los soldados del régimen. En la tensión de ese entorno envenenado, la libertad de ambos era más importante que el encuentro.

La entrevista con el nuevo presidente guatemalteco, Carlos Castillo Armas, fue cordial, puesto que se habían conocido tiempo atrás en casa de una amiga en común. No parecía el mismo hombre de antes; su aspecto físico había desmejorado, estaba pálido y flaco, con el tórax abultado por el chaleco antibalas. Daba la sensación de estar frente a un muñeco: el de los intereses yanquis y la oligarquía. La saludó amistosamente junto con otros dos oficiales; ella le pidió que no volvieran a detenerla antes de que pudiera salir al Perú, ya que sabían que la demora en la gestión del pasaporte no era culpa suya. Fue una reunión completamente hipócrita en la que nadie habló de los temas que tenía en la cabeza.

Un día Ernesto la sorprendió en el restaurante en el que sabía que Hilda comía de vez en cuando, gracias a una de las cartas que recibió en la embajada.

—¿Por qué no te fuiste a Argentina con el resto de los asilados?

—Yo no me quiero volver, voy a seguir mi camino a México, así como lo había planeado. Vamos, andá.

—Yo me voy para Perú, pero todavía tengo que esperar el pasaporte. Si no me lo dan me sigo para Argentina.

—El mío está en la embajada mexicana para que me den la visa. Si de verdad querés irte hasta allá te doy la dirección de mis viejos, ellos te podrán ayudar en algo.

Todos los conocidos que veían a Ernesto andando por la calle o en el restaurante volteaban la cara o lo miraban aterrorizados, sin dirigirle la palabra. Era un secreto a voces que las autoridades estaban detrás de él.

—Después de este fiasco a mí me quedan claras dos cosas: que la lucha de Latinoamérica es en contra del imperialismo yanqui y que esa lucha tiene que ser por medio de las armas. Mirá lo que sucede si no se opone resistencia.

—¿Entonces por qué quieres ir a México?

—Aquí la revolución ya se acabó. Quiero trabajar un poco y juntar algo de plata para seguir a Europa, o mejor a China.

—¿Y de qué vas a trabajar?

—Un amigo de mi viejo vive allá, se supone que es un cineasta reconocido. Recordaré mis inquietudes artísticas no realizadas, empezaré como extra y después, poco a poco… ¿Qué te parece a vos?

Hablaba entre risas, un poco en broma y un poco en serio.

—No creo que un hombre como tú, con tus ideales de justicia, encuentre en el cine el canal para realizarlos, salvo que sea en un país en donde la revolución tenga el poder político. Como trabajo eso es anularse si se hace en cualquier país capitalista. Sería mejor otra ocupación, aunque sea barriendo calles. Creo que ni como extra te conviene entrar en el cine, porque es vivir en un ambiente que cambia todas las perspectivas. Yo te aconsejo, y te lo digo solo porque me pediste mi opinión, que no te metas en eso. Si hubiese la garantía de poder hacer el cine que uno quiere, denunciando la explotación o los verdaderos problemas de la sociedad, estaría bien, pero ni para los grandes actores hay esa posibilidad. Lo que sí creo es que debes dedicarte a ser médico, aunque no ganes nada y tengas que trabajar en otra cosa para comer.

La miró gravemente y tardó un poco en contestar.

—Está bien, tomaré en cuenta lo que decís. Yo lo pensaba por si la vida en México fuera muy dura, así siempre tendría cómo resolver lo básico para no morirme de hambre.

—En caso de extrema necesidad se pueden barrer calles o lavar platos, pero tú tienes una profesión. La tienes que ejercer.

—Sí, sí. Es verdad.

Lo acompañó en tren hasta Villa Canales, camino a la frontera, y casi no hablaron. Irse de esa forma daba una sensación derrotista que ninguno quería externar. Abandonaban un campo de batalla en el que las fuerzas contra las que luchaban salieron victoriosas, y ellos quedaban como un par de sombras olvidadas en el páramo de la opresión. Impotentes ante el zarpazo del imperialismo, su mente vagaba entre visiones de un futuro oscuro y la melancolía por la nación que había dejado de existir antes de florecer. Mantendría el nombre, pero la esencia que conocieron se esfumó frente a ellos. No tenían ganas de hablar del infortunio.

Se tomaron de la mano y él recitó los poemas de Vallejo que sabía de memoria:

—«Cuando al final de todas las jornadas, / ya no tenga un futuro hecho camino, / vendré a reverdecerme en tu mirada, / ese riente jirón de mi destino».

—Ese ya no es de Vallejo, ese ya es tuyo —dijo Hilda, y él sonrió. De no haber sido por el pasaporte y por la visa tal vez habría seguido en ese tren hacia el norte, de la mano del hombre que acaparaba su vida y sus pensamientos. La despedida fue breve, casi como un trámite. La incertidumbre se había vuelto una constante.

Ernesto cruzó la frontera, Hilda volvió a la ciudad y en una de las calles aledañas al edificio en el que vivía su mirada se cruzó con la de un ciclista. Su mal presentimiento se confirmó en la puerta, donde otro hombre y el ciclista la obligaron a entrar para recoger sus cosas bajo el argumento de que ya no era bienvenida en suelo guatemalteco.

—¿A dónde me llevan?

—A México.

—Pero no tengo papeles para entrar.

—Eso es problema suyo.

La parte de ella que ya extrañaba a Ernesto y que pensaba que tal vez nunca volvería a verlo se iluminó, pero la angustia de perder de nuevo su libertad opacó esas ilusiones.

Pasó una noche en la cárcel de mujeres, donde se encontró con dirigentes de la Alianza de Mujeres Democráticas, a quienes les propuso una huelga de hambre que nadie secundó. A la mañana siguiente la llevaron a Malacatán en el mismo tren que tomó Ernesto, y en vez de transportarla a México la metieron en la cárcel de un puesto fronterizo que compartió con otro preso. En esas circunstancias la compañía significaba una protección ante posibles abusos, algo que la tranquilizaba.

Se encontró otra vez en terribles condiciones, con un calor insoportable y una cantidad de insectos que hacían que el tiempo transcurriera aún más lento. Dormía sobre un camastro en un pasillo, completamente vestida, y se levantaba a las cinco de la mañana para bañarse usando un jarro y el agua de un balde que antes tenía que llenar en una pila cercana. Para comer los llevaban a un restaurante en donde tenían que pagar por lo que consumieran, ella se vio forzada a pagar la porción del compañero en desdicha que no tenía un quinto.

En una noche de copas entre el jefe de la cárcel, el alcalde y otros visitantes la despertaron para invitarla a beber con ellos.

—En mi condición de presa no tengo ningún deseo de conocer a nadie, menos a ustedes. Devuélvanme mi libertad y entonces podría portarme como una persona común.

Su alegato los desarmó y no volvieron a molestarla hasta otra tarde en que el jefe la invitó a ir de paseo por el río a cazar cocodrilos; de nuevo contestó con una rotunda negativa. Él se enojó tanto que dio la orden de que ese día no la sacaran al restaurante.

Hilda se ganó las simpatías de algunos policías que la ayudaron a enviar cartas a compañeros peruanos exiliados en México, en las que les pedía que tramitaran su asilo político, y también le escribió a Ernesto. Con el paso de los días se convenció de buscar una manera de huir. Una opción era el subteniente de la cárcel, que le ofrecía ayudarla a condición de que dijera que era su esposa para cruzar juntos la frontera, y de que en México le consiguiera un trabajo entre sus conexiones latinoamericanas. La otra era fugarse del restaurante al consulado mexicano, a solo dos cuadras, y pedir asilo, pero antes de poner un plan en marcha llegó la orden de la capital de evacuar a ambos prisioneros. El costo para cruzarlos por el río y burlar la vigilancia en la frontera era de cincuenta quetzales por cabeza. Hilda negoció que los cruzaran por veinte, que ya era una ganancia para ellos.

Los llevaron a un rancho cerca del río, caminaron en el fango y les dieron una hamaca para mal dormir por unas horas, con mosquitos enormes que penetraban cualquier tela. Al amanecer, casi en plena oscuridad, los llevaron a la orilla en la que ya los esperaba un indígena alto y fuerte que además era estupendo nadador. Ella se puso un traje de baño, guardó su maleta en una bolsa impermeable, se apoyó en la pequeña balsa de madera y la empujó con las piernas para luchar contra la corriente del río Suchiate. Del lado mexicano un chofer los llevó a la casa de su hermana, en la zona de Tapachula; Hilda se presentó en la oficina de inmigración y expuso su caso, del que ya tenían conocimiento. Pasó ocho días con la hermana del chofer, su marido y sus tres hijos. Colaboró en la economía familiar dando sus últimos veinte quetzales. Sus padres le enviaron un giro bancario que le alcanzaría para vivir un par de meses, y ocho días después de haber cruzado la frontera llegó al asilo de la Secretaría de Gobernación. Voló a la Ciudad de México, se hospedó en el hotel Roma y llamó a Ernesto.

4

Ambos pensaron en la posibilidad latente de nunca volver a verse. Los planes de Ernesto involucraban viajes a distintas latitudes, todas fuera del continente americano, mientras que Hilda tenía en la mira el sur, un viaje en dirección opuesta. Tenía ganas de llegar hasta Argentina y sabía que Ernesto no iba a regresar pronto. Sin embargo, la fuerza de gravedad de un lugar como México los unió de nuevo, y ahora estaban enfrascados en una relación quizá un poco más seria que antes, sin haberlo buscado. Ernesto la estrechó en sus brazos y a ella le brillaron los ojos, segura a su lado, lejos de las desventuras del nuevo régimen.

—Pobre Guatemala —le dijo a Ernesto con toda sinceridad, llena de compasión por un pueblo que no se merecía el gobierno que los yanquis le impusieron. Él guardó silencio, no tenía palabras para describir su frustración.

Del hotel Roma se mudó con Lucila Vásquez, poeta venezolana, a un departamento en la calle de Pachuca, en la colonia Condesa, y él consiguió un puesto en la Agencia Latina de noticias, un medio argentino que pagaba setecientos pesos mensuales por tomar fotografías y redactar síntesis de acontecimientos importantes en México. En su relación sentimental tenían grandes días y otros en los que peleaban por cualquier cosa. A veces usaban sucesos intrascendentes como pretexto para discutir, pero la atracción intelectual que los unía era más fuerte que esas desavenencias. Además de compartir una visión del mundo aprendían uno del otro, él de la amplia cultura de Hilda y ella de la vocación de sacrificio que tenía Ernesto, y para ambos lo más importante era la lucha social. Con todo eso en común, las discusiones y los enojos pasaban a segundo plano.

Ernesto le habló de su encuentro con Petit de Murat, el amigo de su padre, y de su postura reaccionaria ante los sucesos guatemaltecos, y ya habiéndose olvidado de sus sueños cinematográficos quiso demostrarle a Hilda que ella no siempre tenía la razón. Durante su estancia antes de que ella llegara, se topó con un cine en el que proyectaban una película mexicana dirigida por un aragonés que había salido huyendo de la guerra civil española para afianzarse en México. Ahorró los pesos necesarios para invitarla a ver *Los olvidados* y al salir le preguntó si esa no era una película comprometida socialmente.

—¿Viste? Se puede hacer un cine que denuncie los verdaderos problemas de la sociedad en un país como este.

Hilda se detuvo a pensar en su respuesta ante esa estupenda movida. Entre el fango de los melodramas y las cintas de charros Ernesto encontró una joya del cine subversivo. No había duda de que el retrato de aquellos niños era una afrenta contra el sistema capitalista, y era muchas cosas más. Tras el grano de esas imágenes se escondía una crítica al mundo contemporáneo; era la visión de una realidad que había perdido su balance, que por cuestiones irrelevantes se había olvidado de los más necesitados. Una enorme pieza cinematográfica. No obstante, decidió doblar su apuesta.

—Es una excepción. No voy a negar que tiene todos los atributos de un cine comprometido, pero ¿cuántas películas como esa se hacen aquí? Es una falla en el sistema en vez de la norma. Lo increíble de Buñuel no es solo la belleza de una película como la suya, sino el haber logrado realizarla en una industria como la mexicana, en la que predomina un cine que ni siquiera rasga por encima la explotación de la mayoría. Estoy segura de que le costó décadas llegar a hacer algo como esto, y mira, está arrumbada en un cinito sin mucha pena o mucha gloria.

—Pero existe. Se puede hacer un cine de esas características.

—Nada es imposible, pero creo que, si eso es lo que se busca, uno puede perder toda una vida antes de lograr una victoria como esa. Una excepción no contradice mi postura.

La tenacidad de su defensa le sacó a Ernesto una sonrisa, sin nada que agregar a la vitalidad de la película, porque para él las excepciones eran lo más valioso. Si hiciese cine viviría en ese lugar.

Un día salió de un consultorio en el hospital al que iba como voluntario, dobló la esquina al final de un pasillo y bajó los ojos para revisar el cuadro del siguiente paciente, cuando una palmada en la espalda lo sacó de su ensimismamiento. Levantó la cara desconcertado y se encontró con Ñico López, quien lo abrazó con tal fuerza que todas las miradas a su alrededor se dirigieron a ellos. No podía más de contento, y a Ernesto lo contagió. Volvía una amistad que ya consideraban perdida. Ñico no sabía si él había salido de Guatemala, si estaba preso o si regresó a Argentina, y Ernesto no tenía un solo dato que pudiera ayudarlo a buscar al cubano en la inmensidad de la Ciudad de México. Fue así como el azaroso encuentro con una vieja amistad lo llevó a Emparán 49, el departamento en la colonia Tabacalera que María Antonia, también cubana, compartía con su esposo, el mexicano Dick Medrano, guerrero de la lucha libre. Ahí descubrió un mundo nuevo. Era común que ella invitara a comer al grupo de amigos de su hermano, que apenas se las ingeniaban para mantenerse a flote, y cuando supo que Ñico dormía en el vestíbulo de un edificio porque no le alcanzaba para dormir en una cama propia, dejó que se quedara con ellos. Después se le sumó Calixto García y con el tiempo seguirían llegando exiliados a conocerla, y siempre uno más se quedaría a dormir por primera vez.

En Navidad pasó a casa de María Antonia a saludar a los cubanos, que habían levantado los colchones que usaban para dormir en varias partes del departamento, algunos de ellos decaídos por estar lejos de la familia en Nochebuena y otros preocupados de los éxitos acumulados por el gobierno del coronel Batista. Una elección fraudulenta un mes atrás ratificaba su mandato bajo un supuesto marco de legalidad, luego de que en el 52 tomara el poder por la fuerza, apoyado por el ejército. Sus primeras acciones fueron abolir la Constitución de 1940, suspender las libertades políticas y aliarse con la clase acomodada, en una gestión corrupta y represiva apoyada por los yanquis. Ernesto escuchaba esas historias con un semblante serio, en solidaridad con otro pueblo latinoamericano más, parte de la llamada patria grande. Tras sus recorridos por el continente le quedaba claro que todos eran un mismo pueblo separado por montañas, por mares y por ríos.

Además de la dificultad para vivir con tan poco, Ñico se sentía inútil en México, sin un proyecto concreto para seguir con la oposición al régimen que oprimía a su país. Vendía imágenes de la Virgen de Guadalupe al igual que en Guatemala vendió del Cristo Negro, lo cual cumplía la doble función de ganar algunos pesos y entretenerse en algo, y en esos días a la deriva pensó en volver a Cuba con Calixto para intentar un rescate de los compañeros presos en la Isla de Pinos, la cárcel en donde los sobrevivientes del asalto al cuartel Moncada seguían detenidos. La sociedad civil pugnaba para que los liberaran en un acto de amnistía general, y la presión era cada vez más fuerte.

Pese a todo no perdían el buen humor. Ernesto podía escuchar lo que pasaba en Cuba y luego reír a carcajadas por las ocurrencias de Ñico, que los divertía con cualquier historia y bajo cualquier pretexto, haciendo de la vida cotidiana un pequeño carnaval. Bien entrado en la conversación y entre risas, Ernesto recordó que antes de llegar a cenar al departamento de Hilda tenía que pasar a su casa a recoger su bolsa para dormir, para esa noche acompañar al Patojo en su nuevo trabajo como cuidador de una librería del Fondo de Cultura Económica, una labor que en ocasiones él también tomaría.

La cara larga que lo recibió lo hizo ver la hora.

—¿Y el Patojo? —preguntó Hilda.

—Laburando.

—Pero la idea era cenar los cuatro.

—¿Qué puedo hacer yo? Necesita la guita.

—¿Y esa bolsa?

—No lo voy a dejar solo en Nochebuena. Ceno y salgo para allá a acompañarlo.

Hilda lo miró desde un lugar distante. Había rechazado una cena de peruanos para hacerlo en su casa, y Lucila había quedado de llegar más tarde a otra de venezolanos. Era un clásico de Ernesto llegar tarde y apurado para irse a otro lugar, sin pensar en ella, en toda la planeación de una reunión navideña. La irritaba y la entristecía que diera por hecho su relación.

Después de cenar ella le regaló un suéter y él se burló de su desilusión.

—Qué afán de las mujeres de celebrar las fiestas, a ver si hacés drama porque no me quedo.

Al fin sonrió. Más valía hacer a un lado los detalles incómodos para no sepultar un buen momento bajo los escombros de la frustración.

—Mañana vengo y salimos a pasear —remató Ernesto.

Recibió una porción de cena para el Patojo y se fue antes de las doce.

En vez de acompañar a Lucila, Hilda se quedó sola en el departamento, confiada de que al día siguiente pasaría más tiempo con él, en una posición que no había elegido. Sentía que tenían un vínculo que se confirmaba cada vez que se veían, con muestras de amor que no pasaban desapercibidas pero que ambos preferían ver con cautela. Hablaban sobre la posibilidad de casarse; era un tema pendiente, aunque en esos momentos, a fines del 54, estaban de vuelta en un vaivén entre la amistad y el amor de pareja.

Fiel a su palabra, Ernesto pasó por ella al día siguiente para ir al bosque de Chapultepec. En la noche de fin de año se repitió la misma escena: cenó con ellas y a las diez se despidió para hacerle compañía al Patojo. Ella lo tomó como otra muestra de apatía y decidió terminar con lo que fuese que hubiera entre ellos. Se lo dijo y él no le creyó.

—Me voy a la fiesta de los venezolanos.

—Muy bien, che, andate con Lucila.

Se mortificó aún más con una respuesta que confirmaba su indiferencia, pues no le gustaba pensar que prefería pasar el año nuevo con su amigo que con ella. En la fiesta conoció a un poeta y bailó toda la noche, algo que Ernesto jamás podría haber hecho, con el oído nulo que tenía para la música. El poeta quería salir con ella al día siguiente y ella estaba decidida a ir con él.

La versión de Ernesto era muy diferente y daba por hecho que ella entendería ese gesto como un acto de solidaridad hacia un hermano en tiempos difíciles, en esas fechas tan marcadas en el calendario social. A él le tenían sin cuidado esas celebraciones, pero era claro que para su amigo esas noches podrían ser un infierno en soledad. Tenía por el Patojo un cariño casi paternal, con ganas de protegerlo y de ahorrarle cualquier pena en la medida de sus posibilidades, como hacerle compañía en su puesto de trabajo en días festivos. Le costaba trabajo pensar que Hilda no tuviera la suficiente sensibilidad para verlo, y que antes pensara en sus sentimientos de una forma egoísta, cercana al pensamiento burgués.

En la librería decidió no hablarlo con el Patojo para no hacerlo sentir culpable, y más bien deambuló por los anaqueles revisando títulos, hojeando algunos ejemplares y tomando otros para leer fragmentos. *Diez días que conmovieron al mundo* de John Reed lo consumió durante un rato; también el *Canto épico a las glorias de Chile,* de Rubén Darío; luego tomó *Nuestra América,* de José Martí, y no volvió a quitar la vista de la página hasta que el Patojo lanzó un ronquido. En Nochebuena había explorado dos obras mexicanas: «Mi idea de historia», de Alfonso Reyes, y *Ulises criollo,* de José Vasconcelos; por eso en Año Nuevo les dio prioridad a obras de otros países, pero al despertar el velador lo encontró en el tercer capítulo de *La sombra del caudillo.*

—¿De qué va ese?

—Por lo que veo es como un parte de la historia de México contada en clave. Es novela, pero también parece una crítica al poder de un solo hombre, y retrata lo que pasó aquí después de la Revolución. Me lo voy a llevar —le dijo con una leve sonrisa.

—Si te lo llevas me echan.

Ernesto lo tomó del hombro y lo abrazó.

—Ya vete a una fiesta o algún lugar a celebrar. No te preocupes por mí.

—¿Y perder la oportunidad de tantas lecturas? Ni loco.

El Patojo agradeció su presencia, tomó un libro de cuentos y se recargó en la pared a su lado.

Al día siguiente Ernesto pasó por Hilda a las nueve de la mañana, de sorpresa, cuando el resto del mundo estaba desvelado, y fueron a Toluca a pasar el día, contentos de estar juntos el primer día del año. Días después le regaló un ejemplar de *Martín Fierro* empastado en cuero verde, el poema narrativo de José Hernández del cual solía recitar fragmentos de memoria. La dedicatoria decía: «A Hilda, para que el día de la partida le quede el sustrato de mi ambición de horizontes y mi fatalismo combatiente. Ernesto. 20.1.55». No era lo más romántico que había leído, pero la emocionó.

Poco más tarde cortaron relaciones porque encontró entre las páginas de un libro el negativo del retrato de una mujer en traje de baño, que resultó ser la hija de Petit de Murat, con quien él no tuvo nada que ver; sin embargo, la discusión fue suficiente para que él también decidiera separarse. A ella los celos la rebasaron; la desconfianza sumada a los episodios de indiferencia fue como una muralla que se erguía entre ellos y él, por su parte, no estaba dispuesto a que le reclamara cosas de las que no era culpable. Si no era capaz de confiar en él no podían estar juntos, él que jamás había hecho nada para ganarse esa aprensión. Los celos infundados eran un signo de infantilismo que no tenía por qué soportar.

El plan de Ñico había cambiado: regresaría a Cuba a entregarse a las autoridades por su enfrentamiento a tiros en contra de un *jeep* lleno de militares del cuartel de Bayamo. Esperaba que su probable encarcelamiento presionara más al gobierno, en aras de una amnistía general para todos los involucrados en los sucesos del 26 de julio del 53. Estaba especialmente molesto por la reciente visita del vicepresidente Richard Nixon a Cuba, y posteriormente la de Allen Dulles, el director de la CIA y uno de los principales responsables del golpe de Estado al gobierno de Árbenz. Esa visita reforzaba la relación de los yanquis con otro aliado para controlar la zona. Ernesto lo escuchó con atención; el tema le interesaba, aunque su plan era viajar a París, a los países soviéticos, y siempre China en el horizonte; vivía con la esperanza de que las ganancias de tres o cuatro textos científicos que traía entre manos le dieran suficiente liquidez para cruzar el mar en barco de una vez por todas.

Una oportunidad inesperada le ofreció las bases económicas que buscaba para emprender el vuelo. Para cubrir los IV Juegos Panamericanos, la Agencia Latina lo contrató como redactor, fotógrafo y guía de los periodistas que llegaban de Sudamérica, una labor agotadora que no le permitió dormir más de cuatro horas diarias durante dos semanas. También tenía que revelar e imprimir las fotografías en un estudio improvisado que montó con ayuda del Patojo, de un cubano y de un exiliado venezolano que aportó el cuarto oscuro. La idea de que con esa paga podría comprar su boleto se esfumó al enterarse de que la Agencia Latina se disolvía, y le quedaba a deber meses de trabajo, además del sueldo de sus colaboradores, forzados a esperar una indemnización que llegó poco después y bastante más corta de lo que esperaban.

Hilda no pensó que Ernesto fuera a cumplir su amenaza de romper definitivamente y no verse ni siquiera en plan de amigos, pero él lo hizo, y con ello la obligó primero a usar su enfermedad —una amigdalitis aguda— para atraerlo, y luego aprovechar la llegada de una amiga para ir a uno de los departamentos en donde se hospedaban más cubanos exiliados, en donde sabía que podría encontrarlo.

—¿Qué hacés acá?

—¿Ya no te acuerdas quién te los presentó?

—Claro.

Lo cierto es que lo extrañaba, y él, al verla, supo que también lo hacía. Sin ganas de seguir con los vaivenes de antes, al día siguiente le propuso matrimonio. A ella él le gustaba, pero no era recíproco: había días en los que Hilda le parecía poco agraciada, sin que eso afectara su relación. Cuando no peleaban la pasaban bien, entre largas pláticas en las que se reconocían como almas afines, dos piezas de un mismo rompecabezas, enteramente cómodos en su compañía. La primera fecha que fijaron para la boda fue en marzo, un año después de que en Guatemala consumaran su relación, pero fue un plazo imposible de cumplir porque para casarse legalmente en México tenían que llevar a cabo los trámites para conseguir el permiso por ser ambos extranjeros, él con visa de turista y ella como asilada política. Resultó ser un proceso burocrático mayúsculo que no podía acelerarse.

La estrecha relación que ella tenía con la comunidad peruana en Guatemala también existía en México, una amplia gama de conciudadanos que se apoyaban entre sí y que además hizo posible su amistad con Laura Meneses, a quien conoció poco después de llegar al Distrito Federal. Desde su primer acercamiento cimentaron un lazo profundo, separadas por treinta años, pero unidas por los mismos ideales que compartía con Ernesto, a quien a veces le contaba parte de sus conversaciones. Estaba casada con el líder independentista puertorriqueño Pedro Albizu Campos, a quien Hilda se refería con el apelativo con que era conocido en la isla: para ella era el Maestro, y así la curiosidad de Ernesto creció hasta el día en que Laura cayó enferma y no dejó pasar la oportunidad de conocerla. Colocó una silla a un lado de su cama y la examinó.

—Yo le voy a conseguir las medicinas —dijo después de la consulta—. Pero se las traeré pasado mañana, porque acá no sirven las recetas en el hospital hasta los dos días.

Así lo hizo y al poco tiempo estaba curada. Ese fue el fundamento de una amistad que se afianzaba más con cada visita.

—Me dice Hilda que a usted le interesan los temas de horror latinoamericano —dijo al servirle una taza de té en el pequeño departamento que arrendaba en la parte trasera de una casa en Lomas de Chapultepec.

—Me disgustan tanto como me interesan, señora, sí, sobre todo cuando están involucrados los yanquis.

—No conozco peor desgracia que la nuestra.

—¿La de usted y su esposo?

—También, pero me refería a la de Puerto Rico, que considero como mi patria, aunque no nací allí.

—Recién estuvimos viviendo en Guatemala y...

Lo interrumpió.

—Joven, no hay punto de comparación. Con solo decirle que a quien tanto admiraba Arévalo en el plano político fue uno de los grandes culpables indirectos de la masacre de Ponce y de muchas atrocidades más, culpable indirecto pero culpable al fin y al cabo.

—¿Quién?

—El presidente Roosevelt, desde luego. Él fue quien puso al violento general Winship a gobernar Puerto Rico, con los resultados más sangrientos e injustos que se puede usted imaginar.

—¿La Masacre de Ponce?

—En el 37 un amplio grupo de policías acribilló a una multitud de hombres desarmados, mujeres y niños, en represalia por el asesinato de un despiadado jefe de policía un año antes. Lo que pasa es que ese no era un oficial común y corriente. Era un yanqui heredero de una inmensa fortuna bancaria, con los lazos más fuertes a Washington, y ese despreciable caballero le declaró una guerra a muerte a los puertorriqueños y murió por ello. El gobierno insular trató de incriminar a los ciudadanos acribillados en el tiroteo, a los muertos y a los que sobrevivieron. Inventó que fueron los culpables de herirse y matarse entre ellos, imagínese. Unos canallas.

—¿Y el Maestro en dónde estaba?

—En La Princesa, la cárcel de San Juan a la que regresó hace un año. Lo habían quitado de en medio porque si lo dejaban libre seis meses más hubiera hecho la república. Como no encontraron ninguna prueba que lo ligara al asesinato o a cualquier otro crimen, lo condenaron por conspirar para derrocar al gobierno de los Estados Unidos, como si tuvieran derecho sobre Puerto Rico. La marcha pacífica en Ponce era un evento nacionalista y también un apoyo a Pedro, que ya había sido condenado. Poco después lo llevaron a una cárcel de Atlanta y para que no se muriera en la prisión lo sacaron en el 43, casi moribundo. El trato horroroso que le dieron por poco acaba con su vida. Cuando llegó al hospital Columbus de Nueva York el médico declaró que tenía un caso fatal de *angor pectoris* y dijo que no duraría un día más. Tuvo que estar más de dos años en el hospital restableciéndose y al salir las autoridades lo confinaron a Nueva York hasta extinguir totalmente la sentencia de diez años, que se convirtieron en once porque no le abonaron el año de prisión preventiva que sufrió en La Princesa. La persecución en su contra llegó a tal exceso que hasta en la cabecera de su cama en el hospital descubrimos un micrófono instalado por el FBI.

—¿Y usted qué hizo en todo ese tiempo?

—Estuve en Nueva York gestionando la libertad de los otros presos políticos en el 38, y de allí me fui a vivir a Cuba con mis tres hijos, hasta 1941 que nos marchamos al Perú. La persecución hizo imposible nuestra vida en Puerto Rico, donde ya habían sido encarceladas cuatro direcciones del nacionalismo.

Laura tomó la taza de té y le dio un sorbo mientras Ernesto aguardaba a que siguiera, hechizado por una historia de la que quería saber todos los detalles y un tanto avergonzado por no haberla escuchado antes.

—Encima, después de la masacre Roosevelt dejó a Winship como gobernante dos años más, a pesar de que una comisión denunció los hechos abiertamente. Dos años terribles en los que se construyeron bases militares y decenas de nacionalistas fueron perseguidos, apresados o desaparecidos, con ayuda del FBI. El sadismo de Winship llegó al extremo de celebrar los cuarenta años de colonización yanqui no en Guánica, el pueblo donde se llevó a cabo la invasión, en el 98, sino en Ponce, a dos cuadras de donde fue la masacre, con hoyos de balas por todas partes y la memoria de la sangre todavía fresca. Celebraban cuarenta años de saqueo y explotación. Fue una lástima que el intento de un estudiante nacionalista para asesinarlo fallara ese día. Al próximo gobernador colonial, nombrado meses después, el gobierno de Roosevelt le dio la orden de disparar primero y hacer preguntas después. Desde entonces Puerto Rico es un territorio militarizado, dirigido por el FBI.

—¿Y cómo fue que don Pedro regresó a la cárcel?

Sus finas facciones se deformaban con esos pesados recuerdos, bajo la consigna de que esa historia tenía que ser contada para el beneficio de cualquiera que quisiera escucharla. El aire estancado a su alrededor los envolvía en el torbellino de la memoria.

—En diciembre del 47 regresó a la isla, a pesar de que tanto Cuba como México nos ofrecieron asilo, temiendo por su vida si regresaba a Puerto Rico, pero él no iba a parar de luchar por la independencia. Nosotros lo alcanzamos pocos meses después y nos instalamos en el Hotel Normandie, frente al cual había una guardia permanente de policías que nos seguían a donde fuera que íbamos. El recibimiento del pueblo puertorriqueño ante su llegada los debió de haber preocupado mucho, porque confirmó los adeptos que todavía tenía el movimiento. Después nos mudamos a una casa en San Juan, donde continuaron las patrullas estacionadas día y noche, y la persecución cuando salíamos a la calle. La policía interrogaba a las familias a las que Pedro visitaba y a muchas de las personas que venían a vernos, en un esfuerzo por atemorizar. En junio del 48 se aprobó en Estados Unidos la ley mordaza para Puerto Rico, que prohibía varias cosas: la bandera puertorriqueña, incluso en la privacidad del hogar, hablar a favor de la independencia, publicar cualquier material que pudiera debilitar al gobierno insular y organizar cualquier grupo con esa intención. Todo iba dirigido a encarcelar a los nacionalistas. El partido en el poder, traidor a la patria, impuso la ley a pesar de que toda la prensa de la isla se opuso. Pero Pedro siguió hablando en plazas a lo largo del país, continuó organizando y maquinando la manera de luchar en contra de la opresión yanqui porque, además de la poca libertad, la pobreza y la explotación han ido en aumento desde la colonización.

Laura notó las tazas vacías, se levantó y sin preguntar tomó la jarra y vertió agua caliente en cada una, y antes de sentarse empujó hacia él la cajita de madera con las infusiones.

—Gracias —dijo Ernesto y ella asintió.

Una racha de viento hizo que el visillo rozara el marco de una fotografía de Pedro y Laura tomada en la época que pasaron en la Universidad de Harvard, donde se conocieron. Ella de labios pintados y el cabello relamido, con unos ojos penetrantes que en tantos años no habían cambiado, aunque quizá eran un poco más tristes; él con su corbata de moño y el bigote que lo caracterizarían en adelante, con una sonrisa que ignoraba la tormenta interminable que el destino le tenía reservada. Fue la primera mujer hispanoamericana en estudiar allí. Se especializó en bioquímica después de concluir su doctorado en la Universidad de San Marcos de Lima, y él estaba matriculado en leyes, erudito y estupendo orador. A los pocos días de conocerla le propuso matrimonio.

—En el 50 los nacionalistas descubrieron un plan del gobierno para simular una resistencia que justificara los arrestos y los asesinatos que convenían al imperio —continuó Laura después de preparar su té—, pero ningún periódico se atrevió a publicarlo, ni siquiera como publicidad pagada. Yo estaba en Cuba en una visita a mi hijo Pedro, que estudiaba en la Universidad de la Habana. Los nacionalistas se pusieron de acuerdo para defenderse y el 30 de octubre empezaron los enfrentamientos en varios puntos de la isla, que duraron tres días. Sabían que no eran batallas que podían ganar, al enfrentarse al que se había impuesto como el imperio más poderoso del planeta, pero lo que buscaban era que el mundo volteara a ver la situación de Puerto Rico, hacerle publicidad a la causa independentista. El presidente Truman declaró que lo que sucedía era una trifulca entre puertorriqueños y para desnudar esa mentira dos patriotas fueron a la casa en la que se hospedaba el presidente, mientras la Casa Blanca estaba siendo reparada, y se enfrentaron a balazos con los guardias. Griselio Torresola estuvo a segundos de dispararle a Truman cuando se asomó por una ventana, pero lo acribilló uno de los guardias. Bombardearon Jayuya y Utuado, hubo cientos de muertos y acabaron por arrestar a tres mil personas, entre nacionalistas, simpatizantes y gente que no tuvo nada que ver en el conflicto. Pedro fue arrestado después de días de atrincherarse en un departamento.

—Hubiera sido más fácil matarlo —dijo Ernesto al analizar la situación desde un lado pragmático.

—Estoy de acuerdo. Para lo que les ha costado su existencia es un milagro que siga vivo. Yo creo que no quisieron matarlo para no hacer de él un mártir.

Laura tomó un poco de té y respiró fuerte, víctima de una fatiga mental que sabía que podía alargarse un poco más.

—Ahora lo tienen en un cuarto inmundo y sin ventanas del que nunca sale, mal alimentado y torturado con energía radioactiva. Creemos que están haciendo experimentos con él. Siente cómo lo están quemando por dentro y a veces ve colores entre los rayos que traspasan la pared hasta su celda. Tiene las piernas hinchadas y la piel quemada, pero los yanquis no permiten que lo examine un médico, solo mandan psiquiatras que dicen que está loco, y sí: lo que quieren es hacer que pierda la razón.

El silencio recuperó la habitación por unos momentos, en los que no hubo palabras capaces de llenar el vacío. Era difícil imaginar un destino más tenebroso, en las mazmorras regenteadas por un país que se vanagloriaba de ser líder mundial. Laura quedó cabizbaja, luego se levantó de la silla, cansada de cruzar esos abismos a los que no siempre quería acceder. Él también se levantó.

—Aunque no quiero minimizarlo, porque evidentemente es grave, el golpe de Estado en Guatemala es un juego de niños en comparación.

Él asintió y conmovido le estrechó la mano. Descubría que, quizá, de todas las naciones latinoamericanas, la puertorriqueña era la más desdichada, por el simple hecho de que los yanquis se negaron a dejarla ir. Esa noche Ernesto cerró los ojos deprimido, con ganas de pelear contra quien se empeñase en obstruir el destino natural de los pueblos libres.

Sus incursiones en el mundo de la medicina avanzaban. Viajó a León, Guanajuato, a presentar sus «Investigaciones cutáneas con antígenos alimentarios semidigeridos» en el Congreso Nacional de Alergistas, y tuvo una discreta acogida. Más tarde publicó el texto en una revista de alergología. En el Hospital General le prometieron pagarle por un trabajo de investigación y un puesto de interno; recibió también una oferta de trabajo en Nuevo Laredo, que rechazó por no estar dispuesto a dar los dos años que le pedían. A pesar del compromiso con Hilda su mente todavía estaba volcada al viaje, primero por la República mexicana, luego por Europa, y por primera vez vio a Cuba como un posible punto en su itinerario. Mientras tanto los planes de Ñico se frustraron porque no consiguió dinero para el trayecto, además de la preocupación de sus familiares por lo que podría suceder si se entregaba, en un clima cada vez más crispado por la creciente presión para la amnistía, pero no quitó el dedo del renglón. Antes de ir a Veracruz para tratar de hacer la travesía como polizonte en un barco, le regaló a Ernesto una copia del folleto *La historia me absolverá*, el alegato legal con el que se defendió Fidel Castro ante su detención, distribuido en forma clandestina y ampliamente leído en la isla. Lo leyó ese mismo día.

La vida en la ciudad transcurría sin mayores contratiempos. Hilda y Ernesto hacían vida de pareja en los tiempos libres; ambos con trabajos remunerados y él además con labores de voluntario, por amor a la medicina y en aras de un constante aprendizaje. Así el noviazgo prosperaba con los altibajos típicos de una relación accidentada, porque solo cuando nada más eran amigos tuvieron un vínculo sin discusiones; un tiempo lejano al que no podían volver. Sin embargo, tenían momentos apacibles. Iban de paseo al bosque de Chapultepec y debajo de una sombra Ernesto leía en voz alta fragmentos de algunos libros; Hilda se recargaba en él. Cerraba los ojos y escuchaba su voz con ese acento que tanto disfrutaba, dejándose ir dentro de las palabras hasta perderse en un sueño ligero interrumpido después por el canto de un ave. Al volver al departamento de Hilda preparaban una cena ligera. Veían pasar los días desde una ventana en la que ambos se reflejaban, en una existencia simple sin demasiada efervescencia.

Fueron juntos al desfile del Primero de Mayo con la idea de que en el suelo de la Revolución Mexicana esta sería una fecha digna de celebrarse, con grandes expectativas, y en su lugar se encontraron con un evento apagado y desangelado que para ellos confirmaba el secuestro de ese movimiento popular a manos de una nueva burocracia encerrada en su burbuja, totalmente alejada del pueblo. Fue una sorpresa y una desilusión, y mientras andaban por las calles aledañas al Zócalo se encontraron con José Manuel Fortuny, el secretario general del Partido Comunista de Guatemala, uno de los principales protagonistas de los últimos sucesos del gobierno de Árbenz y conocido de Hilda. Ernesto sabía quién era y no perdió tiempo en entablar un diálogo para decirle lo que se había guardado en los meses desde el golpe. Pero empezó con lo obvio.

—La Revolución Mexicana está muerta, estaba muerta hace rato y no nos habíamos dado cuenta. Esto parece un entierro. A los trabajadores aquí los une la nómina del gobierno.

—Puede ser, pero debe usted saber que los partidos de izquierda, entre ellos el Comunista y los sectores obreros disidentes, están excluidos bajo represión policiaca —contestó Fortuny.

—No estaba al tanto, y es una lástima. Algo más tenía que haber detrás de esta mediocre pantomima. Y ya que estamos en estas, señor Fortuny, déjeme preguntarle: ¿por qué al final decidieron no pelear y le entregaron el gobierno a Castillo Armas? Yo lo estuve buscando a usted para hacerle esa propuesta, pero jamás pude encontrarlo. Hasta hoy nos conocemos.

Fortuny lo miró sorprendido, y no muy seguro de sí, contestó:

—Nosotros veíamos la situación muy difícil y pensamos que era mejor dejar el poder, para desde el llano seguir luchando. La lucha continuará y nosotros estamos tratando de continuarla.

Hilda y Ernesto se lanzaron una breve mirada.

—Bueno, compañero, quizá era mejor pelear. Teniendo el poder en la mano todo es diferente.

—¿Qué quiere decir?

—Exactamente eso. Si el presidente Árbenz, dejando la capital, se hubiera dirigido al interior del país con un grupo de verdaderos luchadores, otras serían las perspectivas; además la condición legal de ser presidente lo habría convertido en un símbolo y un gran aliciente moral, entonces las probabilidades de rehacer el gobierno habrían sido infinitamente más favorables.

Su interlocutor se quedó callado por la contundencia del argumento, o quizá porque la confrontación lo puso nervioso. No se la esperaba. Se despidió tan pronto como pudo para evitar otro momento incómodo, arrinconado por los bríos de un tipo que le pareció un aficionado, uno de esos argüenderos de café que no entienden cómo funciona un gobierno. Se alejó de ellos y se perdió entre la gente.

—Esas son excusas —le dijo a Hilda cuando estuvieron solos—. Hay muchas ventajas cuando se lucha teniendo el poder en la mano, pero, de todas maneras, con el poder o sin él, allí lo único que cabía hacer era pelear.

—Pues sí, pero hay mucha gente que prefiere evitar el derramamiento de sangre.

—Y de esa forma perpetuar el régimen de opresión. Se sacrifica tanto por querer evitar un enfrentamiento.

Ella, por supuesto, estaba de acuerdo.

Sin posibilidades de pagar su habitación, luego de que el Patojo regresó a Guatemala, Ernesto declinó la invitación de un familiar que quería darle albergue, para no importunarlo, y se quedaba en un pequeño cuarto de consulta en el hospital, sobre una cama para examinar pacientes y con su bolsa de dormir, en un remedo de su época del Centro de Maestros. Conducía varias investigaciones a la vez y aprendía sobre la marcha, después de percatarse de que fuera del mundo de las alergias no sabía tanto de medicina, con un empeño que todos a su alrededor le reconocían.

En contra de lo que pudiera sugerir su condición, se embarcó en una expedición para escalar el Popocatépetl, en un esfuerzo casi heroico que supuestamente superaba las posibilidades de un asmático. El ascenso comenzó una noche antes al pie del volcán, en un campamento en el que los excursionistas durmieron durante algunas horas antes de emprender el primer trayecto, alrededor de las tres de la mañana. Más arriba se toparon con la nieve y la bruma durante seis horas; tenían los pies empapados y el cuerpo helado, y enfrentaban una lucha cuya única arma era la resistencia física. A medio camino Ernesto ya no estuvo tan seguro de sus pasos; luego recuperó el aliento y siguió con mayor ahínco, dando una pelea que sabía que podía ganar, antes de que el guía esquivara una grieta capaz de tragárselos a todos y se perdiera en la niebla. No estaban preparados para esa encrucijada. Por más que quisieran llegar a la cima, seguir sin el guía y en semejantes condiciones parecía una locura, y así, bajo el peso de la resignación, volvieron sobre sus pasos en un descenso tortuoso. Derrotados, a los cien metros se dieron cuenta de que estuvieron casi al borde del cráter, oculto por la neblina, ya sin forma de subir de nuevo. Su momento había pasado.

De vuelta en las faldas del volcán, Ernesto sintió los pies descongelarse, con la cara y el cuello quemados, consciente de haber subido sin el equipo adecuado para una hazaña como esa. Las ampollas no obstaculizaron la sensación de haber estado a punto de conquistar la cumbre ni su motivación para intentarlo de nuevo en un futuro cercano. Antes de girar la vista a la ciudad contempló la inmensidad del Popocatépetl, en un guiño de admiración metafísica.

A Hilda le preocupaba esa bravura. Nadie sabía mejor que ella lo que significaría un ataque de asma propiciado por una subida como aquella, al tiempo que también sabía que no había nada que pudiera hacer para detenerlo. Era un espíritu demasiado libre para que alguien le dijera qué no podía hacer.

En el departamento de Emparán 49 se vio obligado a callar esa experiencia al ver la agitación que causó la amnistía general de los moncadistas en Cuba, liberados el 15 de mayo, y esa energía lo atrajo con mayor fuerza que antes. Pasaba también al hotel Galveston, en el que varios cubanos se hospedaban, pero sobre todo se juntaban en casa de María Antonia, donde poco después apareció Raúl, el recién llegado hermano del líder rebelde. Ernesto supo que Ñico logró llegar a Cuba, y de inmediato se hizo amigo de Raúl.

Una noche lo invitó a cenar al departamento donde ahora vivía con Hilda, un espacio compartido con Lucila, en la calle Río Rhin 43. Los puntos en común hicieron que la conversación fluyera entre ideas políticas y los sucesos más recientes en la isla. Afirmaban que la revolución debería ser un beneficio no solo para el pueblo de Cuba, sino para toda Latinoamérica en contra del imperialismo yanqui.

—Estoy convencido de que en Cuba, como en gran parte de Latinoamérica, no se puede llegar al poder por medio de elecciones controladas por un gobierno usurpador y corrupto. Es necesario pelear con las armas en la mano para conquistarlo, siempre con la ayuda del pueblo para transformar a la sociedad en una nueva comunidad, y ni mi hermano ni yo nos detendremos hasta lograrlo —dijo Raúl.

5

A través de la ventanilla la mirada de Fidel se perdía en la península de Yucatán, después de cruzar el Caribe, en un vuelo que lo salvó de las garras del régimen, otra vez empeñado en acallar el cúmulo de voces disidentes capaces de provocar un estado de ingobernabilidad. Si Batista se hubiera conformado con el control tras bambalinas que ejerció tras la caída de Machado y con los cuatro años de presidencia oficial, tal vez su lugar en la historia de Cuba sería el de uno de los pilares de la democracia, responsable de que se redactara la Constitución de 1940 y de cumplir la alternancia democrática al aceptar la derrota de su candidato en la elección del 44. Incluso su regreso en el 48 como senador habría sido visto con buenos ojos si no hubiese traído detrás la intención inquebrantable de volver al poder. Ante la evidencia de que su candidatura a presidente en las elecciones del 52 tenía pocas probabilidades de ganar, llevó a cabo el golpe de Estado que pedían algunos militares de su entorno. Suspendió las garantías de la Constitución que él impulsó y dio como argumento la inmoralidad del régimen anterior y la intención de Prío de perpetuarse en el poder, sin una sola prueba que sostuviera tal afirmación. Las urnas se abrirían en unas cuantas semanas, era solo cuestión de esperar, pero como perder no estaba en sus planes, la única vía para evitarlo era que la elección no tuviera lugar.

La cuestión que empujó a Fidel a actuar contra el gobierno de forma violenta obedecía al control totalitario de un régimen militar que tomó el poder por la fuerza y a costa del pueblo. Los cuarteles Moncada y Bayamo fueron escogidos por estar lejos de La Habana, en la provincia de Oriente, principal escenario de la independencia y una región que a lo largo de la historia se caracterizó por sublevarse ante el gobierno central. La idea era armar a la población de Santiago con lo que había en los cuarteles, tomar una estación de radio y hacer un llamado general a la revolución; sin embargo, todo salió mal y Fidel terminó en la cárcel, junto con otros compañeros capturados.

El gran error del régimen fue reaccionar de la manera tan sanguinaria en la que lo hizo. De alrededor de ciento cincuenta rebeldes, aproximadamente la mitad fueron capturados el 26 de julio de 1953, torturados y asesinados sin misericordia. Sobrevivieron veintiocho prisioneros para ser juzgados, y casi cincuenta lograron escapar, primero a La Habana y luego a otros países; esto le dio a Fidel un estatus que antes no tenía. De ser un revoltoso prácticamente desconocido, desde la cárcel, en Isla de Pinos, se convirtió en una figura pública, en un prisionero político que luchaba por su país, al fin bajo la luz de los reflectores que tanto buscó desde sus años universitarios. Si la represalia no hubiese sido tan sangrienta, si los muertos se hubieran mantenido en no más de una docena sumando ambos bandos del enfrentamiento, era probable que la opinión pública repudiara el acto violento de aquel grupo rebelde. Pero el régimen se ensañó con ellos, y los compañeros muertos le dieron la estatura moral y la entrada a la escena política nacional al hombre que de ahí en adelante dejaría una huella indeleble en la historia cubana. Aunque pocos podían identificarlo físicamente, el nombre de Fidel era cada vez más conocido, y, tras veintidós meses de encierro, el Congreso aprobó una amnistía general para los presos políticos como resultado de la movilización popular y el apoyo de la prensa. Ese fue otro error de cálculo por parte de Batista: subestimar a sus adversarios luego de que unas elecciones hechas a su medida le dieron una dudosa victoria oficial y dejaba más claro su propósito de perpetuarse en el poder a toda costa. La muestra de tolerancia que significó la amnistía se convertiría en su ruina.

Para muchos Fidel salió de la cárcel convertido en héroe. De súbito se encontró en el centro de una vorágine popular que pedía líderes capaces de hacerle frente al gobierno. Publicó textos incendiarios en el periódico *La Calle* y participó en un programa de radio reservado para los ortodoxos, el partido por el que sentía más afinidad y de cuya dirigencia le habría gustado formar parte. Los diarios contrarios al gobierno aumentaban su tiraje día a día; los estudiantes ponían bombas en puntos estratégicos de La Habana y los trabajadores del ferrocarril montaban una huelga que perjudicaba la cosecha anual de caña de azúcar, la principal exportación y su medio más básico de subsistencia. La agresión y la vigilancia de la policía aumentaron en igual medida: no permitieron que Fidel participara en un evento estudiantil y boicotearon cualquier asamblea multitudinaria; por último, le prohibieron hablar en la radio o presentarse en cualquier programa de televisión. Poco después clausuraron el único diario que publicaba sus artículos. Vigilado y amordazado en la arena pública, sin una labor más allá de la resistencia y cada vez más enfocado en su vocación de líder, su inquietud llegó al extremo de la desesperación, y temblaba de rabia ante la injusticia de no dejarlo alzar la voz. Quedaba claro que los confines de aquella tierra eran su nueva mazmorra, en la que podía moverse solo si no importunaba al dictador, constantemente observado por los órganos represivos de un Estado implacable ante la más mínima oposición. Cada día era un calvario para Fidel, víctima de una progresiva paranoia y sin canales para expresar la furia que crecía en su interior como una bola de nieve.

Fidel aterrizó en Mérida en su primera visita a México, mientras su mente seguía en su tierra natal, pues su intención cuando salió de la cárcel era permanecer en Cuba y perseguir su objetivo por la vía pacífica, con la unión de tantas fuerzas opositoras que finalmente lograrían la renuncia de Batista y convocarían a elecciones libres. En los cincuenta y tres días que pasó en Cuba después de la prisión intentó seguir la lucha por todos los medios a su alcance, y uno a uno se los fueron cerrando hasta verse forzado a huir, pero no sin antes fijar un plan de acción. Con un puñado de colaboradores formó la dirección nacional del Movimiento Revolucionario 26 de Julio, con tres objetivos claros: insurrección armada, apoyo al interior del país para un futuro desembarco y la organización de una huelga general cuando llegara el momento. Fidel despistó a la policía cambiando de lugar para dormir cada noche; se reunía con diferentes actores de la lucha común para sentar las bases de un movimiento organizado. Desconocía si las autoridades planeaban de verdad matarlo. Aprovechó un viaje del dirigente del comité obrero democrático de exiliados y emigrados cubanos en Nueva York para entrevistarse con él y pedirle su dirección en Estados Unidos. Dejó a decenas de encargados de extender el movimiento por todas las provincias, con representantes en las localidades más importantes y hasta en pequeños poblados, además de un jefe de todos los grupos de acción. Invitó al dueño de una imprenta a organizar el primer equipo impresor de propaganda clandestina: el semanario *Revolución*; incluso designó a responsables de la tesorería y la recaudación, para distribuirlo en las provincias y la dirección central en La Habana. Mientras algunos se deslindaban por no estar de acuerdo con su estrategia, otros más se unían. Ante el rumor de que los altos mandos policiacos fraguaban su asesinato, a Fidel no le quedó más que tomar la vía del exilio.

Con el dinero que sobró de la venta del refrigerador del departamento en el que se alojó con sus hermanas cuando dejó la cárcel, Fidel abordó un avión bimotor con destino final a Veracruz y se hospedó en casa de un escultor exiliado por los mismos motivos que a él lo llevaban a México. De pie en la cocina, preparándose para cenar, charlaba sobre el único tema del que podía hablar el invitado.

—Hay un hombre que tienes que conocer cuando llegues a la capital —dijo mientras Fidel preparaba unos espaguetis con camarón y picadillo—. Un republicano español que se llama Alberto Bayo.

Levantó la vista y preguntó:

—¿Y qué ha hecho?

—Sabe de guerra y está terminantemente opuesto a cualquier régimen autoritario. Búscalo.

Asintió con gusto. Necesitaba tareas específicas para empezar a trabajar cuanto antes. Al día siguiente tomó un autobús a la Ciudad de México que subió por la Sierra Madre Oriental, observó por la ventana el Pico de Orizaba y siguió pensando qué era más urgente, envuelto en una vida convertida en un nudo de incertidumbre. Sentía mucho haber sido obligado a alejarse de su país en un momento tan crítico; no sabía si los planes dentro de la isla funcionarían como debían, y las labores de construcción del movimiento desde México podían ser un callejón sin salida. Sumido en el asiento del autobús se veía a sí mismo flotando como satélite, cada vez más lejos de La Habana y más adentro de un país desconocido que no sabía cómo lo iría a recibir. Pero una cosa estaba clara: no descansaría hasta volver a Cuba con los medios para hacer la revolución.

Descendió del autobús y cargó su maleta hasta el vestíbulo de la estación, se detuvo y alzó la vista. Entre las cabezas de decenas de personas vio levantarse una mano, debajo de la cual estaba Raúl, apurado para darle un abrazo. La cara de su hermano fue como un ancla en ese desconcierto. Se dirigieron al departamento de María Antonia, quien estaba feliz de conocer al famoso Fidel, y sin perder tiempo en detalles triviales pusieron manos a la obra. Sentados a la mesa del comedor, con la luz de la tarde iluminándolos, la mayoría escuchó por primera vez las opiniones que enseguida se convertían en órdenes, pasmados frente a una claridad de mente que no tenía parangón y animados por el ahínco de un hombre cuya personalidad era tan grande como su figura. Lo más importante era abrir canales rápidos para recibir noticias de Cuba; después tenían que ver la manera de llegar a personalidades influyentes mexicanas y una misión más era establecer vías de comunicación constante entre los distintos militantes cubanos que ya se encontraban en la ciudad. Urgían relaciones y recursos. Los ahí reunidos se levantaron con varias tareas por hacer, Raúl pasó a ser huésped de María Antonia y le dejó a su hermano el pequeño cuarto de la calle Ramón Guzmán número 6, en el que pasaría semanas de ansiedad mientras se aclimataba a esa tierra ignota.

La distancia que lo separaba de Cuba era una fuente inagotable de vacilación. En la colosal Ciudad de México, indiferente y fría a pesar del verano, con pocas amistades, estaba perdido, más aislado que cuando estuvo preso en una celda solitaria. El dinero que llevaba se acabó pronto y, aunque aborrecía depender de los demás para subsistir, se vio forzado a tragarse su orgullo. Extrañaba el clima tropical, los puros y la ligereza de la vida en La Habana, a pesar de las dificultades que podía pasar allá. Envió sus primeras dos cartas con un empleado de Cubana de Aviación, y en una de ellas incluyó cinco nombres con las direcciones en las que podía recibir correspondencia, escritos con jugo de limón para pasar desapercibidas ante cualquier intento de censura.

En sus primeros días en la ciudad deambuló por las calles del centro, recorrió el Paseo de la Reforma y subió al castillo de Chapultepec; como turista visitó la casa en donde José Martí vivió con sus padres y sus hermanas, en la antigua calle de Moneda.

Al igual que su padre, los padres de Martí eran españoles: él un sargento de artillería de Valencia y ella canaria. Martí pasó parte de su infancia en España y poco después se mudaron a Cuba, donde permanecieron el tiempo suficiente para que se apasionara por la causa independentista. En 1868, a los dieciséis años, fundó un periódico en el que contribuía con escritos románticos a favor de los rebeldes; por una carta en la que acusó a un viejo amigo de traidor por haber participado en un desfile español, fue sentenciado a seis meses de cárcel, parte de los cuales los cumplió en la Isla de Pinos, igual que Fidel. Lo exiliaron a España y después alcanzó a su familia en México, donde pasó varios años abriéndose paso en el mundo de las letras. Llegó a ser una figura familiar en los círculos literarios de la capital, y ya sin contactos en Cuba promovía la independencia por medio de la pluma. Volvió a la isla con un nombre falso y un mes después se trasladó a Guatemala; luego se casó en México y regresó de nuevo a Cuba aprovechando una amnistía general, pero el ambiente conservador e hispánico le resultó tan intolerable como la represión política. Reanudó entonces sus actividades independentistas y nuevamente fue expulsado a España, esta vez sin su mujer, quien se quedó en Cuba. Para Fidel no había una influencia más importante que la de Martí; ningún otro pensador había forjado su espíritu como él, y exiliarse en México era una manera de seguir sus pasos. Era fanático de los guiños históricos.

También echaba de menos a Fidelito, su hijo de cinco años, producto de una relación tan deteriorada que acabó en un divorcio que lo liberó del yugo, pero lo alejó de su hijo, que no tenía culpa de nada. Al igual que la esposa de Martí, la suya venía de una prominente familia cubana, parte de la clase política que él pensaba derrocar, y en ambos casos la separación fue la única solución a un matrimonio desdichado. Mientras más avanzaba en la senda rebelde, más se preguntaba si una relación de pareja sería posible. En ocasiones tenía la seguridad de que las necesidades de una lucha como la suya eran incompatibles con lo que implicaba compartir la vida con una mujer, a menos que esa mujer fuera parte de la lucha. Quizá una compañera salida del movimiento podría llenar esos zapatos. Quizá.

Pese a encontrar una fuerte afinidad con los mexicanos, Fidel decidió mantener el contacto al mínimo, con la idea de no llamar la atención y así proteger al movimiento desde la clandestinidad; sus relaciones se limitaban a un puñado de exiliados cubanos entre los que estaba su hermano. De vez en cuando pisaba el café La Habana para acercarse en espíritu a la única ciudad que consideraba suya. Sus principales labores en esos días eran las visitas de reclutamiento para el proyecto revolucionario y la preparación de otros alojamientos para quienes llegaran después. Aprovechaba el tiempo muerto hurgando en librerías de viejo en busca de cualquier información sobre la Revolución Mexicana, en especial la que hacía hincapié en las acciones militares; estudió con lupa las figuras de Zapata, Villa y Obregón y la batalla de Celaya, una serie de enfrentamientos entre la División del Norte y los constitucionalistas ocurrida durante diez días, en abril de 1915. Su voraz apetito por investigar lo llevó a recorrer decenas de esos establecimientos; en muchos de ellos se veía obligado a regatear el precio de un libro que luego desmenuzaba para absorber el aprendizaje de los años violentos en México y que todo eso jugara a su favor.

Regresaba al cuarto que le dejó su hermano con tomos nuevos que ampliaban su limitada biblioteca; casi siempre leía sentado frente al viejo escritorio de madera, con un lápiz cerca para subrayar y hacer anotaciones en los márgenes.

Releía las obras de Martí a la par de las nuevas adquisiciones; escribía en cuadernos o en las páginas finales de los libros para desarrollar teorías y evitar errores, como el alumno más dedicado. En contadas ocasiones se daba el lujo de echarse en la cama a leer. La idea más discreta lo hacía levantarse, tomar el lápiz y anotar para no dejarla pasar. Aquellos textos acabarían por ser sus posesiones más preciadas durante el exilio, sus fieles compañeros y maestros, con quienes pasaba largo tiempo sin pensar en otra cosa. En su pequeño cuarto estaba acompañado por decenas de personas de muchas partes del mundo y de todas las épocas.

En una noche fría de julio se encontraron varios exiliados en el departamento de María Antonia. Fidel vio por primera vez a Ernesto y su plática siguió toda la noche.

6

—Ya Ñico me habló de ti.

—¿Y cómo está?

—Bien, trabajando para el movimiento. Lo más probable es que venga para acá pronto.

—Qué bueno. Él me dio lo que vos escribiste, lo de la historia que te absolverá, y estoy de acuerdo.

—¿En qué?

—Sobre todo en los seis puntos en los que planeaban trabajar si triunfaban. La tierra, la industrialización, la vivienda, el desempleo, la educación, la salud.

—Junto con las libertades públicas y la democracia política. Esa sigue siendo nuestra plataforma.

—Exacto, che, y cuando decís que el porvenir de la nación no puede seguir dependiendo de una docena de financieros, ¿te referís a cambiar el sistema económico?

—Me refiero a que se ponga en práctica la Constitución, para empezar, que el Estado tenga un papel regulador. Conociste a Ñico en Guatemala, ¿cierto?

—Sí.

—¿Y qué opinas de lo que pasó ahí?

—Fue una tragedia. El gobierno de Árbenz iba por buen camino, ni siquiera era tan extremo en cuanto a la reforma agraria como se merecía el país, pero por algo se empieza, y la agresión meditada y fría de los yanquis fue completamente ilegal. Rompieron toda regla internacional. El Foster Dulles era la cabeza más visible, y da la casualidad de que era también el abogado y uno de los accionistas de la United Fruit Company, la principal empresa imperialista de Guatemala. No se debió permitir esa intromisión. Cómo se atreven a arrancarle a un pueblo la libertad de esa manera, después de tanto esfuerzo para lograr ser gobernados por líderes votados por ellos mismos. Lo que pasa es que los yanquis no quieren que nuestros países tengan autonomía, solo nos ven como una forma de ganar dinero, sin importarles que la gente sufra o muera, como si no tuviéramos ningún derecho ante su poder económico y militar.

—¿Y tú qué hubieras hecho?

—Yo hasta le sugerí a varios funcionarios que había que armar al pueblo, sacar armas y repartirlas y de últimas irnos todos al campo y de ahí aguantar y sumar esfuerzos, porque el pueblo estaba del lado del gobierno, eso era indiscutible, pero nunca me dejaron entrevistarme con el presidente para decírselo a él. Yo creo que sí hubiera funcionado, pero, de cualquier forma, si la estrategia hubiera fallado, al menos habríamos sido derrotados luchando por la soberanía del pueblo guatemalteco, en vez de rendirse y salir huyendo, que fue lo que al final hicieron. Para mí fue un error histórico del que difícilmente se recuperarán.

—¿Y si te mataban en el intento de defender ese país?

—Es el precio que se paga, che; la muerte es el sacrificio de cualquiera que toca un arma y se mete a una guerra.

—Ya nos pasó a nosotros. Muchos compañeros cayeron en la toma del Moncada.

—Me lo platicó Ñico.

—Yo estaba en la cárcel cuando pasó lo de Guatemala, lo seguí de cerca, por eso hoy más que nunca tenemos que seguir la lucha contra el imperialismo, empezando en Cuba para que sea un ejemplo que pueda ampliarse al resto de Latinoamérica.

—¿Qué plan tenés?

—No lo digas abiertamente, pero la idea es entrenar a un buen grupo de gente, conseguir armas y provisiones y salir en un barco para el sur de Cuba; desde las montañas comenzar un movimiento armado que será nutrido por el pueblo y que terminará derrocando a Batista.

—¿Y después?

—Un gobierno verdaderamente revolucionario, no como la enmienda Platt después de la independencia o la rebelión de los sargentos tras derrocar a Machado. La regla en Cuba ha sido pasar de un régimen dependiente a otro igual, pero con distintos matices. La enmienda Platt le dio mucho poder a los yanquis tras la independencia; la rebelión de los sargentos siguió con la misma corrupción y los mismos abusos de Machado. Lo que nosotros buscamos es una transformación completa del gobierno, que sea verdaderamente popular, como aquí trató de hacer Lázaro Cárdenas cuando expropió el petróleo.

—¿Pero buscás hacer un gobierno socialista?

—No diría eso un gobierno democrático, eso sí, pero el comunismo creo que es un extremo.

—Puede ser, pero yo creo que se debe poner todo en manos del pueblo.

—Tal vez, habría que ver hasta dónde podríamos llegar con eso, pero antes que nada se tiene que ganar una revolución, a tiros.

—Cuando pasé por Bolivia estaban en plena revolución, con tiros y muertos por las calles, con una casi total inoperancia del gobierno para detener o encauzar a las masas campesinas y mineras. Me tocó que aprobaran la reforma agraria.

—Yo escuché que los mineros, con cartuchos de dinamita, derrotaron a los regimientos del ejército regular. Ninguna fuerza es capaz de vencer a un pueblo que se decide a luchar por sus derechos.

—Cuando el Movimiento Nacionalista Revolucionario ganó la elección, la oligarquía minera puso una junta militar para evitar un gobierno revolucionario, y ahí empezó el combate. La población tomó las calles y los obreros de las minas, que apoyaban al MNR, derrotaron al ejército y dejaron cientos de muertos. Yo estuve ahí ya cuando Paz Estenssoro había vuelto del exilio a tomar las riendas del país; llevó a cabo la reforma agraria, la nacionalización de las minas e impuso el voto universal, con el peligro constante de que la revolución fallara por culpa de la corrupción de los dirigentes que en cualquier momento la entregarían al imperialismo, traicionando la lucha legítima de los mineros. El gobierno revolucionario coquetea cada vez más con los yanquis, que buscan por todas las vías que nuestros gobiernos se alineen con ellos. Y el problema también es que no creo que nadie pueda llevar la reforma agraria hasta el final en Bolivia, entre la derecha entreguista, un centro que se inclina también a la derecha y una izquierda encabezada por Juan Lechín, mujeriego, parrandero y sin experiencia. Su revolución se fractura internamente por sus disidencias.

—Al menos dieron un paso, pero estoy de acuerdo: no es suficiente.

—El pueblo despierta, de eso no cabe duda, che; pero su lucha merece mucho más que las medias tintas de Paz Estenssoro, por eso hay una huelga cada dos minutos.

—¿No participaste en algún enfrentamiento?

—Lo que me tocó ver fueron actos de violencia aislados, nada organizado, además yo apenas comenzaba el viaje y el flaco con el que iba no tenía ningún interés. Ya pasaron dos años; hoy soy otra persona.

—Creo que hay que luchar con el pueblo, y el pueblo es el mismo en todas partes, sobre todo el pueblo latinoamericano, oprimido y explotado. Es lo que vi en Bogotá, cuando les asesinaron a su dirigente principal.

—¿Vos estuviste en el Bogotazo?

—Fue una casualidad. ¿Tú sabes cómo estuvo?

—Me enteré cuando estuve en Colombia.

—¿En este mismo viaje?

—No, en uno que hice antes, hace tres años. Convencimos al gerente del equipo de fútbol de Leticia para que nos dejara entrenarlos y así nos quedamos ahí un tiempo.

—Así que te volviste entrenador de fútbol, no te lo puedo creer.

—Pero cuando llegamos a Bogotá nos sorprendió la cantidad de policías con armas largas en las calles y la pérdida de las garantías individuales; con decirte a vos que acabamos detenidos por traer un cuchillo. Y la gente nos decía que no nos metiéramos en líos, siempre apática, mientras en el resto del país las guerrillas campesinas sí se defendían.

—Todo eso vino a partir del Bogotazo. Yo estaba ahí porque se me ocurrió organizar un congreso de estudiantes al mismo tiempo que la reunión de la Organización de Estados Americanos que promovían los yanquis para consolidar su sistema de dominio aquí en América Latina. La idea era que nuestra unión de estudiantes latinoamericanos defendiera algunos principios básicos antiimperialistas: la democracia en Santo Domingo, la lucha contra Trujillo, la independencia de Puerto Rico, la devolución del Canal de Panamá y de las islas Malvinas y la desaparición de las colonias que subsistían en nuestro continente. Primero visité Venezuela, en donde la revolución acababa de llevar al poder a Rómulo Gallegos, que nos recibió y nos dio su apoyo al igual que los estudiantes, que se sumaron al esfuerzo. Después en Panamá también nos reunimos con dirigentes estudiantiles; nos enteramos de que días antes se había dado una de las tantas balaceras por las protestas en contra de la ocupación yanqui del Canal, y un estudiante había quedado inválido por una bala. En Bogotá los universitarios también estuvieron de acuerdo con la idea del congreso, organizado en muy breve tiempo y sobre la marcha. Asimismo, contábamos con el apoyo de la juventud peronista. La ciudad se había preparado para la reunión de la OEA, con uniformes nuevos para los policías. Nosotros lo que queríamos era concluir con un acto grande en un estadio o en una plaza, y los colombianos nos hablaron de Gaitán, que era la figura política de más prestigio, de más apoyo popular, y se le consideraba sin duda alguna el hombre que obtendría el triunfo en las próximas elecciones. La mayoría de los universitarios lo apoyaba, y me llevaron a visitarlo. Le explicamos las ideas que teníamos, él se entusiasmó y nos prometió que clausuraría nuestro congreso en aquel acto masivo. Nos citó para dos días después, que fue cuando lo mataron. Todos los días se cometían veinte o treinta asesinatos en Colombia; había gran efervescencia, mientras Gaitán luchaba por encontrar una solución a esa situación de violencia.

—Un solo hombre no puede contener una situación así.

—Apenas dos meses antes había organizado una Marcha del Silencio que cerró con la Oración por la Paz, el discurso que luego se imprimió en folleto, y me lo entregó al despedirnos. El día que lo íbamos a ver, cuando salimos a la calle para ir hacia su oficina, a los pocos minutos comenzó a aparecer gente corriendo frenéticamente en todas direcciones, gente enloquecida gritando: «¡Mataron a Gaitán!». Era gente de la calle, gente del pueblo divulgando la noticia por todas partes, y empezaron a asumir algunas actitudes violentas y anárquicas: rompían vidrieras y objetos. Yo caminaba por las calles y cuando vi que había una revolución decidí sumarme como un hombre más, porque yo no tenía ninguna duda de que el pueblo estaba oprimido, de que el pueblo que se estaba levantando tenía razón, de que la muerte de Gaitán era un gran crimen, y así adopté partido. Me sumé a la multitud en marcha y en una división de policía agarramos las pocas armas disponibles. Lo único que pude agarrar fue una escopeta de gas lacrimógeno, con unas balas largas y gruesas. Encontré una gorra sin visera y me la puse, bajé al patio para enrolarme ya en algo y vi a un oficial que estaba organizando una escuadra. Llegué con mi escopeta y me puse en fila. El oficial que cargaba un fusil me vio con aquellas balas y la escopeta y dijo: «Pero cómo, qué haces con eso», y le dije: «Es lo único que encontré». Me la pidió y a cambio me entregó su fusil con unas doce o catorce balas, y tuve que luchar duro para que el montón de gente que quería cogerlo no me lo ganara. No había ningún tipo de organización, todo era un desorden; por eso sé que ese levantamiento no lo planeó nadie. Tratamos de retomar la radiodifusora nacional que el ejército había arrebatado a los estudiantes, pero cuando llegamos se armó una balacera descomunal, apenas asomamos nos empezaron a disparar no se sabe con cuántos fusiles. No pudimos hacer nada por liberar la radiodifusora y decidimos ir a la universidad, en donde tampoco había nada organizado; luego fuimos a otra división de policía y ahí el jefe de la policía sublevada me convirtió en su ayudante. Lo acompañé a la oficina del Partido Liberal, del que Gaitán era el líder, pero me quedé afuera de la reunión y después lo perdí. Fue en la quinta división de policía en donde nos acuartelamos, y aunque no estaba de acuerdo con la estrategia militar decidí quedarme a defenderla. Yo tenía algunas ideas militares por todos los estudios que había hecho de situaciones revolucionarias históricas, de los movimientos que se produjeron durante la Revolución Francesa, de la toma de la Bastilla, cuando los barrios se movían y atacaban. ¿Has leído sobre eso?

—Cosas muy generales, nada tan específico como lo que contás.

—Te lo recomiendo mucho, hay todo tipo de cosas que aprender de ahí. Así que pedí una entrevista con el jefe de la guarnición, y entre varios oficiales le dije: «Toda la experiencia histórica demuestra que una fuerza que se acuartela está perdida». En la propia experiencia cubana, en las luchas armadas, toda tropa que se acuarteló tuvo ese destino. Le propuse que sacara esa tropa a la calle y le asignara una misión de ataque, para tomar objetivos contra el gobierno. Era una tropa fuerte, y atacando podía llevar a cabo acciones decisivas. El jefe me escuchó, pero no tomó ninguna decisión; yo me fui para mi puesto y más de una vez insistí en la idea de que sacaran la tropa a la calle y la lanzaran a la toma de Palacio. Ellos esperaban un ataque de las fuerzas del gobierno, y yo me puse a pensar si debía quedarme. Era fácil entregarle el fusil a alguno de los que estaban desarmados e irme, pero en ese momento tuve un pensamiento internacionalista y me puse a razonar: «Bueno, el pueblo aquí es igual que el pueblo de Cuba, es el mismo en todas partes; es un pueblo oprimido, un pueblo explotado. Esta sublevación es absolutamente justa; yo voy a morir aquí, pero me quedo». Tomé la decisión sabiendo que aquello era un disparate militar, aquella gente estaba perdida; yo estaba solo y no pertenecía al pueblo colombiano, y me quedé esperando el ataque hasta el amanecer. En los dos días que estuve allí nunca hubo un ataque, y se empezó a hablar de un acuerdo entre el gobierno y las fuerzas de oposición. Pidieron que los policías se quedaran acuartelados, que los fusiles se entregaran, que los civiles volvieran a sus residencias. Entregué mi fusil y de regreso al hotel me encontré con otro cubano; cuando llegamos vimos que nos estaban acusando a nosotros, que éramos famosos. Nos encontramos a uno de los argentinos peronistas que había estado en la Conferencia Panamericana, le contamos la situación en la que estábamos y él nos dijo: «¡Monten!», y nos montamos en la máquina diplomática en la que estaba. Nos recibió diciendo: «En qué lío se metieron, suban, yo los llevo al consulado cubano».

—Mirá qué lindo, un argentino los salvó.

—Así es. A todo esto, nosotros éramos enemigos del gobierno de Cuba, y nos llevaron al consulado, para que tú veas lo que son las paradojas de la historia. ¿Y sabes quién era el cónsul? El hermano de quien ahora es el jefe del Estado Mayor de Batista, el general Tabernilla, un gran esbirro, pero el cónsul era el hombre más bondadoso que te puedas imaginar. Nos sacaron de allí en un avión, después de toda una sucesión de cosas casi milagrosas que pasaron. Si nos agarraban nos hubieran echado la culpa de todo. El gobierno estaba buscando la mentira de que aquello era una conspiración comunista y de extranjeros. Yo nunca he sido miembro del Partido Comunista ni tuve nada que ver en la organización del congreso. Si nos agarraban nos hubieran hecho picadillo.

—¿Y cuál fue el arreglo que hizo el gobierno con la oposición?

—No fue un arreglo, fue una gran traición. La dirección del Partido Liberal traicionó al pueblo. Fue incapaz de dirigirlo, fue incapaz de ocupar el lugar de Gaitán y fue incapaz de ser leal con el pueblo. Hicieron un acuerdo sin principios por temor a la revolución y, después, ya ves lo que pasó, se quedó gobernando el Partido Conservador y causó lo que viste hace tres años: más violencia y la necesidad de guerrillas para hacerle frente a la política intolerante del gobierno. Con líderes capaces aquello termina en una victoria popular.

—¿Vos quién creés que mató a Gaitán?

—A Gaitán pudo matarlo la CIA, por ejemplo, como exponente de un movimiento progresista, de un movimiento popular, que no podía ser del agrado del imperialismo bajo ningún concepto. Es una teoría que tiene lógica. A Gaitán pudo haberlo matado la oligarquía, es lo más probable; la propia oligarquía colombiana que en aquel momento estaba envuelta en una lucha contra el pueblo, en una lucha por el poder, en una lucha en donde Gaitán descollaba como un candidato victorioso de las fuerzas democráticas del país. Porque sin duda que Gaitán fue un hombre de mucho prestigio popular, lo había ido adquiriendo poco a poco; era un caudillo político de izquierda, antioligárquico. Había prácticamente una guerra civil en Colombia durante aquella época. A Gaitán pudo matarlo un fanático, es posible. Al asesino no lo hicieron prisionero ni lo arrestaron; tengo entendido que la multitud lo destrozó. Nunca se pudo obtener una confesión de aquel hombre. Supongo que las autoridades conservadoras no estaban en absoluto interesadas en esclarecer los hechos, porque el gobierno conservador pudo haberlo hecho. La reacción ante aquel clima de odio y de violencia estimulaba el odio hacia Gaitán y esa es una de las formas que tiene la oligarquía de matar. La oligarquía mata porque organiza una conspiración para matar a alguien o porque organiza una campaña y crea condiciones psicológicas para que alguien mate a una figura política.

—No soy miembro de un Partido Comunista pero sí creo en la lucha de clases, en el manifiesto de Marx y en *El capital.*

—No tengo prejuicios contra el Partido Comunista, sabes que mi hermano Raúl sí se unió, pero es un partido que en Cuba está muy aislado, y desde sus filas es muy difícil llevar a cabo el plan revolucionario que sé que va a funcionar. En Cuba tuve que optar por hacerme un disciplinado militante comunista o hacer una organización revolucionaria que pueda actuar en las condiciones particulares de Cuba.

—¿Y vos tuviste entrenamiento militar?

—Hace mucho tiempo, un año antes del Bogotazo, me uní a una expedición que tenía por objeto derrocar a Trujillo en Dominicana; allí recibí mi primera educación militar, y formalmente creo que fue la única. Fue una rara organización que venía de una cosa que se llamaba el Movimiento Socialista Revolucionario, pero que en realidad era una asociación un poco gansteril, como varias otras en la Cuba de aquellos años.

Es que al gobierno de Grau la violencia se le salió de las manos, y sumada a la corrupción, olvídalo, era un caldo casi como el que trae ahora Batista.

—Trujillo es una mierda.

—Exacto, entonces me uní a esa expedición, aunque había gente de ese movimiento que quería matarme; mataron a mucha gente en esa época y yo estaba en la lista, pero alguien pudo garantizarme que no me iban a tocar si me unía a la expedición, y me uní. Éramos como mil doscientos más o menos. Entrenamos unos días en Holguín, mi primer entrenamiento militar, cuando todavía no cumplía los veintiún años; luego nos pasaron a Cayo Confites, a seguir el entrenamiento bajo un sol endemoniado y un ataque de mosquitos tal vez peor. Allí esperamos a que la expedición se pusiera en marcha, pero a casi dos meses de que nadie se decidiera a seguir se canceló, aunque mi batallón siguió adelante. Estábamos a veinticuatro horas de llegar cuando nos interceptó un buque de la marina para detenernos y luego arrestarnos. Íbamos de regreso cuando reconocí la costa de Oriente, me eché al agua y nadé los kilómetros que nos separaban de tierra, porque terminaría preso o los del Movimiento Socialista me matarían, ya que la expedición había sido cancelada. Hasta ahí llegó mi entrenamiento militar.

—Che, ¿y por qué la cancelaron?

—No sé, algunos dicen que el gobierno civil de Grau y los militares no se pusieron de acuerdo, pero creo que fue el gobierno yanqui, al que le convenía tener a Trujillo en República Dominicana y que podía controlar al presidente cubano, en este caso Grau. Creo que fue una llamada telefónica desde Washington.

—Yo no tendría ningún problema en unirme a los planes que tienen. No conozco Cuba, pero no creo que eso importe.

—Y eres médico, ¿no?

—Estudié medicina y estoy aprendiendo más en el hospital. Primero estuve de voluntario y ahora tengo un puesto que no paga mucho, pero es algo. Cada día soy mejor médico.

—No tenemos a nadie que sepa de eso y lo vamos a necesitar. Desde ahora te digo que ya formas parte del movimiento. Dame la mano, que ya contamos contigo.

7

—Tenía razón Ñico cuando estando en Guatemala dijo que si algo bueno se ha producido en Cuba desde Martí, es Fidel Castro —le dijo Ernesto a Hilda a la mañana siguiente—. Él hará la revolución. Concordamos profundamente... Solo a una persona como él estaría yo dispuesto a ayudarla en todo.

—Suena interesante. Deberías de invitarlo a cenar aquí —le contestó.

—Y podemos invitar a doña Laura.

Días más tarde estaban todos esperando a Fidel, quien llegó tiempo después de la hora acordada. Hilda vio llegar al joven de treinta años, alto y blanco, grueso y con el cabello negro, brillante y ondulado, con un bigote que no le venía bien. Sus movimientos eran rápidos, ágiles y seguros; en vez de un dirigente político pensó que su aspecto se asemejaba al de un turista burgués bien parecido; sin embargo, en cuanto hablaba, los ojos se le iluminaban con una pasión y una fe en la revolución y en el pueblo que conquistaba a quien lo escuchara. Tenía encanto y una personalidad fuerte mezclada con sencillez de trato y una cierta naturalidad que lo hacían admirable.

—Cuénteme cuál es su situación aquí, doña Laura, si fuera usted tan amable. Soy un fiel admirador suyo y de su marido —dijo al sentarse a la mesa.

—Me da gusto escucharlo —contestó Laura.

—Desde la universidad me uní a la Liga Antiimperialista y al comité para la independencia de Puerto Rico que organizó la Federación de Estudiantes Universitarios. Somos pueblos hermanos y aunque Puerto Rico ha tenido una suerte aún peor que la nuestra, nuestros destinos están unidos. Cuando hicimos el congreso estudiantil en Colombia uno de los puntos importantes era la independencia de Puerto Rico, y también publiqué artículos en el *Alerta* de La Habana. Me habría gustado ayudar de una manera más concreta, pero estoy seguro de que un día podremos hacerlo.

—Ojalá. Cuando indultaron a Pedro hace dos años no regresé a Puerto Rico porque me lo prohibió. El acoso en su contra era demasiado. Cuando denunció que en la cárcel era atacado con radiaciones lo acusaron de loco, y los yanquis no permitieron la investigación que fue solicitada por las Naciones Unidas y la Organización de los Estados Americanos, que son sus títeres.

—¿Y no lo ha visto en todo este tiempo? —preguntó Fidel.

—No he podido ir porque me niegan la visa. Estuve viviendo en Cuba, donde vive hoy mi hijo mayor, pero el servicio de inteligencia militar me obligó a salir de allí también, después de perseguirme. Tenía que vivir escondida en casa de algún amigo, y me sometieron a un intenso interrogatorio cuando me presenté. No me fue posible conseguir una notaría que me preparara un documento necesario para salir del país hasta que un notario se apiadó de mí. Luego supe que la embajada yanqui había notificado a varias notarías que no me certificaran ningún documento.

—Cuando triunfe nuestro movimiento va a poder regresar a Cuba y de ahí luchar por la libertad de su marido. ¿Por qué volvieron a encarcelarlo, si ya lo habían indultado?

—Porque el año pasado cuatro patriotas puertorriqueños atacaron la cámara de representantes, en Washington; aunque

Pedro estaba en Puerto Rico fueron a buscarlo y lo sacaron de su casa casi asfixiado por un ataque de gases.

—¿Y sabe usted cómo está de salud?

—Muy mal. Las condiciones de la celda en la que lo tienen no pueden ser peores, y la radiación puede afectarle el corazón o provocarle un ataque cerebral.

—¿Por qué lo han estado radiando? —preguntó Ernesto.

—Creemos que hay dos motivos: experimentación médica y tortura, aunque el prisionero no se dé cuenta, porque los rayos casi no se pueden ver. Pedro a veces siente calor y de vez en cuando ve una coloración extraña, como de arcoíris, que flota en el aire, pero no huele ni se siente al entrar al cuerpo, sino mucho después. Es una manera de matarlo sin que parezca un asesinato.

Guardaron silencio por un momento, tratando de digerir la tétrica situación en la que estaba Pedro, un símbolo perfecto del destino del pueblo puertorriqueño. Pasaron los platos para servirse y hablaron de varios temas. Fidel estaba más interesado en la historia de Laura que en cualquier otra cosa; Hilda, entusiasmada porque todos se conocieran en su casa mientras Ernesto permanecía recargado en el respaldo de su silla, siguiéndolos con la mirada. Era el único que los conocía a todos.

Al terminar la cena, Hilda le preguntó a Fidel:

—Bueno, ¿y usted por qué está aquí cuando su puesto está en Cuba?

—Muy bien por la pregunta, le voy a contestar. Ya no podía permanecer en Cuba porque estaba muy vigilado por la policía de Batista. Lo único correcto es luchar directamente para tomar el poder, porque no hay ninguna esperanza en las elecciones, aunque otros dirigentes políticos sostengan que sí. Son una mascarada. Si no hacemos algo concreto, Batista se queda cuarenta años. Es necesario prepararse para la lucha, no importa cuánto dure, pero es la única salida. La corrupción se está enseñoreando cada vez más en Cuba, la penetración yanqui es completa y no queda otro camino que continuar la lección del Moncada, es decir, emprender una lucha con las armas en la mano para levantar poco a poco al pueblo a nuestro alrededor. Lamentablemente fracasó el Moncada, pero de allí se sacaron muchas experiencias que se pondrán en la práctica con este nuevo esfuerzo. Vine a México a preparar un grupo de combatientes para invadir la isla y presentar una lucha abierta contra el ejército de Batista. Vamos a llamar a que el pueblo nos apoye. Para eso necesito evadir la persecución. Los métodos que aplicaremos para la nueva empresa son preparar a los hombres para el combate, hacer que el movimiento evolucione, fundar comités en el exterior y en el interior que sirvan de apoyo, dividir tareas y actuar con una enorme discreción. Hay que aplicar métodos de seguridad para que no haya infiltrados. Esto se aplicará a todo: a los hombres, a las armas y a las órdenes que se den. La lucha en Cuba es parte de la batalla continental contra los yanquis, que Bolívar y Martí vislumbraron.

—Bolívar no peleó contra los yanquis, sino al revés —dijo Hilda—. En esos tiempos la independencia de Estados Unidos en contra de Inglaterra fue una inspiración para él, y Martí tampoco. Ambos lucharon en contra de España. Además, Bolívar peleó la independencia siempre dentro del territorio, en todos los años de lucha prácticamente no salió, salvo en contadas y breves ocasiones en que fue forzado a irse.

—Tiene usted toda la razón, tuve que haber matizado este último comentario. Bolívar es un pilar para cualquier americano por el talante de su lucha que, como usted dice, duró muchos años, viniendo de una posición acomodada, pero nunca estuvo dispuesto a seguir subyugado por la corona española. Era un gigante. Además de ser un gran estratega militar y un buen soldado en el campo de batalla, fue también un político de talla mundial que estableció las bases para que la república naciente funcionara una vez que dejara de ser una colonia. Su visión, y la necedad y la fuerza necesarias para lograrla, lo elevan al nivel de los héroes más admirados en la historia de la humanidad; lo digo sin ninguna exageración. Los ejemplos de ambos funcionan porque nuestra lucha es muy parecida, aunque en teoría seamos una nación independiente, pero eso es solo en papel. Nuestra dependencia de los yanquis es total, y no se limita al plano político. Además de que dependemos de ellos para la exportación de azúcar, La Habana está tomada por empresarios yanquis especialistas en turismo, dueños de prácticamente todos los hoteles y todos los casinos, y lo peor es que la mayoría de ellos son verdaderos criminales, en el sentido más literal de la palabra. Son mafiosos que en Cuba se sienten dueños. De ellos también tenemos que independizarnos.

—¿Entonces usted cree que su lucha es tan difícil como la de Bolívar o la de Martí?

—La de Martí sí, se parece más a esa, pero la de Bolívar no: él la tenía mucho más difícil, porque no solamente peleó en contra de los realistas españoles, sino que tuvo que unificar a un pueblo dividido en razas que se negaban a verse como parte de un mismo pueblo. Los esclavos negros no se mezclaban con los mulatos, los llaneros eran su propia comunidad y luego estaban los mestizos y los criollos, que eran minoría, pero mandaban y eran vistos también como el enemigo que los tenía subyugados. Bolívar, siendo él mismo uno de los hombres más ricos de su tiempo, tuvo que ganarse a pulso el título de Libertador y Jefe Supremo de las fuerzas armadas, por su impresionante arrojo a la hora de pelear y porque emancipó a los esclavos. De no haber organizado el ejército como lo hizo, una tarea que le llevó años, lo que hoy son Colombia y Venezuela se hubieran mantenido bajo el yugo español por mucho más tiempo. No, señorita Hilda, nuestra lucha es otra. El pueblo de Cuba entero quiere librarse del usurpador.

—Bolívar era todo eso, pero también podía ser absolutista y mezquino —dijo Ernesto—. Cuando se reunió con San Martín en Guayaquil se negó a ayudarlo a liberar al Perú, a pesar de que el general le ofreció ponerse a su servicio, siendo cinco años mayor y con mucha más experiencia militar. Sin embargo, le negó su colaboración y pocos años después fue Bolívar quien llevó a cabo estas batallas, tal vez porque quería la gloria para él. Después San Martín se retiró y Bolívar llegó hasta lo que pronto se convirtió en Bolivia, y ahí redactó una Constitución que tenía aciertos, pero que proponía una presidencia vitalicia y que el mismo presidente fuera quien nombrara a su sucesor, un rasgo tan absolutista como la monarquía.

—Pero hay que recordar que el título no fue para él —dijo Fidel—. A quien terminaron eligiendo en ese puesto en Bolivia fue a Sucre, y creo que lo propuso así porque sentía que la independencia se les podía salir de las manos; tenía que haber un balance entre la igualdad democrática y la anarquía que amenazaba por todos los rincones del territorio liberado. Era una medida para proteger la independencia.

—De todas formas era una medida excesiva, tanto lo vitalicio como que el mismo presidente nombrara a su sucesor, che. Pudo haber propuesto términos largos, qué sé yo, pero no esa burda copia de la monarquía.

Hilda sonrió al reconocerse una vez más en los argumentos de Ernesto, respecto a que era necesario matizar la visión histórica de muchos personajes, y Bolívar no podía ser la excepción. Laura también escuchaba con interés.

—Sí, eso es verdad —dijo Fidel—, pero no se puede negar su dedicación y su espíritu de sacrificio. En toda su vida no paró de velar por el destino de los territorios que liberó, claro, desde la perspectiva ética de la época y desde sus ideas. Sin Bolívar no se entiende a Sudamérica.

Se miraron desde una complicidad amistosa; cuatro personas de tres países distintos tenían más en común entre sí que con cualquier otra persona, porque no solamente compartían una raíz latinoamericana: coincidían en un futuro posible que cada uno podía ver, conscientes de estar en sintonía. Tenían la sensación de estar labrando un mismo camino.

Los abrazos que se dieron al despedirse no eran de gente que se acaba de conocer. Fidel reconoció en Hilda a una interlocutora inteligente que no estaba dispuesta a quedarse callada, que entendía los problemas sociales por los que atravesaba el continente, y ella pudo confirmar en él el liderazgo del que tanto había escuchado. Todo lo que representaba Fidel debía ser tomado en serio. A Ernesto lo estrujó como a un hermano, haciéndolo parte del plan desde ese momento, y enseguida le ofreció el brazo a Laura para bajar a la calle.

—Siempre les agradeceré el haberme presentado a esta gran luchadora —les dijo a sus anfitriones, y tanto Hilda como Laura sonrieron halagadas.

Cerraron la puerta, Ernesto se dirigió a la cocina y empezó a lavar la pila de platos que aguardaba en el fregadero, mientras Hilda recogía los últimos vestigios de la cena. Para hacer más ágil el proceso de limpieza se mantuvieron un rato en silencio, enfocados cada uno en su tarea, hasta que no quedaba más que seguir lavando, ya sin rastros de las visitas en el departamento. Hilda se recargó a su lado y observó el agua correr sobre sus manos, llenas de detergente, y al fin hizo la pregunta que llevaba horas queriendo hacer.

—¿Crees que Fidel admita mujeres en el movimiento?

Volteó a verla por un segundo antes de seguir con los cubiertos.

—Quizá, con vos sí, pero es difícil. Si querés, hablale.

Se quedó pensando un momento más, cerró la llave del agua y giró el cuerpo para verla a los ojos.

—¿Qué pensás de esta locura de los cubanos de invadir una isla completamente artillada?

Levantó las cejas y suspiró antes de contestar:

—No hay duda de que es una locura, pero hay que estar con ella. Por lo menos se tiene que intentar, el esfuerzo tiene que hacerse; si es verdad que el pueblo quiere lo mismo no sería tan difícil empezar una rebelión popular. Como en todo, lo más complicado es empezar. Yo también creo que es una buena causa.

—Pienso lo mismo. Quería saber qué pensás porque he decidido ser uno de los futuros expedicionarios. Estamos en conversaciones y pronto empezamos nuestra preparación. Voy como médico.

Hilda bajó los ojos, Ernesto abrió de nuevo la llave y tomó los cubiertos que había dejado a medio lavar. Su declaración implicaba dolor y un poco de alegría. El peligro era evidente y los riesgos no podían minimizarse; sin embargo, la idea de contribuir con un granito de arena a la liberación de un pueblo era un digno motivo de lucha, un paso natural después del marco teórico de sus vidas. Se movió para quedar detrás de él y lo envolvió con ambos brazos, las manos unidas sobre su estómago, salpicadas por las gotas de agua que rebotaban en los trastes que todavía quedaban, y recargó su cara sobre el hombro. Su respiración calentaba el omóplato de Ernesto, refugiado en la más mundana actividad casera para huir de los grandes pensamientos, con la mirada fija en cada parte de la vajilla. Así estuvieron durante un rato: ella quieta y él controlando sus movimientos para no molestarla, suspendidos en un instante que se alargaría hasta el infinito. Estaban inmersos el uno en el otro y sin embargo no se pertenecían, no del todo. Podrían seguir adelante con el matrimonio o mantenerse en el limbo del noviazgo, ambos caminos un tanto intrascendentes ante los planes que acababan de escuchar. Algo había cambiado, y ambos lo sabían. Un futuro incierto parecía inminente. Ella separó las manos, se impulsó con las puntas de los pies para que el beso alcanzara su mejilla, le acarició la espalda y siguió a la habitación; él agradeció que no alargara una conversación que no tenía ganas de continuar.

De ahí en adelante Ernesto y Fidel hablaban dos o tres veces por semana. Hilda veía a los cubanos de vez en cuando y cada vez consideraba más seriamente la idea de unirse al movimiento. Era una oportunidad única y además iría acompañada del hombre que amaba. No era solo luchar por la libertad en abstracto, sino buscar una mejor forma de gobierno, un arreglo más justo en armonía con las ideas socialistas que profesaba. El paso de los días alborotaba su espíritu, y sabía que si los planes de Fidel se cumplían ella no podría quedarse atrás.

Por precaución, y un poco por paranoia, Ernesto dejó de hacer anotaciones en su diario y Fidel no escribía nada que tuviera que ver directamente con sus planes, seguro de que la policía de Batista iba tras ellos y de que el FBI o la CIA podían también estar siguiendo sus pasos. Tal vez se tomaban a sí mismos demasiado en serio en aquellas primeras semanas de organización en México, pero era mejor estar desde el principio del lado de la precaución para que la clandestinidad se convirtiera en un hábito. Sin manera de comprobarlo, la única forma de estar seguros era cuidándose. Cada una de sus acciones iba ya dirigida a un mismo fin, y su amistad se hacía más fuerte.

Al ver la conmoción a su alrededor, Hilda tomó la decisión de acercarse a Fidel para sumarse a la lucha. Tenía plena confianza en que no la discriminaría por ser mujer, sin saber que en Cuba había varias mujeres llevando la batuta; sin embargo, antes de encontrar la oportunidad para hablar con él empezó a sentirse mal. Un poco de náusea, estreñimiento, dolores de cabeza y mucho sueño. No le dio importancia durante un par de días, en los que esperó a que se le pasara, hasta que llegó un punto en que el malestar era insoportable y decidió ir al doctor. Esa noche sentó a Ernesto en el sillón de la sala.

—Estoy embarazada.

—Estás jugando —respondió, pero al escuchar los detalles la abrazó y la llenó de besos para que tuviera claro que tendría todo su apoyo y que incluso creyera que estaba entusiasmado, aunque para él esa felicidad era relativa. Era lógico que lo normal fuera ver un embarazo como un hecho feliz y trascendente, pero para él era una situación que complicaba las cosas, un episodio inoportuno. Amaría a esa criatura y respondería de la mejor manera posible, mas no estaba dispuesto a cambiar sus planes, aunque por el momento no tenía caso que dijera nada. Su deber era seguir el flujo de las cosas sin detener lo que estaba en marcha.

Hilda lo conocía mejor de lo que él creía, y no se hacía ilusiones en cuanto a su futuro. Estaba consciente de que no se convertiría en el padre de familia ejemplar, lo cual significaría conseguir un trabajo estable y olvidarse de una quimérica invasión a Cuba. Sabía que Ernesto no cambiaría mucho, y así lo quería. Ella sabría arreglárselas sola.

Había temas prácticos que reclamaban urgencia y Ernesto no tardó en ponerlos sobre la mesa.

—Ahora debemos apurarnos para la ceremonia legal y hay que avisar a nuestros padres —le dijo un poco más calmado—. Un médico del hospital que es alcalde de un pueblo cerca de aquí nos puede ayudar; si eso no funciona nos casamos en la embajada.

—En la peruana.

—En la argentina.

Rieron y de nuevo se abrazaron. Más allá de lo que pudiera traer el futuro tenían que estar unidos en eso.

—Mañana mismo vamos a hacernos el examen médico para el certificado prenupcial.

Al día siguiente Ernesto llegó con una pulsera de plata con piedras negras.

—Por el hijo —murmuró al dársela—. Recibí una parte de lo que me debían de la agencia de noticias, y pensé en vos.

Quería hacer los gestos correctos; estar ahí para ella mientras pudiera, apoyarla y no dejarla sola. Por más ganas que tuviera de acompañarlos, ella se vería obligada a quedarse y él se compadecía de su condición. Si las cosas fueran a la inversa se sentiría atrapado.

En los días que siguieron Ernesto pasó más tiempo en casa. Velaba por las necesidades de Hilda; la acompañó al médico; estuvo pendiente del avance del embarazo y disminuyó su presencia en Emparán 49, sin perder nunca el contacto con ellos. A Hilda le permitieron pasar menos tiempo en la oficina, y así las noches y algunas tardes quedaron reservadas para estar juntos, charlando, leyendo o preparando la cena, haciéndose a la idea de lo que vendría, y en ocasiones también peleando. De no estar esperando un bebé quizá la relación no habría soportado las afrentas de aquellos meses.

A la vuelta de un largo día de trabajo, Hilda encontró todo revuelto en el departamento y descubrió que en su habitación faltaba su máquina de escribir, la cámara de Ernesto, algunos accesorios y pequeñas joyas. El ultraje la llenó de tristeza y le dio un poco de miedo al saberse vulnerable.

—No hay duda: es el FBI —dijo Ernesto en cuanto vio esa escena.

—¿Por qué estás tan seguro?

—Fidel sabe que nos tienen observados.

—Pero entonces ¿por qué solo a nosotros y no a ellos también?

—No sé, debemos tener cuidado.

—Dudo mucho que un robo de este tipo tenga tintes políticos.

—Pero no sabés.

—Tú tampoco. No sabía si llamar a la policía.

—Mejor no, aunque no sea un robo simulado tampoco vamos a recuperar las cosas.

Denunciar era ponerlos en el radar de la policía cuando la idea era sumirse cada día más en la clandestinidad.

Para Hilda era evidente que Ernesto era una víctima de la paranoia de Fidel, porque al fin y al cabo ¿qué hacían que fuera verdaderamente amenazante? Hasta ese momento no habían hecho nada más que hablar, difícilmente habría agentes perdiendo el tiempo con ellos, a no ser que fuera el servicio secreto de la embajada cubana que tuviera a Fidel en la mira, lo que excluiría a Hilda y a Ernesto de todo ese embrollo. Una cámara de fotos en manos de un médico en ciernes no era una amenaza para nadie.

Las pérdidas significaron que el libro sobre el médico en Latinoamérica que ella le estaba ayudando a pasar en limpio se quedara a medias, y ya no podría sacar fotografías, aunque casi nunca tenía tiempo de salir a la calle para hacer los trabajitos que antes le dieron de comer. El conjunto de todo lo robado fue lo que resintieron, un golpe a su limitado patrimonio que en algunos casos tendrían que reponer, mientras que las pequeñas joyas y algunos accesorios eran irreemplazables. Podían pensar que las cosas materiales carecían de importancia, que estaban sanos y pronto serían padres, pero el pragmatismo de tener una máquina de escribir en casa o la posibilidad de tomar fotografías eran cosas que habrían de echar de menos. Y lo más preocupante era no saber si fue un robo aislado o si era cierto que alguien dentro de un aparato estatal los tenía observados. Cambiaron y reforzaron la cerradura; durante semanas Hilda entró a su departamento con el miedo colándose en los huesos. Primero echaba un vistazo que continuaba hasta la recámara y solo al ver todo en orden podía calmar los nervios; luego ponía agua para té y se relajaba acariciándose el vientre. El embarazo la transformó en un ser un poco más aprehensivo que estaba plenamente en paz cuando Ernesto cruzaba la puerta, después de ir al hospital y a un laboratorio de alergias en donde seguía con sus investigaciones. En esos días se preparó para concursar por una cátedra de fisiología que tiempo después se enteraría de que ganó; era una posibilidad que quedaba abierta.

Para conmemorar los dos años que pasaron del asalto a los cuarteles Moncada y Bayamo, el 26 de julio, en la capital mexicana, un pequeño grupo de cubanos llevaron una ofrenda floral al monumento a los Niños Héroes en el bosque de Chapultepec, después de que Fidel enviara las *Declaraciones al pueblo de Cuba* que se leyeron ese día en la isla. Aquella tarde, convocado por un grupo de jóvenes latinoamericanos, dio unas palabras en el Ateneo Español, un evento al que asistió Laura, al igual que decenas de exiliados. Entre guatemaltecos, salvadoreños, peruanos, venezolanos, puertorriqueños y dominicanos llenaron las cien sillas del salón y hubo gente parada. Hilda y Ernesto no pudieron asistir por trabajo, pero llegaron después al departamento del edificio Imperial donde Fidel preparó espaguetis para su gente más cercana. En un ambiente festivo le dijo a Ernesto entre risas:

—Tú, che, estás muy callado. Será porque ahora está el control.

Hilda comprendió que hablaban mucho cuando estaban solos, porque si Ernesto estaba en confianza era un gran conversador y le gustaba discutir, pero en grupo prefería escuchar. Fidel era todo lo contrario: mientras más gente alrededor hubiera, más se amplificaba.

La burocracia de la Secretaría de Gobernación no cedió a la insistencia de la pareja de extranjeros que simplemente buscaban casarse. Les pidieron dinero como parte de un soborno que, aunque era lo común, se negaron a pagar; en vez de fingir que eran mexicanos para cumplir con el trámite fueron al registro civil de Tepotzotlán, donde un amigo de Ernesto nada más les pedía el certificado prenupcial y sus pasaportes. Fidel iba a ser uno de los testigos, pero un ataque de paranoia lo hizo dudar al grado de ni siquiera presentarse a la boda, a la que sí asistió Raúl. Podía ser el típico evento en el que los encontraran a todos en un mismo lugar, si en verdad los estuvieran observando con ese nivel de atención.

Fue una ceremonia sencilla; en realidad un mero trámite con pocas palabras de por medio y el puñado de firmas necesarias para legalizar la unión de la pareja de la manera más discreta posible. Declarados marido y mujer, Hilda y Ernesto se dieron un beso y se abrazaron en medio de aplausos, una pequeña victoria ante el gran aparato burocrático al que tuvieron que burlar. Se miraron a los ojos y una sonrisa cubrió sus rostros, llenos de júbilo por haber dado el paso y asumirse como una familia. Regresaron a la ciudad para celebrar, tomaron vino tinto, hubo una ensalada y Ernesto ofició de parrillero para el grupo reducido de invitados que se dividió en dos: por un lado, los del Hospital General y de Cardiología; por el otro, los cubanos, al que se unió Fidel cuando finalmente llegó para desearles un futuro próspero. Después de comer, Fidel y Ernesto se arrinconaron para enfrascarse en una más de sus pláticas. Hilda los veía desde el fondo del comedor y hacía lo posible por quitarse de la cabeza un absurdo sentimiento de celos, testigo de una amistad con la que no podía competir. En cuanto la mirada de Ernesto se cruzó con la de ella, la tomó de la mano y la involucró en la conversación. La recatada celebración fue un éxito.

Después de la boda hubo amistades que les reclamaron no haberlos invitado, pero los más consternados fueron los padres de ambos. En su carta, los padres de Hilda les enviaron quinientos dólares como regalo, y explicaron que de haberles avisado hubieran ido a acompañarlos. Su madre les pidió que se casaran por la Iglesia para hacer el viaje en esa supuesta fecha futura, a lo que contestaron que sus mutuas convicciones políticas les impedían contraer un matrimonio que no fuera civil. Él les escribió a los suyos un mes después y mencionó la boda como de paso, como un acontecimiento más entre muchos otros, mezclándola con su intención de seguir viajando a China, a Francia o a la India, incluso a Cuba, como parte de un itinerario que aparentaba ser turístico. En su correspondencia no le dio a la boda demasiada importancia; quizá no comprendía lo que significaba ser padre, y describía su vida como si todavía pudiera desaparecer por el mundo sin otra responsabilidad que mantenerse vivo.

Compraron a crédito otra máquina de escribir mientras seguían pagando la anterior. Tenían que pasar en limpio un trabajo que enviaría Ernesto a un congreso en Veracruz, el que poco después saldría premiado y luego publicado en una revista especializada. El texto estuvo dedicado a ella por haberle ayudado en su proceso de investigación y que podría ser un resumen de aquella relación. «Con amor a Hilda, quien ha sido mi guía y mi aliento, y sin cuya ayuda no hubiera podido llegar a estas conclusiones ni terminar este trabajo».

Una noche fueron al cine a ver *Abajo el telón*; las carcajadas de Ernesto cuando Cantinflas bailaba el minué mientras de improviso se encontraba en escena la contagiaron también a ella. El recuerdo de los fines de año en la escuela, obligado a bailar el minué, llegó como un relámpago, momentos que resultaban números cómicos en vez de musicales, puesto que su total falta de oído se traducía en una profunda negación para el baile. Hilda lo tomó de la mano mientras reían, y él se vio a sí mismo como un Cantinflas viajero con acento porteño, ridículo, pero con buenas intenciones. No sabía que el telón de su vida como guerrillero estaba a punto de levantarse y que nada volvería a ser igual.

8

Alberto nació en Cuba en 1892. Su padre, que estaba casado, fue uno de los doscientos mil soldados que a lo largo de varios años salieron de España cantando *La marcha de Cádiz* con una mezcla de entusiasmo y temor, como parte del mayor ejército que hasta entonces había cruzado el Atlántico. Iban en defensa de la Perla de las Antillas, una de las últimas piezas del viejo imperio español, que se empeñaba en seguir a las demás colonias en su lucha de independencia. Cuando conoció a Carmen, el soldado se las ingenió para hacerla su segunda esposa; Alberto nació en lo que entonces se llamaba Puerto Príncipe y después se convertiría en Camagüey. La guerra que se desató en 1895 tras la explosión del *Maine*, un buque yanqui atracado en el puerto de La Habana, involucró a Estados Unidos del lado de los rebeldes, aunque las investigaciones de unos y otros no llegaron a una respuesta clara en cuanto a la responsabilidad del hundimiento que dejó doscientos cincuenta muertos: fue la excusa perfecta para inmiscuirse en una guerra que ya saboreaban. Por conveniencia culparon a España, pero también pudieron haber sido los rebeldes o, incluso, uno de los millonarios yanquis que se empeñaban en ver a Cuba independizada. La guerra mediática de los periódicos de Hearst y de Pulitzer llegó a inventar sucesos inexistentes para hacer que la opinión pública presionara al Congreso a defender a los revolucionarios; en parte para vender más ejemplares y que Cuba dejara de contar con la protección de España, esfuerzos sumados a los de un nutrido grupo de empresarios cubanos que pedían la anexión al territorio estadounidense. Lo más probable era que los españoles no hubieran tenido nada que ver con el hundimiento del *Maine*, simplemente porque no les convenía involucrar a otra nación, pero la presión interna fue tan grande que el presidente McKinley, uno de los opositores de la política intervencionista, no pudo detener la decisión del Congreso; España perdió la guerra en pocos meses y dejó a Cuba en manos de los yanquis, que congeniaban aún menos con la mezcla de razas que habitaba la isla.

Alberto tenía seis años cuando luchaban en las calles de Santiago. Poco después zarpó a Barcelona con el coronel de artillería, derrotado por los rebeldes y por un ejército que daba uno de sus primeros pasos fuera de sus fronteras, y con su madre, en un exilio del cual no regresaría. El niño se crio en la Península y volvió a la isla solo en dos ocasiones durante su niñez, de ida y vuelta a Nueva Orleans, en donde aprendió inglés, perfeccionó su francés, se volcó al boxeo e hizo amigos que jamás volvería a ver. Muchos años después la mujer y el hijo de Alberto se salvarían de una probable muerte gracias a su nacionalidad cubana.

Después de pasar un tiempo en Guadalajara y de las tempestades sufridas en el Caribe se mudó junto con Carmen al número 67 de la avenida Country Club, en la Ciudad de México, en donde daba clases de francés e inglés en la Universidad Latinoamericana; era maestro en la Escuela de Mecánicos Militares de Aviación y tenía una fábrica de muebles en la colonia Portales. Tras todo tipo de exabruptos militares y de luchas encarnizadas por sobrevivir, su vida estaba reducida a una tranquila rutina, sin sobresaltos ni sorpresas, y antes de la mañana de julio en que sonó la puerta de su casa todo parecía indicar que se dirigía hacia una vejez sin eventualidades para un buen día morir, cansado y con muchos recuerdos, en la capital mexicana. Calvo, pero todavía fuerte, de cara ovalada y barba canosa, Alberto abrió la puerta y se encontró con un joven desconocido acompañado del amigo con quien disputaba interminables partidas de ajedrez los viernes por la tarde. Se presentaron, los invitó a sentarse y cuando Carmen puso en la mesa una jarra de agua de limón Fidel había empezado a hablar.

—Tengo por cierto que es usted cubano —le dijo a Alberto.

—Allí nací y de allí es mi madre, pero viví toda mi vida en España.

—Bueno, le voy a contar una historia. Había una vez una república. Tenía su constitución, sus leyes, sus libertades; presidente, congreso, tribunales; todo el mundo podía reunirse, asociarse, hablar y escribir con entera libertad. El gobierno no satisfacía al pueblo, pero el pueblo podía cambiarlo y solo faltaban unos días para hacerlo. Había una opinión pública respetada y acatada y todos los problemas de interés colectivo eran discutidos libremente. Había partidos políticos, horas doctrinales de radio, programas polémicos de televisión, actos públicos, y en el pueblo palpitaba el entusiasmo. Este pueblo había sufrido mucho y si no era feliz, deseaba serlo y tenía derecho a ello. Lo habían engañado muchas veces y miraba el pasado con verdadero terror. Creía ciegamente que no podría volver, estaba orgulloso de su amor a la libertad y vivía engreído de que ella sería respetada como cosa sagrada; tenía confianza en la seguridad de que nadie se atrevería a cometer el crimen de atentar contra sus instituciones democráticas. Deseaba un cambio, una mejora, un avance, y lo veía cerca. Toda su esperanza estaba en el futuro.

Alberto lo miraba con una media sonrisa, entretenido por el joven que estaba allí para pedir su ayuda, con creciente curiosidad de saber hacia dónde iban sus palabras y qué quería de él.

—Una mañana la ciudadanía despertó estremecida; a las sombras de la noche los espectros del pasado se conjuraron mientras ella dormía, y ahora la tenían agarrada por las manos, por los pies y por el cuello. Aquellas garras eran conocidas, aquellas fauces, aquellas guadañas de muerte, aquellas botas, pero no era una pesadilla, sino la triste realidad. Un hombre llamado Fulgencio Batista acababa de cometer el horrible crimen que nadie esperaba.

—Sí, sé lo que ha pasado en Cuba y me parece una pena.

—Cuatro partidos políticos gobernaban el país antes del diez de marzo: Auténtico, Liberal, Demócrata y Republicano. A los dos días del golpe se adhirió el Republicano al gobierno golpista; no había pasado un año todavía y el Liberal y el Demócrata estaban otra vez en el poder; Batista no restablecía la constitución ni las libertades públicas ni el congreso o el voto directo; no restablecía ninguna de las instituciones democráticas arrancadas al país, pero restablecía a los jerarcas de los partidos tradicionales, lo más corrompido, rapaz, conservador y antediluviano de la política cubana. El régimen de Batista ha significado en todos los órdenes un retroceso de veinte años. Todos han tenido que pagar bien caro su regreso, pero principalmente las clases humildes están pasando hambre y miseria mientras la dictadura ha arruinado al país con la conmoción, la ineptitud, la zozobra, y se dedica a la más repugnante politiquería, inventando más fórmulas para perpetuarse en el poder, aunque sea sobre un montón de cadáveres y un mar de sangre. Se hizo sufrir al pueblo para que un pequeño grupo de egoístas que no sienten por la patria la menor consideración pudieran encontrar en la cosa pública un *modus vivendi* fácil y cómodo. Después del diez de marzo comenzaron a producirse otra vez actos verdaderamente vandálicos que se creían desterrados para siempre en Cuba: asaltos a las universidades, secuestros y desapariciones de periodistas y de estudiantes; descargas contra manifestaciones pacíficas y torturas por parte de los cuerpos represivos. Es un régimen conformado por una banda de ladrones. Los esbirros de esta dictadura, que no cabe comparar con ninguna otra por lo baja, ruin y cobarde, secuestran, torturan y asesinan y después culpan canallescamente a los adversarios del régimen. Son sus métodos típicos.

—¿Y por eso a usted lo encarcelaron?

Alberto conocía esa parte de la vida reciente de su invitado, y ya que lo tenía ahí, sentado, lo obligaría a hablar de su tema favorito: la estrategia militar. Pero Fidel no se callaba.

—Batista engañó al pueblo de una forma miserable. Batista y su cohorte de politiqueros sabían que iban a fracasar por la vía electoral, y así, tomaron de instrumento al ejército para trepar al poder a espaldas de los soldados. Yo sé que hay muchos hombres disgustados por el desengaño: se les aumentó el sueldo y después, con descuentos y rebajas de toda clase, se les volvió a reducir; infinidad de viejos elementos desligados de los institutos armados volvieron al ejército, y se les cerró el paso a jóvenes capacitados y valiosos. Militares de mérito han sido postergados mientras prevalece el favoritismo. Muchos militares decentes se están preguntando a estas horas qué necesidad tenían las fuerzas armadas de cargar con la tremenda responsabilidad histórica de haber destrozado nuestra constitución para llevar al poder a un grupo de hombres sin moral, desprestigiados, corrompidos y aniquilados políticamente. No podían volver a ocupar un cargo público si no era a punta de bayoneta: bayoneta que no empuñan ellos. Cuba es un desastre y todo es obra de Batista. Solo un hombre en todos estos siglos ha manchado de sangre dos épocas distintas de nuestra existencia y ha clavado sus garras en la carne de dos generaciones de cubanos.

—Pero todavía no entiendo qué tiene que ver todo esto conmigo.

—A eso voy. ¿Usted sabe las condiciones miserables que soportan los cubanos en una tierra tan rica y generosa? La mitad de los trabajadores perciben menos de un dólar diario, la mayoría de los campesinos trabajan de tres a seis meses en los plantíos azucareros y el resto del año están desempleados, el noventa por ciento de la tierra productiva está en manos de los yanquis y la frutera ha monopolizado la industria azucarera. Los intereses imperialistas y la mafia yanqui han convertido a La Habana en la sede latinoamericana de la prostitución.

Aprovechando una pequeña pausa, Alberto lo atajó de nuevo:

—Dígame cómo terminó en la cárcel.

—Me capturaron después del ataque al Moncada.

—Ya más o menos tenía idea, lo que quiero que me cuente es cómo se dieron esos hechos, cuál fue su plan y en qué falló.

Fidel se alegró de que el veterano se interesara en los detalles de su momento más heroico.

—¿Qué es lo que quiere saber?

—Empecemos por cuándo decidió atacar el cuartel.

—Cuando nos convencimos de que nadie haría nada contra el golpe de Estado de Batista, y de que un montón de grupos que ya existían no estaban preparados ni organizados para llevar a cabo la lucha armada que esperábamos. Un profesor universitario vino a hablar conmigo porque quería tomar el cuartel Columbia de La Habana. Me dijo que tenía gente dentro que lo apoyaba, y yo le contesté que no hablara con nadie más, que nosotros teníamos los hombres suficientes, pero hizo todo lo contrario. Habló con más de veinte organizaciones y a los pocos días toda La Habana, hasta el ejército, sabía lo que preparaba el profesor. Mucha gente cayó presa, incluido él.

—No sé por qué el vicio de gritar a los cuatro vientos los planes de una conspiración está tan extendido por todo el

Caribe. Yo he sufrido en carne propia esa falta de aplomo y de responsabilidad. Dictadores se han salvado de revoluciones por las lenguas sueltas.

—Sabe de lo que hablo, lo sé. Entonces, cuando supimos que la toma de Columbia era *vox populi*, decidimos actuar en un futuro con nuestra propia fuerza, que era superior en número, disciplina y entrenamiento a todas las demás juntas. Escogimos Santiago de Cuba para empezar la lucha.

—¿Cómo consiguió reunir al grupo de militantes que atacarían el Moncada?

—Yo había hecho un trabajo de proselitismo y de prédica que iba dentro de mi concepción revolucionaria. Tengo el hábito de estudiar a cada uno de los combatientes que voluntariamente se ofrecen, de calar bien sus motivaciones e inculcarles normas de organización y conducta. Se necesita contar con la clase obrera, con los campesinos, con la gente humilde. Empecé con un puñado de gente que estaba contra el robo, el desempleo y el abuso, y que creía que eso se debía a los malos políticos. Así empezamos a reclutar y a entrenar a los participantes, en una lucha que buscaba y busca restablecer el estatus constitucional interrumpido. Nos organizamos para unirnos a todas las demás fuerzas antibatistianas, porque es elemental unirnos todos.

—¿De dónde sacaron recursos para el ataque?

—No teníamos ni un centavo, nada. Yo tenía relaciones con el Partido Ortodoxo, que contaba con muchos jóvenes, todos muy antibatistianos; eran como la antítesis de Batista. En ese sentido no había en el país una organización comparable. El nivel ético y patriótico era alto.

—¿A cuántos hombres entrenaron para el asalto?

—A mil doscientos. Al llegar a esa cifra no seguimos reclutando: habíamos creado un pequeño ejército. Yo hablé con cada uno; trabajé en esto con bastante asiduidad y muchas horas diarias. La intención era evidente, aunque nunca se mencionaron planes concretos. La disciplina era esencial. Cincuenta mil kilómetros recorrí en un auto al que se le fundió el motor unos días antes del Moncada. Penetramos también otras organizaciones. Una que pertenecía al partido del gobierno derrocado el 10 de marzo que también conspiraba contra Batista. Tenía armas de guerra en abundancia; tenía de todo, lo que no tenían era hombres. Exjefes militares del gobierno de Prío estaban organizando a esas fuerzas y buscaban combatientes. Logramos hacerles creer que podían contar con tres grupos de ciento veinte jóvenes cada uno, bien entrenados, que fueron inspeccionados por ellos en grupos de cuarenta en diversos puntos de la capital, pero mi nombre no podía mencionarse porque yo había escrito artículos denunciando hechos sumamente graves e inmorales del gobierno de Prío en el periódico *Alerta*, el de mayor circulación del país, que publicó sucesivamente esos artículos en la edición especial de los lunes con todas las pruebas pertinentes, varios meses después de la muerte de Eduardo Chibás y unas pocas semanas antes del golpe; por eso me culpaban de haber socavado al gobierno y propiciado el golpe de Estado. Pero uno de los nuestros mencionó mi nombre y ellos quizá adivinaron la maniobra, sospecharon y rompieron contacto. Seguimos entrenando, casi todos de la Juventud Ortodoxa, y usé la oficina nacional del partido porque allí iba mucha gente a conversar y a buscar noticias. Era útil para fines de camuflaje y desinformación. Allí no había jefes, excepto los administrativos. En un cuartico me reunía con pequeños grupos de cinco, seis o siete jóvenes, en una tarea de persuasión y adoctrinamiento, dando los primeros pasos organizativos.

—¿En dónde se entrenaron?

—En la Universidad de La Habana.

—¿Allí hicieron prácticas de tiro?

—No, eso fue en otro lugar. En la universidad fueron prácticas de arme y desarme y tiro en seco, en el salón de los mártires. La autonomía universitaria era bastante fuerte y los estudiantes se movilizaban mucho. La colina universitaria tuvo determinada inmunidad durante toda la primera etapa, y entonces allí es donde iban los que protestaban. Seguramente Batista y su ejército se reían de aquellas prácticas. Para disparar con escopetas nos entrenamos en los clubes de tiro de La Habana. Disfrazamos a algunos compañeros de burgueses, de comerciantes, de todo, según su tipo, su estilo y sus habilidades. Estaban inscritos en clubes de caza y nos invitaban a los clubes a practicar el deporte de tiro al platillo. Pudimos entrenar de una forma u otra en plena legalidad a mil doscientos hombres, aunque solo una parte previamente seleccionada tuvo entrenamiento de tiro real. Los órganos represivos de Batista no nos prestaban mucha atención porque sabían que no teníamos un centavo; no teníamos nada. Pero yo no me dejaba ver mucho en aquellos lugares.

—¿Cree que el ataque al Moncada fue un fracaso?

—El Moncada pudo haber sido tomado, y si lo hubiéramos tomado habríamos derrotado a Batista, sin discusión alguna. Nos habríamos apoderado de miles de armas. Sorpresa total, sumada a la astucia y el engaño al enemigo. Todos fuimos vestidos de sargentos, simulando el golpe de los sargentos dirigido por Batista en el 33. No fue el organizador principal, pero como tenía un poco más de preparación y era astuto, se hizo jefe del «Golpe de los Sargentos», después de haber sido el taquígrafo del Estado Mayor. En Santiago les hubiera llevado horas reponerse del caos y la confusión que se generaría en sus filas; eso nos daría tiempo para los pasos siguientes.

—¿Cuál era el plan?

Al ver el creciente interés que sus palabras causaban en Alberto, decidió clavarse en las minucias del ataque, la antesala perfecta para confesarle después el motivo de su visita.

—También atacaríamos el de Bayamo, a más de doscientos kilómetros de distancia de Santiago, como avanzada para combatir el contraataque, además de tener antecedentes históricos. Allá en tierra de Perucho se ganó una de las grandes batallas de la independencia. La idea era volar o inutilizar el puente de la carretera central sobre el río Cauto, a pocos kilómetros al norte de Bayamo, porque los primeros refuerzos podrían venir del regimiento de Holguín y luego del resto del país. Por aire no tenían fuerza suficiente, y la otra vía era el ferrocarril, mucho más fácil de defender. Descarrilas un tren o arrancas unos cuantos raíles. Es más fácil que neutralizar un sólido puente de acero u hormigón. Para prevenir los bombardeos por aire pensábamos abandonar rápidamente el cuartel y ubicar todas las armas en distintos lugares de Santiago, para después distribuirlas al pueblo, partiendo de su tradición luchadora e independentista. Cuando ese regimiento no acató inicialmente el golpe de Estado del 10 de marzo por influencia de algunos oficiales, el pueblo de Santiago se movilizó para apoyarlo. La ciudad rechazó ese golpe.

—Era una buena apuesta, sí.

—Llegamos desde la capital la noche del 25, unas horas antes del ataque, a una granjita en Siboney, un lugar que solo conocíamos seis personas, alquilada tres meses antes. Se rentaron carros para transportarnos desde la capital, a casi mil kilómetros. Escogimos esa granjita porque era el lugar más discreto y estratégico. Por la carretera que pasa al frente de la granjita se va de Santiago al mar, precisamente al punto donde desembarcaron los yanquis en la guerra contra España, en 1898: Siboney; desde allí se sigue hoy por la costa hasta cerca de Guantánamo. Ese punto se prestaba para nuestro plan. Se simuló una granja avícola para producir pollos, con crías y todo. En un pozo aparentemente clausurado junto a la casa guardamos parte de las armas, pero la mayoría llegaron casi simultáneamente con nosotros. Escogimos ese día porque había carnaval, mucha gente iría a Santiago y estaría en el ambiente toda esa actividad y esa atmósfera, pero inesperadamente nos perjudicó, porque dio lugar a determinadas medidas en el cuartel que fueron la causa principal de varias dificultades.

—¿Cuántos participaron en el ataque?

—Ciento sesenta, cuarenta en Bayamo y ciento veinte para el Moncada, aunque nadie sabía lo que íbamos a hacer. Nuestros hombres estaban preparados mentalmente para prácticas de tiro con fusiles 22. Cuando supieron que íbamos a tomar el Moncada, una célula de cinco universitarios se arrepintió, y les dije que podían quedarse sin combatir. Yo entraría con noventa hombres dentro del cuartel.

—¿Todos armados?

—Armados y con el uniforme del ejército de Batista y con el grado de sargento, que fabricamos en La Habana.

—¿Cómo se reconocerían en medio de los soldados de la guarnición?

—Aparte del tipo de armas, que eran inconfundibles, por los zapatos. Los nuestros no eran militares. Todos teníamos zapatos de corte bajo, gorra y lo demás normal.

—Lo que más me interesa es la estrategia de ataque.

—A los ciento veinte hombres los dividí en tres grupos, uno que iba adelante para tomar la parte del hospital civil que colindaba con el fondo de las barracas del cuartel. Era el objetivo más seguro y adonde envié al segundo jefe de la organización, un muchacho muy inteligente. Con él estaban dos muchachas y el médico, que tenían la misión de atender a nuestros heridos, que serían remitidos a ese punto. Al fondo había un excelente muro para dominar la parte trasera de los dormitorios del cuartel. El segundo grupo iba a tomar el edificio de la audiencia, de varios pisos, con un muchacho que iba de jefe. Con ellos estaba también Raúl, mi hermano, que iba de combatiente de fila, y yo era parte del tercer grupo de noventa hombres, con la misión de tomar la posta y el Estado Mayor con ocho o nueve de ellos; el resto ocuparía las barracas. Los soldados iban a estar durmiendo y serían empujados hacia el patio trasero, dominado por el hospital civil y por el de la audiencia. También iban a estar descalzos y por lo menos en calzoncillos, porque no habrían tenido tiempo para vestirse ni tomar las armas. Eso no iba a tener solución para ellos.

—No parecía que fuera a haber tanto peligro.

—Los del hospital y los de la audiencia no debían de tener problemas. Yo tenía claro que me tendrían que sustituir en caso de muerte, tal vez el líder del grupo del hospital civil. Sentía sobre mi consciencia todo el peso de la responsabilidad ante mis padres por haber incluido a mi hermano a su corta edad. Yo me designé la misión que parecía más complicada: marcharía tras el grupo que tomaría la entrada y quitaría las cadenas que bloqueaban el ingreso de vehículos.

—¡Pero cómo! Si usted era el líder no podía ponerse al frente de la operación más peligrosa, de ninguna manera. La única forma de que una operación militar funcione es que se mantenga el liderazgo. Esa fue una irresponsabilidad de su parte. El que lleva la batuta debe de hacer lo posible por cuidar su vida hasta que no tenga otra alternativa. Ese fue un error definitivo.

—Puede ser, pero mi instinto en ese momento fue ese. Yo no vengo de una formación militar.

—Ya veo. Bueno, y entonces ¿a qué hora sucedió todo eso?

—Nada de eso sucedió. A las 4:45 de la madrugada salimos de la granjita y a las 5:15 exactamente atacamos, porque se necesitaba cierta cantidad de luz y hacerlo con todos los soldados dormidos. Íbamos por lo menos ocho en cada uno de los dieciséis autos que teníamos, con un carro que se quedó con los que se arrepintieron y otro que se descompuso en el camino. Antes salieron los que iban a la azotea del hospital, al fondo del Moncada, y los que ocuparían la de la audiencia, con trayectos mayores que el nuestro. Mi grupo contaba con diez o doce carros. Yo iba en el segundo, a una distancia de cien metros, por la carretera de Siboney a Santiago. Estaba amaneciendo, y en julio el sol sale más temprano allá en Oriente. Así que nosotros llegamos de día. Hubo que atravesar un puente estrecho entrando en la ciudad, en fila, uno por uno cada carro, y eso nos retrasó. Aproximadamente cien metros por delante, el primer carro avanzó por la avenida Garzón, dobló a la derecha por una calle lateral en dirección a la entrada del cuartel, doblé yo y doblaron otros carros. Estaba yo a ochenta metros, la distancia conveniente para recorrer ese último trecho con determinada velocidad en lo que ellos dominaban a los centinelas de la entrada y quitaban las cadenas que impedían el paso de los carros hacia dentro.

La atención de Alberto era total. Captaba cada detalle para ir reconstruyendo el enfrentamiento en su mente.

—El primero se detuvo al llegar al objetivo. Se bajaron los hombres rápidamente para neutralizar a los centinelas y quitarles las armas; en ese momento vi, en la acera de la izquierda, más o menos a veinte metros delante de mi carro, una patrulla de dos soldados con ametralladoras Thompson. Se dieron cuenta de que algo ocurría en la posta de la entrada, a una distancia de sesenta metros aproximadamente de ellos, y estaban como en posición de disparar sobre el grupo de los que ya habían desarmado la posta, o así me pareció. Cuando vi que los soldados apuntaban hacia la entrada con sus ametralladoras, dándome la espalda, bajé la velocidad y me acerqué para capturarlos, aunque iba manejando. Llevaba empuñada la escopeta con la izquierda y una pistola en la mano derecha; estaba ya al lado de ellos, la puerta semiabierta; pretendía hacer dos cosas a la vez: evitar que dispararan al grupo de enfrente y ocupar las dos ametralladoras. Había otra forma de acción que después comprendí perfectamente: lo que debí de hacer era olvidarme de ellos y seguir. Si esos dos soldados veían un carro, otro carro y otros más avanzando rápido delante de ellos, no habrían disparado. Pero lo cierto es que traté de sorprenderlos y capturarlos por detrás. Cuando estaba como a dos metros se percataron de algún ruido y se viraron, vieron mi carro y tal vez instintivamente apuntaron sus armas hacia nosotros. Lancé el carro contra ellos. Me bajé rápido con la gente que iba conmigo y los que venían atrás hicieron lo mismo. Creían que estaban dentro del cuartel, y su misión allí era tomar los dormitorios y empujar a los soldados hacia el patio del fondo.

—¿Qué falló?

—La presencia de esa patrulla cosaca, originada al parecer por los carnavales, que iba y venía entre la entrada del cuartel y la avenida Garzón. Era algo que desconocíamos y, por su proximidad a la posta de la entrada, nos creó graves trastornos. Uno de los hombres que iba conmigo, al bajarse del primer asiento por la derecha, hizo un disparo, el primero que se escuchó en el combate, y el tiroteo se generalizó. Las sirenas de alarma comenzaron a rugir mezcladas con los disparos. Todos los que iban en los carros detrás de mí se bajaron como estaba previsto y penetraron en una edificación alargada, relativamente grande, con la misma arquitectura que las demás instalaciones militares del cuartel. Era nada menos que el hospital militar, y entraron en él, confundiéndolo con el cuartel.

—Pero ese edificio era parte de sus objetivos.

—El problema es que el combate que tenía que librarse dentro del cuartel se entabló afuera, y en la confusión unos tomaron el edificio que le tocaba al otro grupo. Al bajarnos de los carros la patrulla cosaca desapareció. Entré en el hospital militar para sacar al personal que se equivocó y que había llegado únicamente a la planta baja. Casi pude organizar de nuevo la caravana con seis o siete autos, porque, a pesar de todo, la posta que cuidaba la entrada del cuartel estaba tomada por el grupo uno, que penetró en la primera barraca dentro del cuartel, se dirigió al depósito de armas y se encontró con la banda de música del ejército durmiendo todavía allí. Parece que las armas las habían retirado al cuartel maestre. La situación era similar en las demás barracas, que no pudieron reaccionar ante el sorpresivo ataque. El grupo en el que iba Raúl dominaba el edificio de la audiencia.

—Y había disparos por todas partes.

—Bueno, en esos momentos los soldados estaban todavía vistiéndose, poniéndose los zapatos, moviéndose y organizándose, buscando sus armas, y solo las postas estaban todas disparando, aunque fuera para hacer ruido. La guardia rural dormía en una de aquellas barracas, también junto al regimiento del ejército. Ellos no dormían con los fusiles al lado ni tenían mando en los primeros momentos, y algunos jefes del regimiento dormían en sus casas. Ninguno de los oficiales y clases ni la tropa del Moncada sabía lo que estaba pasando. Como el combate se libró fuera del cuartel, la enorme y decisiva ventaja de la sorpresa se había perdido. Logré sacar del hospital a un número reducido de compañeros en varios carros, con el propósito de llegar al Estado Mayor, cuando de repente uno de los autos que venía atrás nos pasó como un bólido por un lado, se acercó a la entrada del cuartel, retrocedió igual de rápido y chocó con mi propio carro. Entonces me bajé de nuevo. En aquellas inesperadas circunstancias el resto de nuestra gente mostró valentía. Se produjeron heroicas iniciativas individuales, pero ya no había forma de superar la situación, con el combate andando y una inevitable desorganización en nuestras filas. Perdimos el contacto con el grupo del carro que tomó la posta. Los del edificio de la audiencia solo pudieron guiarse por el ruido de los disparos que disminuía, mientras el enemigo, recuperado de la sorpresa y organizado, defendía sus posiciones. Yo comprendí casi desde los primeros momentos que no había posibilidad alguna de ganar. Tú puedes tomar un cuartel con un puñado de hombres si su guarnición está dormida, pero un cuartel con más de mil soldados, despiertos y fuertemente armados no era posible ocuparlo. Más que los disparos, recuerdo el ensordecedor y amargo ruido de las sirenas que dieron al traste con nuestro plan.

—Ya nada podía funcionar.

—El cuartel podía haber sido tomado con el plan elaborado. Si hiciese de nuevo un plan para una misión como aquella, lo haría exactamente igual. Solo que, a partir de esa experiencia, no habríamos hecho el menor caso a la patrulla cosaca. Esas cosas pasan por la mente en fracción de segundos. La protección de los compañeros en peligro fue mi motivación principal. No habían pasado ni treinta minutos cuando me resigné a la realidad y llegó un momento en que comencé a dar órdenes de retirada. Estaba en medio de la calle, no lejos de la posta de entrada; tenía mi escopeta calibre 12 y en el techo de uno de los edificios principales del cuartel estaba emplazada una ametralladora pesada calibre .50 que podía barrer la calle, porque apuntaba directamente a ese punto. Un hombre, al parecer solo, trataba de manipularla; parecía un monito dando rápidos saltos y moviéndose para hacer funcionar el arma y disparar. Tuve que encargarme de él, mientras los hombres tomaban los carros y se retiraban. Cada vez que intentaba posesionarse del arma, le disparaba. Ya no veía a nadie, ni un solo combatiente de pie, todos se habían ido. Me monté en el último carro, y después de estar dentro, a la derecha del asiento trasero, apareció un hombre de los nuestros, que había llegado hasta el carro repleto y que se iba a quedar a pie. Me bajé y le di mi puesto. Le ordené al carro que se retirara y me quedé allí, en medio de la calle, solo. Ocurren cosas inverosímiles en esas circunstancias. Allí estaba frente a la entrada del cuartel; es de suponer que en ese momento era absolutamente indiferente a la muerte. No sé cómo ni por qué un carro de los nuestros llegó hasta donde estaba y me recogió. No pude después preguntarle los detalles a ese hombre que manejaba el auto. El carro estaba lleno, y dije: «Vamos para El Caney», y en vez de seguir por la avenida Garzón a través de Vista Alegre giraron a la derecha hacia Siboney. Era una caravana de tres o cuatro carros. Después supimos que algunos se habían parapetado en algún punto, que el grupo del edificio de la audiencia se percató de lo que había ocurrido y, al salir, un sargento con varios hombres los conminó a rendirse. Entregaron las armas, pero Raúl, actuando rápido, salvó a esa gente al ver que el sargento con la pistola en la mano andaba temblando, entonces le arrancó la pistola e hizo prisioneros a los soldados para poder retirarse. Si no se retiraban les habría pasado lo mismo que a todos los demás: tortura y ejecución. Buscaron por dónde escapar, cambiarse, moverse, y después se dispersaron. Mi preocupación cuando el carro llegó a rescatarme fue cómo apoyar a la fuerza que atacó el cuartel de Bayamo.

—Que es una historia para otro momento. Solo quiero preguntarle: ¿cuántas bajas tuvieron?

—Cinco muertes en combate, casi todos los que venían en el primer carro, y otros cincuenta y seis que fueron asesinados después. Mi idea era ir en dirección del cuartel de El Caney para atacarlo, en apoyo a los de Bayamo, para crear al menos una situación de combate en la zona de Santiago. Éramos alrededor de veinte hombres, pero el carro que iba adelante se equivocó y se fue en dirección a la granjita de Siboney, en donde me encontré de todo: los que querían seguir y otros que se estaban quitando la ropa. Los que iban guardando armas, gente herida, gente que no podía caminar, un cuadro triste. Después nos agarraron, pero en ese momento me fui con diecinueve hombres a las montañas, como pienso hacer el año que entra, cuando desembarque de nuevo en la isla. Para eso vengo a verle. Necesitamos instrucción militar.

La propuesta no le sorprendió. No era la primera vez que una célula revolucionaria le pedía ayuda.

—¿Para hacer qué?

—Para volver con un grupo de guerrilleros a la zona de Oriente, y por medio de la guerra de guerrillas hacer la revolución, empezando en la Sierra Maestra.

Así Alberto supo que en las semanas que llevaba en la ciudad, Fidel no solo averiguó bien quién era, sino que se dio a la tarea de buscar sus obras en las librerías y así descubrió que sus planes cuadraban con las ideas que Alberto desarrolló a lo largo de su vida.

—¿Y qué le hace pensar que el resultado será diferente que en el Moncada?

—La diferencia más importante es que, mientras que ese ataque fue concebido como una guerra insurreccional relativamente rápida y basada en las ciudades, esta nueva fase plantea una guerra prolongada en las áreas rurales, al igual que en centros urbanos. En estos momentos ya se están desarrollando redes a lo largo del territorio, en los pueblos y en las ciudades, con decenas de voluntarios que se ampliarán a cientos, a miles y a cientos de miles. Una estrategia revolucionaria siempre es más complicada que una estrategia de guerra tradicional, no se puede estudiar en una academia, y los militares profesionales con sus rígidas nociones mentales son los que menos la podrían concebir. Una guerrilla imaginativa y bien dirigida tiene todas las posibilidades de ganarle al ejército común, con sus reglamentos y sus libretas de operación; para eso necesitamos de un consejero que nos adiestre militarmente, para repasar técnicas de tiro, de camuflaje y de supervivencia. El derecho de rebelión contra el despotismo ha sido reconocido, desde la antigüedad hasta el presente, por hombres de todas las doctrinas, de todas las ideas y todas las creencias. Leí su libro sobre el desembarco en Mallorca y el del Caribe, conozco su trayectoria y sé que es el mejor hombre para esta tarea. Usted es cubano, usted tiene la ineludible obligación de ayudarnos.

—En una cosa tiene razón: la guerra de guerrillas es el único modo de derrotar al tirano. En África sufrí en carne propia la eficacia de ese método que aprendí de forma teórica en la Academia Militar de Toledo, donde nos enseñaron que así fue como los españoles expulsaron a los moros de la Península. Durante las dos guerras carlistas los españoles también lucharon de esa forma, y cuando Napoleón invadió y dominó España el pueblo expulsó de su suelo a los franceses mediante la guerrilla, y Ho Chi Minh lo acaba de volver a hacer en Vietnam. Derrotó a un ejército en el que, además de franceses, había mercenarios europeos y tropas coloniales de Marruecos, Argelia, Túnez y Senegal, junto con soldados de Camboya, Laos y vietnamitas anticomunistas. La guerrilla se impuso frente a todos ellos y terminó con la era colonialista francesa en Indochina.

—La independencia cubana fue igual. Todas las colonias españolas en América ganaron así su independencia.

—La eficacia de ese modo de hacer la guerra es evidente. En África, cien veces nuestras unidades regulares pretendieron cercar a nuestros enemigos, pero en cuanto nos dábamos cuenta ya se habían ido. Esto me hizo entender que cuando se tiene el apoyo del campesino, de la gente de la región, la guerrilla es invencible.

—Es la idea que tenemos. Esta lucha se hará con el pueblo. Los campesinos y los obreros serán nuestros aliados, que no le quepa duda.

—Durante la Guerra Civil en España escribí un folleto en el que afirmaba que debíamos cambiar nuestro sistema de guerra regular por el de guerra irregular, pero fue retirado por el gobierno porque el Estado Mayor Central no estaba de acuerdo. Todo el campesinado español estaba de nuestra parte, y mi gobierno no supo escucharme, sino al revés: me impuso un arresto domiciliario de ocho días, pero después, cuando ya estábamos perdiendo la guerra, me autorizaron a formar una guerrilla de prueba de cien hombres. El éxito del experimento llegó demasiado tarde. Cuando me autorizaron a formar las unidades que yo quisiera y a sacar de los batallones regulares a cuantos elementos creyera pertinentes, la guerra estaba llegando a su fin.

—Además de ser cubano es usted un exiliado español. Sabe lo que significa luchar contra la tiranía. Ayúdenos.

—¿Ya tiene usted a los hombres?

—Todavía no, pero los tendré: los planes ya están en marcha. ¿Puedo contar con usted?

El general republicano suspiró y se llevó la mano a la barba.

—A una parte de mí le gustaría ayudarlo, pero hay otra que no quiere volver a meterse en un lío como ese, no porque tenga miedo de luchar, sino por el temor de que se repita mi experiencia en el Caribe, una serie de cuadros muy tristes que no llevaron a nada y que solo me hicieron perder el tiempo.

—Lo nuestro es diferente. Esto es una cosa seria.

—Aquello también lo era, al menos cuando me lo propusieron, casi con la misma seguridad que usted. Me da la impresión de que nadie en estas tierras sabe lo que significa de verdad pelear en contra de una tiranía.

—Nosotros lo hicimos una vez y le puedo asegurar que no descansaremos hasta cumplir el plan, o morir en el intento. Confíe en mí, general.

Alberto lo miró a los ojos y pensó en la alternativa: decir que no y pasar el resto de sus días detrás de un escritorio, preguntándose qué habría pasado de haberse unido a esa nueva expedición. Lo más probable era el fracaso; sin embargo, su espíritu aventurero se impuso ante todas las razones coherentes por las cuales negarse. Se arrepentiría más si dijera que no, que si aceptaba y pasaba lo mismo que sucedió en Costa Rica. Al menos podía intentarlo de nuevo, usar su experiencia en algo útil. Se levantó y sus dos invitados hicieron lo mismo.

—Si consigue todo lo que dice que conseguirá, cuente conmigo.

Estiró el brazo y Fidel le estrechó la mano.

—Bien, se lo agradezco en nombre de Cuba, aunque a un cubano no hay que darle las gracias por querer morir por su patria.

Le pareció que el joven que tenía en frente decía la verdad, que su determinación era sincera, que quizá fuera capaz de tirar muchas barreras y que podía inspirar a otros a hacer lo mismo. Sintió una vez más el aguijón de la batalla.

—Yo marcho a Estados Unidos a recoger hombres y dinero —concluyó Fidel—, y cuando los tenga dentro de unos meses, a fines de este año, volveré a verle y planearemos lo que hemos de hacer para nuestro entrenamiento militar.

—Le deseo toda la suerte.

Se despidieron con un abrazo. Alberto se quedó pensando en que se había comprometido a entrenar gente cuando hubiera dinero para alimentarlos, vestirlos y alojarlos, en preparación para llevarlos a Cuba, aunque todo aquello pareciese imposible. Había tenido muchas conversaciones semejantes con idealistas que soñaban en guerrillas contra Franco, Somoza, Trujillo, Pérez Jiménez, Carías, Odría, Stroessner o Rojas Pinilla, y todas se diluían en el aire una vez dichas, como el humo de un puro cubano. Pensó que nunca volvería a ver a Fidel.

9

Pese al grupo que lo rodeaba, Fidel estaba solo y lejos de su patria. Enviaba y recibía cartas, deambulaba por las calles de una ciudad que buscaba hacer un poco más suya, en un esfuerzo por familiarizarse con un lugar que sería su cuartel general por tiempo indefinido. El entonces llamado Distrito Federal no tenía nada que ver con La Habana. Quizá en otras ciudades de la República mexicana se habría sentido más en casa: cerca de la costa, por ejemplo; en cambio el altiplano era una afrenta para su salud mental. Echaba de menos el calor de la gente, la ligereza de espíritu y la tropicalidad, por eso una de sus vías de escape era dedicar gran parte del tiempo a su correspondencia. Al expresidente Prío, exiliado en Miami, le envió un mensaje en el que le pedía evitar cualquier intento de insurrección que pudiera frustrar los planes verdaderamente revolucionarios, con una fe ilimitada en un proyecto que para todo aquel que no formara parte del movimiento parecía una locura. Como era de esperarse no recibió una respuesta, ignorado por el político encumbrado que veía en Fidel a un joven pendenciero sin experiencia en la verdadera política.

Sus cartas iban y venían por distintos canales; eran recibidas en un puñado de direcciones en la capital mexicana y de esa forma coordinaba la organización en Cuba. Daba instrucciones y consejos y recibía resúmenes de las actividades que se llevaban a cabo, que delineaban a su vez los obstáculos que encontraban a su paso, y elegía a los hombres y mujeres que colaborarían con ellos, algunos de los cuales tendrían que viajar a México en fechas por definir. Escribió también el *Manifiesto No. 1 del 26 de julio al pueblo de Cuba*, en el que enumeraba las trabas y las persecuciones que sufrió al salir de la cárcel, cerradas las puertas de la lucha política pacífica, y pedía elecciones inmediatas sin Batista o de lo contrario seguiría con la línea rebelde. Expuso los principios de organización y táctica y resumió en quince puntos el programa mínimo de medidas que implantaría la revolución triunfante, entre los que se encontraban la distribución de la tierra entre los campesinos, la reivindicación de todas las conquistas obreras ignoradas por la tiranía, la industrialización inmediata del país, la nacionalización de los servicios públicos, la construcción de escuelas y la extensión de la cultura, la reforma del sistema fiscal, la reorganización de la administración pública, el seguro social y el seguro de desempleo, la reestructuración del poder judicial y la confiscación de todos los bienes malversados de los gobiernos anteriores, sin excepción, todo bajo el espíritu de la Constitución de 1940.

Acudió a los talleres de Arsacio Vanegas, quien, además de tener una imprenta, trabajaba como guerrero de lucha libre junto con Kid Medrano, el esposo de María Antonia; además, existía la feliz coincidencia de que su abuelo se había ocupado, varias décadas antes, de imprimir los manifiestos del general Antonio Maceo, una de las grandes figuras de la independencia cubana. Para solventar los gastos básicos de la publicación Fidel empeñó su único abrigo y durante esa larga noche de impresión andaba los tres o cuatro pasos que cubrían la extensión de la máquina para luego volver, nervioso y ansioso de terminar pronto y de que no hubiera errores. La emoción se mezclaba con la angustia, mientras el corazón latía tan rápido como el engranaje mecánico de la imprenta.

—Vanegas, apúrate.

Recorría el pequeño cuarto hasta que la prensa escupía otra hoja; él la tomaba para revisarla y Arsacio lo miraba temeroso.

—¿Está bien, Fidel?

Levantaba la mano y negaba con el dedo.

—Párale, párale.

—¿Qué tiene?

—Un punto que no debería de ir ahí. Hay que volver a imprimirla.

Arsacio levantaba los ojos agobiado, guardaba silencio y volvía a imprimir con esa corrección, pues Fidel no podía escatimar la importancia que aquel documento tenía como uno de los pilares fundacionales del movimiento. Su credibilidad dependía de que cada detalle estuviese perfectamente cuidado. Más tarde detectó otro error y otra vez empezaron, hasta terminar a las seis de la mañana con cinco tomos grandes dentro de los que iban cosidos los cientos de copias del manifiesto que deberían de llegar a Cuba clandestinamente por medio de un contacto en Cubana de Aviación que no logró ayudarlos. Optó entonces por enviarlos por vía postal a distintas direcciones junto con su *Mensaje al congreso de militantes ortodoxos*. El partido estaba en pugna, tan en contra de Batista como el Movimiento 26 de Julio, pero sin ponerse de acuerdo en cuanto al método. Mientras la mayoría de la militancia estaba de acuerdo en que el cambio podía venir solo de una revolución violenta, varios dirigentes abogaban por la lucha pacífica por medio de las instituciones existentes.

En los días en que se mudó al *refrigerador*, como apodaron al departamento en Pedro Baranda número 8, se enteró de que el expresidente Prío, de vuelta en Cuba, pidió buscar una solución cívica y exhortó a sus seguidores y amigos a que, después de tantos allanamientos de armas por parte del gobierno, quienes aún guardaran algunas las entregaran, justo el acto reaccionario que Fidel le pidió que no hiciera. De nuevo su objetivo era el mismo, pero el camino diametralmente opuesto.

Parte del cúmulo de cartas que iban y venían eran escritas con jugo de limón para pasar desapercibidas ante la censura, en una continua retroalimentación con la dirigencia del movimiento en la isla. Cuando Pedro Albizu tuvo un ataque al corazón, Fidel le pidió a la Federación de Estudiantes Universitarios que denunciara con firmeza la situación en la que lo tenía el gobierno yanqui, que no dejaba que su esposa e hijos pisaran suelo puertorriqueño, porque además de ponerse del lado del oprimido, defender la lucha de ese pueblo hermano era como defender la suya. Cuba era una trinchera más en contra del imperialismo.

El movimiento crecía y se bifurcaba en todas las provincias; se nutría con el descontento de la clase obrera y campesina y del empuje de la comunidad universitaria; cada vez más miembros encargados de diversas áreas eran guiados por las instrucciones que llegaban desde México. Se llevó a cabo una contribución obligatoria por parte de los militantes y un aporte voluntario de los simpatizantes que estaban dispuestos a ayudar. El veinte por ciento de lo que recaudaban se gastaba en la organización y el ochenta en armas, pero el monto al que llegaron no era suficiente para lograr sus objetivos. Eso hizo que Fidel acelerara los planes del viaje a territorio yanqui para pedir la colaboración de la comunidad cubana en el exilio, una vez más siguiendo los pasos de Martí, quien al ser expulsado de nuevo a España decidió no regresar a México y dirigirse a Nueva York, rodeado de exiliados, en donde entró de lleno al periodismo. Fue el coordinador y el presidente del comité revolucionario cubano de Nueva York; allí hizo su base durante los siguientes diez años y viajó por Estados Unidos,

Centroamérica y el cono sur. Finalmente se separó de su mujer. Sus colaboraciones para varios periódicos latinoamericanos describían la grandeza y la miseria de vivir en el país del norte, en una relación ambigua con la nación que le dio cobijo. Despreciaba el culto a la riqueza y desconfiaba de las alianzas entre políticos y banqueros, pero veía el experimento de la democracia con mucho interés, bajo la batuta del capitalismo. En 1890 fundó una escuela de formación para revolucionarios donde había conferencias para los exiliados y para los trabajadores negros, en las que explicaba por qué el único camino viable para Cuba era la total independencia. Su fama fue tal que Uruguay, Argentina y Paraguay lo nombraron cónsul, cada uno le pagaba un sueldo. En la primera conferencia monetaria interamericana desbarató el plan de Estados Unidos, que buscaba beneficiarse de la circulación libre de oro y plata. Un año después extendió su programa de instrucción revolucionaria a los trabajadores de tabaco en Tampa; luego organizó a sus seguidores en el Partido Revolucionario Cubano y convenció a muchos exiliados de que contribuyeran con el diez por ciento de sus ingresos a la causa independentista, y juntos adoptar un programa que planteaba una guerra corta para formar un Estado que garantizara la prosperidad de los cubanos, libre de cualquier dependencia externa. Fue un proyecto que a Fidel le serviría de guía. De todas las lecciones históricas que estudiaba sacaba los puntos adaptables a ese momento, los anotaba y veía la manera de ponerlos en práctica.

El servicio secreto de la embajada cubana en México los vigilaba de cerca, al tanto de sus movimientos y de los revolucionarios que llegaban a unirse a la punta de lanza de la expedición armada, pero se limitaban a la observación y al reporte de sus actividades. Antes del viaje internacional, Fidel, bajo el nombre clandestino de Alejandro, viajó a Mérida para encontrarse con el dirigente de Acción Libertadora. Estaba tan preocupado por su seguridad que compró una póliza de seguros por la suma de trescientos mil pesos y dejó como beneficiaria a María Antonia, la más cercana al movimiento en México cuyos papeles de nacionalidad estaban en orden. En las ruinas de Chichén Itzá, Acción Libertadora aceptó unirse a la causa revolucionaria.

De vuelta en la capital, Fidel fue el principal orador en un acto convocado por la Juventud Mexicana para conmemorar el octogésimo séptimo aniversario de la gesta independentista cubana, ante el pequeño busto de José Martí en el bosque de Chapultepec, cuya leyenda decía: «De América soy hijo y a ella me debo». Además de los cubanos se presentó Laura Meneses, y Fidel, en su discurso, mencionó a Bolívar, Juárez, Sucre, Hidalgo y Morelos; a Martí y a Sandino.

—América tiene que esperarlo todo de su juventud. América, dígase de una vez, no puede esperar nada, no tiene nada que esperar de las oligarquías políticas en decadencia. ¿Cuál ha sido el papel de la última generación republicana de América? Dejarse arrebatar el poder por las camarillas dictatoriales. Las democracias en América están en plena bancarrota. La presente generación americana está en la obligación de tomar la ofensiva; está en la obligación de encender de nuevo el espíritu democrático; está en la obligación de disminuir las palabras y aumentar los hechos.

Antes de partir acudió al departamento de la calle Nápoles al que Hilda y Ernesto se mudaron y en el que le organizaron una cena de despedida, a pesar de la leve depresión que en esos momentos oprimía a Ernesto. Había sido testigo de la muerte de una vieja lavandera en el hospital debido al asma, después de más o menos un año de tratar de curarla. Se llamaba María y fue el aliciente de muchas mañanas en las que Ernesto salía con mucha prisa para estar a su lado y hacer todo lo posible por salvarla. Su dedicación fue tanta que hubo momentos en que

Hilda vio esa relación con celos, apenada por un sentimiento mezquino que era incapaz de controlar, que la sobrecogía a pesar de sus esfuerzos por no pensar en ello. Nunca se atrevió a tocar el tema con Ernesto, quien se desvivía por aquella mujer que una noche encontró la muerte en una cama de hospital, acompañada por un joven argentino completamente conmovido por aquel final y por la vida inmersa en la miseria que ella llevaba. María encarnaba para él a todos los desprotegidos, a toda esa vasta población olvidada por un sistema inhumano, cuyas vidas no significaban nada y que cuando se extinguían pasaban desapercibidas. Ella representaba la miseria y la indiferencia alrededor de esa miseria. Aquella noche la tomó de las manos y guardó silencio cuando ella exhaló su último aliento a causa de la asfixia provocada por el asma.

Pasó días de abatimiento y recurrió a la poesía para salir del bache emocional, con la escritura como medio terapéutico. No tocó el tema durante la cena. Hilda preparó un platillo típico peruano y Lucila, su antigua compañera de departamento, uno venezolano. Era inevitable que la conversación girara en torno a la caída de Perón, un contrapunto menos personal para Ernesto que su reciente decaída anímica, aunque más trascendente, al menos para su familia que desde Buenos Aires le seguía escribiendo.

—Yo nunca fui su gran partidario, pero lo que le viene a la Argentina ahora será mucho peor —dijo Fidel.

—Yo tampoco, pero era un avance —siguió Ernesto.

—¿Por qué no son partidarios? —preguntó Lucila.

—Yo por varias cosas —respondió Ernesto—. Mirá, para empezar, no hay que olvidar que la Iglesia fue una de las fuerzas que lo apoyó para que llegara al poder en el 46, aunque ella misma haya jugado un papel en su derrocamiento casi diez años después. En las misas pedían votar por él y en periódicos nacionalistas católicos lo promovían. Hasta llegaron a correr a curas liberales que no estaban de acuerdo con su gobierno una vez que fue presidente. Con el tiempo su política dio un giro, y en estas fechas estaba cerca de lograr la separación de la Iglesia y el Estado, y eso no lo podían permitir.

—Entonces se redimió —dijo Hilda.

—Che, de alguna manera, sí, pero eso te da un cuadro bastante fiel de lo que es la figura de Perón, inminentemente burgués.

—Pero del lado de los trabajadores —acotó Hilda.

—Eso sí, por eso fue un avance. Las victorias laborales fueron el fruto del levantamiento que lo llevó al poder: la protección a los sindicatos, las jornadas de trabajo y todas sus políticas que iban dirigidas a la clase obrera.

—El problema es que no se atrevió a llevar la lucha un paso más allá —intervino Fidel—. Por eso ahora no quiso pelear; sabía que si se libraba una batalla estaría en juego una lucha frontal de clases, mientras él estaba del lado de la burguesía, como siempre lo estuvo.

—También pudo haber sido porque no quiso que se derramara la sangre de su pueblo —dijo Hilda.

—Sí, es otra interpretación. Solo preguntándole a él —rio Fidel—. Lo que es un hecho es que, si hubiera querido, las fuerzas militares leales al gobierno habrían aplastado a los rebeldes sublevados, pero ellos sabían que no iba a luchar.

—Volvió a pasar lo de Guatemala.

—Más o menos —dijo Ernesto—. En Guatemala fueron cien por ciento los yanquis, mientras que en la Argentina fueron parte de los militares, el gran capital extranjero y el nacional, y el clero: los grupos tradicionalmente oligárquicos. La CIA no jugó ningún papel allá; en Guatemala, en cambio, todo lo hizo la CIA. Solamente se parecen en que ambos presidentes decidieron no pelear.

—A eso me refería —contestó Hilda—. Lo que más me duele es que lo que buscan quienes lo derrocaron, y que en estos momentos deben de seguir celebrando, es desmantelar las conquistas laborales alcanzadas para que al gran capital extranjero le sea cómodo entrar, como han hecho en cada rincón de América Latina. Creo que Perón tenía la responsabilidad de pelear si era lo que el pueblo le pedía, porque sus bases estaban listas para tomar las armas en su nombre, y la mayoría de los militares también.

—Pero mirá que eso es justamente lo que no es Perón: parte de la masa obrera —siguió Ernesto—. Estoy de acuerdo con vos, debía de haber luchado, pero él lo que quería era pactar con unos y con otros. Las concesiones a la clase obrera no podían ir más lejos bajo su gobierno; no tenía nada más que ofrecerles porque él no quería ir más allá de lo que había logrado, che. Su nacionalismo burgués estaba a mitad de camino entre los de la verdadera izquierda, que son los comunistas y los socialistas, aunque ninguno es tan cercano al pueblo como Perón, y la derecha recalcitrante del partido radical y el conservador. Después de los militares, los radicales harán del país lo que ellos quieran. Pintarán a la Argentina del mismo color que sus vecinos dependientes, con inyección de grandes capitales yanquis y una mano de obra despojada de sus derechos y reprimida con violencia. Se dirá misa con mucha asistencia de agradecidos fieles.

Frente a Ernesto, el dolor que sentían todos se acentuaba. El destino al que se dirigía su país era de lamentarse, y él pensando en ir a cambiar otro. Fue una de las raras ocasiones en que Fidel no acaparó la conversación; era extraño verlo hacerse a un lado para escuchar la postura de quien cada vez le era más cercano. Los pueblos latinoamericanos tenían la gran desventaja de la distancia que los separaba; tan próximos en términos históricos, en la manera en que fueron concebidos, y tan alejados uno del otro. En las condiciones adecuadas los vientos fríos de México podían tocar el trópico cubano; sin embargo, la Argentina estaba perdida en el culo del mundo, aislada y condicionada por una situación geopolítica extrema. Ernesto añoró su tierra natal y dudó por un momento si estaba en el lugar que le correspondía.

Antes de llegar a Nueva York Fidel pasó por San Antonio, Texas, luego por Washington D.C. y por Filadelfia y llegó en ferrocarril a la estación Pensilvania, en donde lo esperaban cerca de doscientos cubanos convocados por el Comité Ortodoxo de Nueva York, Acción Cívica Cubana y el Comité Obrero de Emigrados y Exiliados Cubanos, organizaciones que para participar en dicho encuentro lograron vencer diferencias acumuladas durante años e intentar unirse a un movimiento de mayor alcance. Fidel quedó sorprendido ante un recibimiento más grande de lo que esperaba, en el que tuvo que intervenir la policía porque la gente bloqueaba la salida de los pasajeros, tras la explosión de vivas, consignas revolucionarias y el canto del himno nacional.

Salieron de la estación, y el primer vistazo a los enormes rascacielos le hizo recordar a Fidel el viaje de luna de miel que había pasado con Mirta hacía exactamente siete años. Se habían hospedado en un departamento del Bronx y él entró a una escuela de idiomas para avanzar en su rudimentario inglés. La conoció en la región de oriente, donde él creció; ella estudiaba filosofía y él leyes, aunque estaba tan metido en política desde ese entonces que no tenía tiempo de asistir a gran parte de las clases, y prácticamente no tenía vida social. La belleza de Mirta, en combinación con la riqueza y las conexiones políticas de su familia, burguesa y de derecha, hicieron que la boda pareciera un error en el sistema porque, aunque el padre de Fidel era un terrateniente que gozaba de una holgada posición económica, no venía de una familia distinguida, y todos sabían que Fidel había sido producto de una relación extramarital. Para los Díaz-Balart, los Castro eran un poco toscos, pero se resignaron a la idea de que su hija se casara con un tipo cuya fama de revoltoso era bien conocida.

Él tenía veintidós años y ella veinte, y estaba perdidamente enamorada. Su plan era pasar varias semanas en territorio yanqui con una estancia prolongada en Nueva York, donde Fidel consideró la posibilidad de conseguir una beca para estudiar en la Universidad de Columbia, con su padre dispuesto a aumentar el monto mensual con el que vivían. Permanecer allá por tiempo indefinido era una posibilidad que por primera vez la pareja consideraba. Mirta no podía estar más entusiasmada; sin embargo, fue andando por esas calles en donde Fidel reafirmó su vocación política, al sentir que el tiempo que pasaba con su esposa, en un viaje que debería haber sido pura felicidad, era tiempo desaprovechado, y en lo único que pensaba era en lo que podía estar sucediendo en la vida pública de su país. Caminaba tomado de la mano de Mirta, con la mirada perdida, como un fantasma recorriendo Manhattan, o hablaba sin parar sobre todo lo que estaba mal en Cuba sin tocar la comida en el restaurante. Una tarde entró a una librería y se quedó horas inspeccionando los anaqueles, sumido en títulos de corte político, y acabó por comprar *El capital* y otras obras de Marx y Engels; durante varios días se quedó leyendo en el departamento mientras Mirta salía de compras. Aunque la vida neoyorquina y las perspectivas académicas le hacían un guiño, y la mirada de Mirta le suplicaba que lo pensara más a fondo, decidió volver a Cuba para integrarse al Partido Ortodoxo, justo cuando Prío empezaba su mandato como presidente de la república. En su regreso a la Gran Manzana, en 1955, se vio como un hombre distinto del joven que llegó recién casado y apenas buscaba abrirse paso en el campo de la política: en poco tiempo se había vuelto un verdadero opositor al régimen.

La primera parada de Fidel en aquella segunda visita a Nueva York fue la Casa Dominicana, en el segundo piso de un edificio en Broadway. Allí improvisó un mitin de bienvenida donde pidió que la emigración cubana apoyara la línea del Movimiento 26 de Julio como única forma de enfrentamiento a la dictadura. Más tarde se trasladó al departamento que le prestaron. En su afán de captar nuevos elementos, esa misma noche y hasta la madrugada visitó las casas de algunos amigos residentes, y los siguientes días se reunió con los representantes de las distintas organizaciones. Sus esfuerzos por unir a los emigrados bajo la única bandera del movimiento lograban pequeños avances, pues no era fácil que entre ellos limaran sus asperezas y unificaran criterios para hacer más eficiente la lucha contra Batista, quien a través de sus agentes y de algunas autoridades yanquis entorpecía las gestiones de las organizaciones para conseguir el local que cobijaría el acto central de la visita de Fidel a Nueva York. Entre las tres organizaciones, por medio de donaciones que hacían los emigrados, lograron recaudar el monto para editar cinco mil ejemplares de *La historia me absolverá* en la imprenta El Azteca. Entre reuniones y visitas de distintos actores políticos y sociales, Fidel casi no dormía; se movía por toda la ciudad o los recibía en el departamento en el que se alojaba.

Para el acto del domingo 30 de octubre se repartieron volantes a lo largo y ancho de la ciudad, y previamente Fidel acudió a un evento en Bridgeport, Connecticut, y a otro en Union City, Nueva Jersey, que fue interrumpido por la policía porque no tenían permiso. El esperado día amaneció lloviendo, con rumores de que el departamento de inmigración iría por los cubanos que permanecían ilegalmente en territorio yanqui o de que el FBI detendría a Fidel, pero el trabajo de los días previos demostró ser más fuerte que los rumores. A las once de la mañana ochocientos cubanos se dieron cita para expresar su apoyo a la causa revolucionaria, y en la entrada del salón del Palm Garden se vendió la primera edición neoyorquina de

La historia me absolverá. Las tres organizaciones estaban unidas por vez primera en un sólido bloque patriótico, y las banderas cubana y estadounidense se desplegaban en la mesa principal a un lado de los retratos de José Martí, Antonio Maceo y Máximo Gómez. En ese foro era conveniente no hacer énfasis en la pugna contra los yanquis.

Maceo y Gómez se sumaron a la guerra de independencia desde las revueltas de 1868, cuando la lucha consistía en una formalización del bandolerismo, con los esclavos fugitivos proclamándose rebeldes para así burlar a sus antiguos dueños y enfrentar al ejército español, que en parte se dedicaba a beber ron a cuenta del gobierno colonial. Los subversivos estaban divididos en pequeñas unidades móviles, en algunos casos apenas mayores a un pelotón, en las que contaba más el conocimiento de las circunstancias locales, sociales y geográficas que la teoría estratégica, lo cual desplazaba a los líderes intelectuales de La Habana en favor de hombres más jóvenes. Maceo fue un capitán mulato que montó un puesto de mando construido por esclavos evadidos, en el que las mujeres de sus seguidores organizaron hospitales, talleres y centros de aprovisionamiento, y Gómez fue un comandante desertor del ejército español en Santo Domingo que, a pesar de su evidente maestría en la guerra de guerrillas y de su temple de acero, nunca llegó a tener la total confianza de la mayoría de los cubanos. Desde el principio estuvieron estrechamente unidos no nada más por sus conocimientos tácticos, sino por su creencia política en que la rebelión podría tener éxito solo si eran capaces de llevar el fuego y la espada al oeste de la isla, mientras que toda la fuerza rebelde estaba confinada al este. Ellos, junto con Martí, serían los hombres más destacados del movimiento de independencia de 1890.

El acto dio inicio con el himno nacional; después hablaron los tres dirigentes de las organizaciones unidas en el recién formado Club Patriótico 26 de Julio de Nueva York. Se llevó a cabo una colecta voluntaria y Fidel cerró con un discurso en el que aludió a las fuerzas batistianas que buscaban sabotear el acto, y por primera vez dijo:

—Puedo informar con toda responsabilidad que en el año 1956 seremos libres o seremos mártires. Esta lucha comenzó para nosotros el diez de marzo; dura ya casi cuatro años, y terminará con el último día de la dictadura o el último día nuestro, porque el pueblo cubano desea algo más que un simple cambio de mandos. Cuba ansía un cambio radical en todos los campos de la vida pública y social. Hay que darle al pueblo algo más que libertad y democracia en términos abstractos, hay que proporcionarle una existencia decorosa a cada cubano.

Y terminó con un minuto de silencio en memoria de los caídos en los sucesos del Moncada y con la grabación de un discurso de Eduardo Chibás, el fundador del Partido Ortodoxo, quien, tras denunciar la corrupción en el gobierno y en los demás partidos, se pegó un tiro durante su programa de radio en 1951. Muchos se acercaron a Fidel para expresarle su apoyo, y un grupo de voluntarios se comprometió a organizar el Club Patriótico 26 de Julio de Union City, el broche de oro que cerraba una estancia que superó con creces las expectativas de cualquiera de los involucrados. Ya no andaba por las calles de la mano de Mirta, sino acompañado por un séquito de patriotas que confiaban en él. Se detuvo en una cafetería en el camino de vuelta al departamento para hablar de las tareas que el Club Patriótico tendría pendientes, una reunión improvisada en la que sus acompañantes hablaron sin cesar, en una lluvia de ideas cuyo propósito sería consolidar lo que habían logrado. Le dio un sorbo al café y observó a quienes tenía a su alrededor; luego su mirada siguió a las paredes llenas de fotografías de las celebridades que habían pasado por ese lugar, respiró hondo y se recargó en el respaldo de su asiento.

Hizo un paréntesis en medio de aquel torbellino para gozar el momento: el regreso a la capital cultural del mundo como lo que él quería ser, ufano de que las puertas se le estuvieran abriendo.

Trabajaba frenéticamente y con fe ciega en sus planes, sin una mancha de duda en el horizonte, concentrando todas sus fuerzas en cada reunión y en cada discurso. Tenía tan claro la ruta y el punto de llegada que resultaba fácil saber qué seguía, era solo cuestión de andar por la senda trazada o rodear cada barrera para continuar. El siguiente destino en su itinerario fue Miami, donde se dio a la tarea de formar el Club Patriótico local y planear los actos de Tampa y de Cayo Hueso. Pidió a Nueva York tres mil folletos más de *La historia me absolverá* para venderlos a un dólar cada uno; de esta manera sus palabras eran una fuente más de financiamiento. La entrevista que le concedió al *Miami Herald* salió publicada en la página central, a dos columnas, lo cual le llenó de orgullo. Era algo que Prío no logró en los tres años que vivió ahí.

Su hermana Lidia aprovechó la cercanía con Cuba para llevar a Fidelito, de seis años, a ver a su padre, y estuvo presente en el acto del teatro Flager al que asistieron alrededor de mil cubanos que llenaron el lugar. Habría preferido no verse obligado a descuidar a su hijo, y hacía lo posible por pasar tiempo con él cuando la situación lo permitía, consciente de que muchas de sus labores no suscitaban un entorno propicio para criar a un niño. La relación con Mirta se deterioró completamente tras el divorcio: nunca volvería a verla. La batalla legal por la custodia de su hijo se alargaría durante años y fue un obstáculo aún mayor para poder verlo. Estar lejos de la persona por la que sentía más afecto le pesaba a diario y cuando estaban juntos no se separaba de él; lo llevaba a cualquier lugar al que tuviera que ir y se comportaba como un padre ejemplar. La intensidad de los encuentros con su hijo difícilmente compensaba su prolongada ausencia; sin embargo, no había otra salida. Fue el mayor lastre que tuvo que cargar.

Cuando Fidelito se acercó a jugar con los billetes que se acumulaban en los sombreros del mitin en el teatro Flager, él le dijo.

—No toques eso, Fidelito, que ese dinero pertenece a la patria.

Y en el discurso que cerró el evento, declaró:

—Aquí está mi hijo; si tuviera edad lo llevaría a la batalla.

Tras la ovación final, entre los muchos exiliados que se le acercaron para brindarle su apoyo se encontraba un grupo que viajó miles de kilómetros con la intención de fundar el Club Patriótico en la ciudad de Chicago.

Mientras tanto, la dirección del movimiento en la Ciudad de México se enteró de un posible atentado en su contra. Para alertarlo enviaron a María Antonia, la única que tenía visa vigente para entrar a Estados Unidos; al llegar a Miami se encontró con que Fidel ya estaba en Tampa, una ciudad en la que desde 1890 los cubanos eran la minoría dominante cuando aportaron armas y dinero para la guerra de independencia. Fidel recordó que allí, en 1893, dos agentes españoles intentaron envenenar a Martí antes de que diera un discurso para recaudar fondos, pero fueron sorprendidos y salvados en el último momento por el mismo Martí cuando estuvieron a punto de ser linchados. Su agradecimiento hizo que se unieran a la lucha independentista. Lo único que hizo Fidel, además de sumar una coincidencia más en su paralelismo con Martí, fue continuar desarrollando sus actividades con mayor prudencia.

Las fuerzas de Batista intentaron sabotear sus planes cuando les negaron el permiso del local que tenían reservado; entonces pidieron ayuda al Congreso de Organizaciones Industriales, que a su vez les consiguió el salón de la Unión de Obreros Metalúrgicos para congregar a trescientos asistentes, el 27 de noviembre, fecha que conmemoraba un episodio escalofriante ocurrido en 1871, durante la Guerra de los Diez Años, cuando ocho estudiantes de medicina fueron fusilados por subirse a un carruaje sin permiso y cortar una flor del cementerio. Una inocente travesura estudiantil se encontró con la barbarie del régimen colonial, que castigó con su implacable fuerza un hecho sin relación alguna con la lucha independentista. El escarmiento que quiso dar España ante la fuerza insurreccional para demostrar el extremo al que podía llegar solo ayudó a fortalecer el sentimiento anticolonialista.

En su discurso Fidel evocó el fusilamiento y recordó también el coraje de quienes décadas después lucharon en contra de Machado y lo vencieron, con gran tenacidad, en un esfuerzo comparable con lo que ellos se proponían a hacer.

—Si Batista se obstina en mancillar la historia de Cuba, el pueblo se verá obligado a derribarle, y nosotros iremos a la vanguardia —sentenció.

Se refería no solamente a la suspensión de la Constitución de 1940 impulsada por Batista, a su imposición como presidente con un golpe de Estado y las elecciones posteriores hechas a su medida, a la revocación de la libertad de prensa y a la persecución de opositores al régimen, sino también al contubernio con la mafia yanqui que ayudó a convertir a Cuba en un paraíso tropical regenteado por el crimen organizado. Meyer Lansky era la pieza principal en el andamiaje que coordinaba los casinos y la venta de sustancias ilegales; poca gente lo sabía, pero su relación con Batista se entabló en 1933 cuando le obsequió una maleta con quinientos mil dólares; le prometió entre cuatro y cinco millones al año y una participación de las ganancias a cambio del monopolio de los casinos en toda la isla. Los ecos de la Gran Depresión y de la Segunda Guerra Mundial forzaron un paréntesis en ese arreglo, un tiempo que Batista aprovechó para robar y para dejar una Constitución digna; sin embargo, en 1951, cuando Lansky salió lastimado de una audiencia federal en contra del crimen organizado en su país, con el turismo en la isla plenamente restituido, se unieron de nuevo para poner en marcha el plan fraguado casi dos décadas antes. Batista, al ver que su candidatura no levantaba tomó el poder por la fuerza, la única manera de participar de semejante pacto millonario, y de esa forma convirtieron a Cuba en un prostíbulo rodeado de apuestas, licor y todo tipo de sustancias ilegales, al más puro estilo de la mafia yanqui.

Fidel y María Antonia volvieron a Miami dejando otro Club Patriótico detrás; desde ahí la envió a varias encomiendas para la dirección nacional del movimiento en La Habana, un artículo para la revista *Bohemia*, la nueva edición de *La historia me absolverá* y mensajes para algunos colaboradores, entre ellos Ñico López; ella se encontró con que la ciudad ardía luego del enfrentamiento entre la fuerza policiaca y un gran número de estudiantes, en la universidad. Hubo decenas de jóvenes lesionados y varios policías con heridas de bala, resultado del contraataque del directorio revolucionario emanado de la Federación de Estudiantes Universitarios. El malestar social alcanzaba los altos niveles de ebullición que el movimiento necesitaba para crecer.

En Cayo Hueso dejaron sentada la organización de un Club Patriótico más. Era difícil encontrar un lugar para reunirse porque tanto el jefe de policía como el cónsul cubano y el juez municipal eran furibundos partidarios de Batista. Cualquier recinto dispuesto a ayudarlos fue bloqueado por los altos mandos. En un esfuerzo de imaginación y creatividad, los organizadores comunitarios que apoyaban el movimiento mencionaron la posibilidad de utilizar un parque del municipio aledaño, fuera de la jurisdicción de las autoridades de Cayo Hueso. Fidel aceptó la única opción que tenía, obtuvieron la aprobación del comisionado y del *sheriff* del condado y establecieron llevar a cabo el acto a las 8:30 de la noche. Improvisaron un espacio para el orador, iluminaron el espacio con focos de automóviles y otra vez lograron imponerse aquel 7 de diciembre, una fecha conmemorativa más: el día de la muerte de Antonio Maceo, el Titán de Bronce, en 1896. Antes de poder reunirse con Máximo Gómez y el gobierno en armas, a media guerra de independencia, su pequeña tropa de no más de veinte hombres se encontró con una columna española que logró alcanzarlo con dos tiros, el segundo mortal. Sus compañeros huyeron y el único que se quedó a defender el cuerpo fue Panchito Gómez, hijo de Máximo, abatido también a balazos y rematado a machetazos. Los españoles que dejaron los cuerpos abandonados ignoraban la identidad de las víctimas.

Al terminar el acto de doscientas personas Fidel regresó directamente a Miami para evitar un enfrentamiento con las autoridades de Cayo Hueso y volar de vuelta a México; hizo escala en Nassau, donde redactó el *Manifiesto No. 2 del 26 de Julio al pueblo de Cuba* para contar parte de su experiencia en territorio yanqui y exponer la relación de su itinerario con la historia cubana. En sus líneas se lee: «Otros piden para sí y ponen de garantía una casa, una finca, una prenda, un bien cualquiera; nosotros pedimos para Cuba y ponemos en garantía nuestras vidas; cada peso que se deposita en nuestras manos es un cheque que se gira contra la existencia de hombres que han prometido morir antes que abandonar la empresa en que están empeñados».

10

En noviembre Hilda y Ernesto pudieron pasar su postergada luna de miel en el sureste mexicano, un viaje que irían improvisando sobre la marcha, sin otro plan que llegar a las ruinas mayas. Su intención era abandonarse a la aventura y al descubrimiento sin ayuda de una guía, el único método que él conocía para viajar, bien perfeccionado después de tantos viajes. Tomaron un tren al puerto de Veracruz y no pasaron allí mucho tiempo.

—Este lugar no tiene mucho interés —dijo Ernesto—. No hay vitalidad y tiene todas las características de la pequeña localidad que viene de España.

—Por lo menos vamos a conocer las playas.

A él le pareció que las playas del Golfo no valían tanto la pena. Las vio chicas, sucias y planas, aunque con la ventaja de que el agua era tibia, pero calló sus quejas para no ensombrecer la ilusión de Hilda.

El desencanto con la zona tuvo su recompensa cuando dieron con un barco argentino, el *Granadero*, en el que consiguió varios kilos de yerba mate, la infusión argentina a la que era profundamente aficionado y aprovechaba para tomarla cada oportunidad que tenía en el día, desde que despertaba hasta que se dormía, incluso en las noches leía con el mate al lado;

cuando se terminaba la yerba le rogaba a su madre que le enviara desde Argentina. Los marinos del *Granadero* pudieron adivinar lo importante de su contribución para ese joven perdido en tierra totonaca.

En Boca del Río consiguió que los pescadores del barco *Tonina* los llevaran, a él y a Hilda, a una de sus jornadas de trabajo. Salió a las dos de la mañana y regresó cerca de las dos de la tarde, entusiasmado por la nueva experiencia, pero con un incipiente ataque de asma, consternado por los problemas que sufría la población de pescadores. Su mirada de viajero tenía más que ver con lo antropológico y lo arqueológico que con lo meramente turístico, que le inspiraba una flojera tremenda. Así Ernesto pasaba por alto las playas para imbuirse en las raíces de la tierra.

Entraron a un restaurante rústico, eligieron una mesa y ambos pidieron pescado frito. Por la ventana podían verse las nubes que cubrían el cielo. En una esquina había una mesa de hombres con pinta de marineros que bebían cerveza, y uno de ellos se acercó para brindar con él.

—Un brindis por ti y otro por la reina.

Ernesto lo miró seriamente y le respondió:

—Conmigo todo, pero nada con ella.

Se retiró a su mesa creyendo que Hilda era una mexicana que andaba con un gringo, y al poco rato, ya que habían terminado de comer, el hombre regresó a brindar de nuevo.

—Salud por la reina.

Sin un segundo de premeditación Ernesto se paró de su asiento, lo levantó tomándolo de la camisa con ambas manos y se lo llevó a su mesa; lo dejó caer en una silla con una fuerza que nadie hubiera pensado que podría salir de ese hombre tímido y flaco.

—Te dije que conmigo todo, pero con ella nada.

Hilda miró a los seis acompañantes, se puso nerviosa y contempló la botella de cerveza sobre la mesa, decidida a romperla y a amenazarlos con las puntas de vidrio. La reacción de Ernesto la contagió. Por un momento creyó que juntos podían enfrentar al grupo entero, hasta que el dueño del negocio se acercó.

—No molesten o llamo a la policía.

Los hombres se tranquilizaron, Ernesto volvió a la mesa, pagaron y se fueron antes de que a los otros se les ocurriera seguirlos. Hilda sabía que si lo confrontaban salía una parte de él que pocos conocían: un instinto animal lleno de testosterona, como una fiera defendiendo su territorio. Ese episodio superaba lo que pensaba que sabía de él; ella que creía conocerlo mejor que nadie. El hecho de estar dispuesto a enfrentar a siete hombres sin ningún temor a las consecuencias hablaba tanto de su arrojo como de su falta de visión calculadora. Podía lanzarse a una misión suicida si las circunstancias lo obligaban. Era evidente que si esos tipos se les hubieran lanzado, Ernesto estaría muerto o en el hospital, y ella con él.

—Ni en pedo, che. Vos no sabés lo que soy capaz de hacer con estos puños —le contestó riendo, como si la riña hubiese sido una broma.

Después de cinco días en Veracruz siguieron hacia el sur en autobús, y el río Papaloapan le recordó a Hilda las crónicas de Bernal Díaz del Castillo.

—Pensar en el cruce de los conquistadores por este lugar, como lo narra Bernal, es pensar en lo que significa un mundo nuevo. En la historia de la humanidad no hay un choque cultural tan fuerte como este. No sé por qué me viene a la mente, pero siento que aquí empezó todo. Y las consecuencias las seguimos viviendo.

Él miró el río e imaginó esa visión a través de los ojos de aquellos españoles, un paisaje rodeado de misterio.

Llegaron al lago de Catemaco en un día lluvioso que no los dejó salir; siguieron a Coatzacoalcos para pasar la noche y al día siguiente cruzaron a Allende, en la orilla opuesta del río. Ernesto sentía que el asma comenzaba a brotarle por dentro. La altura y el clima de la Ciudad de México habían mantenido su enfermedad controlada, además de una dieta rigurosa de carne de res, frutas y verduras y la ausencia de pescado, pollo y huevo, pero el clima tropical de la costa hizo que la enfermedad se fuera agudizando. A Palenque se trasladaron en tren y en el *jeep* que tomaron de la estación al hotel; el ataque de asma había tomado el control de Ernesto, y las pastillas antiasmáticas no le hicieron mella.

—¿Quieres que prepare la inyección? —le preguntó Hilda, pero él la rechazó de forma violenta. Odiaba estar a merced de otra persona, dependiente y vulnerable, por más que esa persona fuese su mujer. Ella calló, herida y defraudada por la grotesca muestra de soberbia y orgullo. Nunca podría acostumbrarse a esa reacción de arrogancia masculina con tintes machistas; además le entristecía que Ernesto no tuviera la humildad para dejarse curar, incluso por alguien que lo quería tanto como ella. Por extrañas razones, el asma sacaba lo peor de él.

—Perdoname, vos no tenés la culpa, es esta enfermedad que me saca de quicio —le dijo al poco rato—. Fue una cosa tonta, no hay que seguir molestos.

Preparó la inyección y se la puso él mismo. Hilda hizo un esfuerzo por dejar pasar su enojo. No dejaría que sus emociones arruinaran el viaje.

Cuando al fin entraron al parque arqueológico ambos quedaron maravillados. Parecía que las pirámides más o menos desenterradas sobre la falda de un cerro, despuntando entre la selva, rodeadas de la más abrumadora vegetación, los veían a ellos, que después de un largo peregrinaje por el continente llegaban ahí, a una de las perlas más asombrosas de la cultura maya. Él apuntó algunas notas en su diario para más tarde ampliarlas. Le conmovía ser testigo de los vestigios de una civilización que sentía parte de él; Hilda también se emocionó al ver aquellos templos arquitectónicos sin parangón, conservados en toda su majestuosidad.

Al analizar el sitio con detenimiento, Ernesto se convenció de que podría estar mejor conservado.

—¿Viste la desidia de las autoridades? —le preguntó—. Para limpiar totalmente la tumba principal, que es uno de los tesoros arqueológicos de América, tardaron cuatro años, cuando con implementos y personal adecuado se hubiera podido hacer en tres meses.

—Sí, aunque debe de ser caro.

—Caro o no la plata se consigue. Mirá lo que es esto, por favor.

Al arqueólogo que Ernesto llevaba dentro le siguió el poeta que en esos días escribiría el poema «Palenque», cuyo primer verso decía: «Algo queda vivo en tu piedra…».

El tren salió aquella noche hacia Campeche, lugar de fuertes construidos en defensa de piratas; luego siguieron a Mérida, que tampoco lo impresionó.

—Todas las características de la ciudad son de un poblado que pareciera estar a quinientos kilómetros del mar, no a treinta. Los centros arqueológicos de los alrededores son su única atracción.

Ella asintió como lo hacía cuando Ernesto se ponía crítico, y, una vez más, en el museo, tuvo que escucharlo decir que el lugar no estaba bien presentado. A ella le empezó a divertir la faceta de arqueólogo y museógrafo exigente de Ernesto.

Pero Chichén Itzá volvió a deslumbrarlos. Era una ciudad completamente diferente a Palenque pese a ser parte de la misma civilización, aunque separada por cientos de años. Él leía en voz alta algunos párrafos del libro de un arqueólogo yanqui:

—Palenque, según la clasificación de Morley, es un centro de segunda categoría dentro del área maya; él solo le concede la clasificación de primera categoría a Copán, Tikal, Uxmal y Chichén Itzá.

—¿Qué más dice?

—Chichen Itzá fue descubierta y poblada por los mayas en expansión alrededor del siglo cuarto de nuestra era, según la tradición del *Chilam Balam* de Chumayel, aunque la fecha más antigua leída con seguridad es 878. Para entonces ya se completaba el abandono de las ciudades del viejo imperio y se iniciaba la trayectoria de Chichén Itzá dentro de los marcos del nuevo imperio. Los Itzaes se retiraron de la ciudad en el 692 para establecerse en la zona de Campeche, después se estableció el Renacimiento maya en los dos siglos que van de 997 a 1194. Es también la época de la Liga de Mayapán, que deja la seña en los monumentos actuales con su Chac mool y sus serpientes emplumadas, aunque la base sobre la que están edificados pertenece al periodo maya. El resurgimiento se debe a la invasión aparentemente pacífica del civilizador Quetzalcóatl, que de la meseta central de México trajo consigo el águila y la serpiente. Chichén Itzá empieza su decadencia cuando pierde la guerra con Mayapán, y es junto con Uxmal el componente del trío gobernante de la confederación maya. Mayapán llamó en su auxilio a guerreros mercenarios y así destruyeron la fuerza de su oponente; los llevaron a vivir con ellos hasta que en 1441 parece acabar todo tipo de gobierno centralizado en el norte de Yucatán al romperse la hegemonía de la casa de los cocomes por una guerra civil.

Visitaron todos los templos. Ernesto ingresó a cada uno, pero Hilda estaba cansada, con cinco meses de embarazo, y no tuvo fuerzas para trepar el más alto. Al verla a mitad de camino trató de animarla.

—Vos te hacés la interesante.

—Nada de eso. Me da miedo que tantas escaleras me hagan daño. Sube tú.

Él tomó varias fotografías y se tomaron una juntos, ella con el ceño fruncido y él con esa misma pinta, ambos incapaces de sonreír ante la cámara. Casualmente se llevaba a cabo en el lugar la filmación de una película; había grupos de curiosos alrededor y unos niños lo confundieron con un actor.

—Estoy ocupado —respondió él, divertido por la confusión, cuando le pidieron un autógrafo. Extraña manera de cumplir sus viejos sueños cinematográficos.

Hizo más anotaciones en su diario, tomó medidas aproximadas con la vista, hizo un intento de dibujo de un Chac mool y exploró el sitio como si fuera un detective, imbuido en la experiencia arqueológica. El mundo prehispánico había llegado a formar parte esencial de su personalidad, lo analizaba con la fascinación de un filósofo en busca de sentido, en una exploración quizá existencial. Tenía claro que, debajo de todo, en un plano subterráneo del tejido social del siglo xx, estaban todavía esas culturas que respiraban a través de las pirámides y que nunca dejaron de estar presentes.

En Uxmal, una ciudad más moderna que Chichén Itzá, repitieron el asombro y la comparación se amplió.

—Es mucho más tierna que Chichén, aunque no llega a la categoría artística de Palenque —sentenció como un erudito, y de cierta forma lo era. A Hilda la impresionaron las figuras de piedra, las cornisas y la disposición de las construcciones.

Por la noche se embarcaron de regreso a Veracruz, en el *Ana Graciela*, una motonave de ciento cincuenta toneladas en la que pasaron una jornada tranquila y soleada, pero al siguiente día el cielo se cubrió de nubes y no tardó en llegar un norte. Bajo una bóveda abarrotada, las olas presionaban ambos lados del barco, cuyo balanceo tiró la carga, y la tuvieron que mover hasta la proa. Ernesto se divertía como un niño, saltaba de un lado a otro y medía el movimiento para no perder el equilibrio, sonreía y tomaba fotos; Hilda, en cambio, no podía estar de pie. Controló el mareo durante tres días tomando té.

El resto del viaje lo hicieron en ferrocarril, luego en lancha y de nuevo en autobús. Pasaron por Córdoba, Orizaba y Río Blanco; allí bajaron para recorrer los lugares donde había ocurrido la masacre de obreros explotados por una compañía yanqui. En 1907, soldados del gobierno federal dispararon a hombres, mujeres y niños que amotinados pedían una mejora de las condiciones laborales. Lanzaron piedras a la fábrica textil e intentaron quemarla, saquearon la tienda de raya que los mantenía subyugados y hasta liberaron a los reos de la cárcel, antes de que las autoridades dispararan. La carnicería de cientos de personas restableció el orden y Porfirio Díaz ofreció un banquete para celebrar con los empresarios yanquis. Fue uno de los pasos previos a la Revolución. Ernesto se detuvo frente a la construcción que albergó la tienda de raya y pasó el brazo sobre los hombros de Hilda; ambos pensaban en la infamia que alguna vez escondieron aquellas paredes. Los gritos de la matanza podían escucharse en la respiración de Ernesto, en el aire que batallaba para salir de sus pulmones, víctima de los estragos del asma.

Subieron al autobús y enfilaron hacia la capital, y mientras más se acercaban y subían por las montañas los síntomas desaparecían. Hilda tomó la mano de Ernesto como lo hizo el día que lo acompañó en tren a la frontera de Guatemala, sin saber si volverían a verse; sonrió ante las vueltas de la vida que la llevaron hasta allí, sin haberlo planeado, casada, embarazada y embarcada en un viaje que más bien la guiaba a ella. El brazo de Ernesto le cubrió la espalda; ella cerró los ojos y se dejó ir en un sueño profundo, con el rostro recargado en el hombro de su esposo. Podía decirse que en ese momento eran una pareja feliz.

De vuelta en su departamento Ernesto regresó a la mentalidad de lo clandestino y le pidió a Hilda que tuviera mucho cuidado con sus amistades para evitar que llegasen intempestivamente y encontraran allí a los cubanos. También debía de estar pendiente de la correspondencia que llegara con su nombre de soltera desde Cuba o Estados Unidos, cuyo destinatario era Fidel, quien por esas fechas leyó un artículo en la revista *Bohemia* que el líder del senado por el Partido Revolucionario Cubano, también llamado Auténtico, tituló «La patria no es de Fidel». En él sostenía que si alguna vez Fidel llegaba a tener el poder se convertiría en el único dispensador de la gracia cívica, moral y espiritual, que sería Dios y César en un pedazo de carne y hueso, y que todos los que no fueran parciales a él serían ejecutados como inmorales. Sin embargo, reconocía que Fidel nunca se había beneficiado de fondos públicos, aunque tampoco había tenido puestos que pudieran probar su absoluta honestidad. «Posiblemente el único dinero que ha tenido Fidel la oportunidad de manejar en su vida sea el que ahora le ponen en sus manos los emigrantes cubanos», afirmaba. La respuesta no se hizo esperar. Fidel se enfureció por los ataques que recibía por varios lados, pero otra parte de él se regocijaba porque al fin lo tomaban en serio, al fin lo temían. Era un signo de que sus esfuerzos eran cada vez más visibles, de que iba por el camino correcto.

Bajo el título «¡Frente a todos!» Fidel escribió:

> La jauría me ha caído encima. Ya no se ataca a Batista, que está en el poder: se me ataca a mí que ni siquiera estoy en territorio nacional. [...] Los del régimen me atacan en manada. [...] Hace cuatro años nadie se ocupaba de mi persona, pasaba desapercibido entre los señores todopoderosos que se discutían los destinos del país. Hoy, extrañamente, todos se conjuran contra mí. ¿Por qué?, se preguntará el pueblo. ¿Qué falta ha cometido? ¿Claudicó? ¿Abandonó sus ideales? ¿Cambió su línea? ¿Se vendió por una posición o por dinero?

¿Traicionó sus principios? ¡No, muy lejos de ello! Lo curioso es que la cobarde y mezquina conjura de los malversadores y de los voceros del régimen contra un luchador que lleva cuatro años enfrentando sin descanso a la tiranía (dieciséis meses de trabajo silencioso y arduo antes del 26 de julio, dos años en las prisiones, y seis meses en el destierro), se debe precisamente a todo lo contrario: haber mantenido una línea de conducta firme desde el 10 de marzo cuando tantos han cambiado de postura como se cambia de camisa, conocer todo el mundo mi rebeldía que no puede comprarse con ningún dinero o posición, saber de mi lealtad a un ideal sin dobleces ni vacilaciones, a una verdad que predico y practico, a un empeño que, aunque duro y difícil, llevo adelante con éxito por encima de un mar de obstáculos e intereses poderosos.

Y así continuaba el texto que contenía alrededor de cuatro mil palabras y que se publicó en la misma revista unos días antes de terminar el año.

En Cuba estalló una huelga de más de doscientos mil campesinos de las plantaciones de caña de azúcar, y tanto el Movimiento Revolucionario 26 de Julio como el Directorio Revolucionario Estudiantil y el Partido Comunista, que en ese momento era ilegal, la apoyaron. A lo largo del territorio se distribuyeron decenas de miles de volantes que decían: «En 1956, seremos libres o seremos mártires», y el signo M-26-7 aparecía escrito en las paredes con pintura roja y negra. La lucha cada día cobraba más importancia; el hartazgo empujaba a la rebelión y Fidel se desgarraba entre la paciencia de tener que esperar el momento propicio y la impaciencia de no querer desperdiciar un solo instante que pudiera hacer avanzar la revolución. Hacía grandes esfuerzos por controlar sus nervios.

Hilda y Ernesto celebraron la Nochebuena de 1955 en una casa en la colonia Narvarte con una cena preparada por Fidel,

María Antonia y otros cubanos que sabían de cocina; el menú consistió en puerco asado, yuca con mojo, moros y cristianos y, como gran excepción, vino. De postre hubo turrones, uvas y manzanas. Fidel habló con total certeza sobre los proyectos que llevarían a cabo al triunfo de la revolución, sobre la necesidad de nacionalizar los recursos naturales y las principales fuentes de ingresos. Ernesto asentía.

De repente se hizo un silencio.

—Primero hay que llegar a Cuba —dijo Hilda con la abultada panza del embarazo.

—Es cierto —contestó Fidel—. En 1956 regresaremos.

Todos pensaron en la tarea titánica que tenían en frente, con la obligada cuota de dolor y muerte. Ella tendría que separarse de Ernesto, y lo más probable era que la agonía por imaginarlo en peligro se apoderara de ella por tiempo indefinido.

Era inútil pensar en lo que lograría la revolución antes de que se concretara. Fidel lo tenía claro; sin embargo, en Nochebuena se valía soñar.

11

Laura consiguió que Fidel y un puñado de cubanos fueran a Toluca a principios de año para entrevistarse con el profesor Carlos Hank González, presidente municipal de la ciudad y joven miembro del Partido Revolucionario Institucional. Desayunaron con él y uno de sus allegados los condujo al bosque del Nevado de Toluca en busca de un espacio para prácticas de tiro y tras una larga caminata para alejarse de la población lo encontraron. Se repartieron las balas y con una pistola calibre .45 le tiraron por turnos a las botellas que sirvieron de blanco, para verificar que de hecho nadie sabía tirar; les temblaban las manos y no podían mantener firme la muñeca para minimizar el culatazo.

Volvieron a Toluca y cenaron en casa del profesor Hank, quien escuchó con más detalle los planes revolucionarios y se ofreció de nuevo a ayudarlos. Al día siguiente fueron a buscar al dueño de un rancho cerca de Ixtapan de la Sal, sin mucha suerte. Los cubanos volvieron a la capital sin nada más que un nuevo contacto y la certeza de que debían trabajar más la puntería.

Uno de los paseos recurrentes de Fidel por la Ciudad de México era el lugar en donde fue asesinado Julio Antonio Mella, en 1929. Sucedió un día en que caminaba con Tina

Modotti en la calle Morelos, al doblar sobre la Abraham González se encontraron con dos pistoleros. Con solo veinticinco años Mella había fundado el primer Partido Comunista de Cuba, inspirado la reforma universitaria, organizado la Federación Estudiantil Universitaria y fundado la Liga Antiimperialista de las Américas. Para escapar de la represión del régimen de Gerardo Machado estaba exiliado en México, en donde creó la Asociación Nacional de Emigrados Revolucionarios Cubanos. Había logrado salir de la cárcel en Cuba gracias a una huelga de hambre que terminó de poner su nombre en el mapa. Las fuerzas populares en todo el país lo aclamaban y era temido por un régimen que con toda justicia veía en él una seria amenaza. Admirador de Trotski, escribió un texto en el que criticaba a la recién fundada Alianza Popular Revolucionaria Americana, acusándola de pequeñoburguesa y antirrevolucionaria. Mella también siguió la ruta de Martí, y su lucha era una de las precursoras del Movimiento 26 de Julio. Dejó a una hija en su tierra natal, a su esposa y a Tina Modotti, la mujer de quien se enamoró en sus últimos días de vida. Su muerte era una advertencia para Fidel: no sufriría la misma suerte. Pasar por esa zona mantenía fresca la memoria y lo forzaba a subir la guardia.

También acudía regularmente a las oficinas de la Organización Regional Interamericana de Trabajadores, en la calle Vallarta, un pilar de la izquierda democrática que estaba categóricamente en contra del comunismo y que ayudaba a exiliados políticos, como Rómulo Betancourt y Haya de la Torre. El diálogo con la dirigencia giraba en torno a la política latinoamericana, siempre en contra de regímenes dictatoriales —que eran sus aliados naturales— y con fuertes lazos con el gobierno del presidente Adolfo Ruiz Cortines, en especial con el secretario del Trabajo, Adolfo López Mateos. Fidel empezaba a tejer una red que en un futuro podría serle útil, con alianzas que contrarrestaran la fuerza del gobierno cubano que lo perseguía, dejándose guiar por el agudo instinto político que dirigía sus decisiones y ocupado con labores que él mismo se imponía. Era incapaz de quedarse quieto, pensaba en las acciones que podrían favorecer el proyecto que pronto pondría en marcha, y cada día abría nuevas posibilidades. Su exilio era la actividad constante de un ajedrecista previendo jugadas.

Además de sus investigaciones en el Hospital General, Ernesto recibió una propuesta para dar clases de fisiología en la UNAM, una invitación que funcionaba como coartada para justificar su estancia en México a sabiendas de que los planes del movimiento se aceleraban. Era probable que no le alcanzara el tiempo para ejercer el puesto de maestro que meses antes buscó con tanto ahínco. Sus planes habían dado un vuelco. A mediados de febrero se mudó con Hilda a un departamento con más luz y una habitación para el nuevo integrante de la familia. Aquella noche ella no paró de tener dolores. A la mañana siguiente, un mes antes de lo esperado, entró en labor de parto en el hospital y después de varias horas nació Hilda Beatriz, a las siete de la noche del día 15. Ernesto presenció el parto. Cuando al fin tuvo a la niña en sus brazos se conmovió y sintió una felicidad desconocida hasta ese momento, apenas consciente de todo lo que implicaba. Nunca se había sentido tan vulnerable. No podía dejar de pensar que un día tendría que marcharse sin saber si regresaría. Era increíble que un ser tan indefenso dependiera totalmente de ellos, que no tenían la menor idea de cómo criar a un bebé.

Hilda abrió los ojos después de un largo sueño y la imagen de Ernesto con su hija le sacó una sonrisa.

—Era lo que nos faltaba —dijo Ernesto, y ella asintió, imaginándose lo que él estaba pensando. No era necesario hablar para que ambos estuvieran seguros de que nada de lo que pasara entre ellos detendría las fuerzas que Fidel había puesto en movimiento, pero ella no tenía miedo. En caso de que Ernesto se fuera podría arreglárselas; no sería la primera mujer ni la última en hacerse cargo de una hija. Confiaba en sus capacidades y en el poder de la maternidad.

De ese día en adelante ambos se dedicaron a disfrutar a la pequeña Mao, como rápidamente la rebautizó Ernesto, y las nubes negras que se amontonaban en el horizonte ya no oscurecerían sus días juntos.

Después de una visita del doctor, Ernesto se acostó a un lado de Hilda en una cama en la que casi no cabían, con la vista fija en las mínimas facciones de su hija. Le tocaba la nariz con el dedo, las mejillas y la oreja, hipnotizado por un ser que poco a poco se apoderaba de él. En contra de todo augurio se habían convertido en una familia, a pesar de la personalidad de Ernesto, de la militancia de Hilda y de los problemas entre ellos, que en más de una ocasión los separaron. Mientras la pequeña Mao dormía en brazos de Ernesto, Hilda hizo un esfuerzo por abrazarlos, parte de un muégano humano que hubiera deseado mantener así, unidos como un todo orgánico. Una enfermera tuvo que despertarlos porque estaban a punto de caerse.

Al tercer día de nacida la niña volvieron a casa y esa noche Fidel fue a visitarlos.

—Esta niña se va a educar en Cuba —les dijo levantándola de la cuna para cargarla. Pese a la imagen que proyectaba al mundo, Fidel sintió una atracción especial por esa criatura, y no pudo evitar pensar en Fidelito, en los días felices de su matrimonio y en lo que significaba tener un hijo.

—Te ves bien vos con la pequeña Mao —dijo Ernesto, y Fidel tuvo que reprimir la risa para no molestar el descanso de Hilda Beatriz.

—Preciosa la pequeña Mao, ni qué decir: hicieron muy buen trabajo.

—Ahora tienes que pensar también en tu sobrina, Fidel —dijo Hilda—. Esta niña tendrá que estar rodeada de puro amor.

Él asintió y le dio gusto sentirse parte de la familia. Era la fundación de un porvenir que no tardaría en abalanzarse sobre todos ellos.

La oleada de cubanos procedentes de La Habana había comenzado; algunos con pequeñas sumas de dinero que enviaba la dirección del movimiento en la isla, parte de la recaudación constante a la que todos los miembros estaban obligados a contribuir. Uno trajo mil dólares, otro ocho mil, otro más diez mil, que comparados con los ochenta y cinco dólares con los que Fidel sobrevivió durante los primeros dos meses de su exilio eran una fortuna. También llegaban fondos de los distintos clubes 26 de Julio recién fundados en territorio yanqui, que fortalecían financieramente una operación que apenas despegaba. Con esos primeros pasos, Fidel podía darse cuenta de su capacidad. La maquinaria empezaba a moverse.

Andando por la calle de Revillagigedo Fidel se detuvo frente a una armería y decidió entrar a ver qué podía encontrar; dio con unos fusiles belgas de excelente calidad que le parecieron caros. Como el dueño no se encontraba, anunció que volvería más tarde. Antonio del Conde lo recibió al anochecer y, Fidel, bajo el alias de Alejandro, enseguida apreció su amplia experiencia en el tema.

—¿Tiene acciones de mecanismos belgas?

A Antonio le llamó la atención la pregunta porque esas partes de fusiles eran para coleccionistas, y el término que usó era un tecnicismo. Lo invitó a un cuarto privado en la parte de atrás.

—¿Qué busca?

—Como le dije, acciones de mecanismos belgas.

—No sé quién es usted, ni me interesa, pero me gustaría ayudarlo. ¿Para qué los necesita?

—Quiero armas para practicar el tiro al blanco, y un poco de cacería también.

—Está bien, solo le voy a pedir una cosa: que no regrese más a mi armería. Está prohibido vender armas a extranjeros.

El acento foráneo de Fidel se notaba a leguas.

—Me parece bien.

Su colaboración comenzó en una rigurosa clandestinidad, por medio de claves para comunicarse por teléfono, citándose en lugares estratégicos y con nombres ficticios. Antonio se convertiría en el principal suministrador de armas bajo el seudónimo de *Cuate*; además, se encargaría de los permisos y demás aspectos legales, con una ganancia del diez por ciento sobre el valor de cada compra, a condición de conseguirlas al menor precio posible. Fidel tuvo que olvidarse de las acciones de mecanismo que buscaba porque resultaba demasiado caro armar fusiles en vez de conseguirlos completos.

Primero compró algunas armas en ese local, luego otras que Antonio encontró a un precio mucho menor que lo ofertado en otros lugares. Mientras avanzaban los preparativos, Antonio siempre estuvo al pendiente de las ofertas en la capital o en las ciudades cercanas, sobre todo en Toluca y en Puebla. El arsenal se ampliaba paulatinamente.

A Fidel también le interesaba que quienes se entrenaran estuvieran bien preparados ideológica y culturalmente. En esa exploración dio con una librería que le vendía libros a crédito sobre la Segunda Guerra Mundial, el marxismo y la historia de México, en especial la Revolución Mexicana. La educación sería una pieza fundamental del movimiento, para que quienes se sumaran supieran lo que estaban haciendo, que no fueran carne de cañón sino seres reflexivos que pudieran darse cuenta de lo que implicaba su lucha, de lo que significaba su lugar en la historia de Cuba. Los libros serían un complemento obligatorio al fusil.

Quienes se unían al movimiento tenían la obligación de buscar trabajo. Si no lo conseguían, el movimiento les daba diez pesos semanales, y los alentaba a que pidieran la colaboración de familiares y amigos. Quien recibiera menos de doscientos cuarenta pesos al mes debía dar la mitad, y quien recibiera más entregaría el sesenta por ciento. El movimiento ya contaba sesenta combatientes divididos en seis casas o departamentos que funcionaban como campamentos provisionales, cada uno con un límite aproximado de diez personas que se hacían pasar por becados universitarios. Había un reglamento interno que establecía los horarios de cada comida, que podían ser alterados dependiendo de las actividades a desarrollar. La hora límite para estar de vuelta en el campamento que a cada uno le tocara era las doce de la noche. Estaba prohibido revelar actividades individuales o del campamento a otro miembro del movimiento, y cada célula tenía un comandante responsable de la disciplina y la administración. Se turnaban la limpieza y la cocina. Si los miembros de distintos campamentos se veían en algún entrenamiento tenían prohibido divulgar su dirección; las visitas entre sí tampoco estaban permitidas para que cada célula funcionara de forma independiente, y si caía una no cayeran todas. Debía evitarse la compañía de cualquier persona ajena al grupo, aunque podían salir con mujeres, siempre que fuera en grupos de dos o más parejas. No podían hacer llamadas telefónicas y las bebidas alcohólicas estaban terminantemente prohibidas. Los ratos de ocio se debían de invertir leyendo sobre temas militares y revolucionarios. Vivían bajo una estricta disciplina, con evaluaciones periódicas y un severo reglamento de conducta.

El entrenamiento inicial consistía en tareas sencillas. Se reunían en el Monumento a la Revolución, en un extremo de la avenida Juárez, para emprender largas caminatas por las calles de la ciudad, sobre todo a lo largo de Insurgentes, siempre en parejas para que el grupo no levantara sospechas. También se les ocurrió en el lago de Chapultepec, como ejercicio, para tener cierto contacto con el agua, que podría ser útil cuando hicieran el viaje. Llegaban hasta ahí a pie para sumar a la condición física y remaban a la vista de los visitantes. Para la mayoría de los cubanos era difícil adaptarse a la altura y al frío de la ciudad; los labios se les resecaban y las narices de algunos sangraban.

Ernesto solo comía un sándwich en el hospital y en la noche merendaba carne, ensalada y frutas, para estar en forma y bajar un poco de peso. Cuando tenía tiempo iba a escalar al Iztaccíhuatl, no solamente para vencer el asma y estar en la mejor condición posible, sino por una lucha espiritual en contra de ese ser mitológico. Aunque más bajo que el Popocatépetl, la subida era más complicada, y se convertía en una pugna que lo obligaba a confrontarse con el volcán y con su cuerpo. Cada escalada era una meditación, cada paso que daba le costaba más que el anterior, hasta llegar a un momento en que era plenamente consciente de su respiración, de cada inhalación y cada exhalación. En esas circunstancias podía sentir cada parte de su cuerpo, de la punta del pie hasta la coronilla, al igual que sus pulmones al contraerse y expandirse; entraba en una clara lucidez mental con el solo objetivo de alcanzar la cúspide. No siempre lo conseguía; sin embargo, las ocasiones en que se veía forzado a volver antes le servían para controlar su orgullo, y en el camino abajo recordaba cuando jugaba rugby en su época de juventud. Descendía del volcán agotado y rejuvenecido.

El día en que Arsacio empezó a entrenar al creciente grupo usó como punto de reunión el cine Lindavista en Insurgentes Norte, de ahí se dirigían a los cerros que estaban dentro del entonces Distrito Federal, el cerro de Zacatenco y el Chiquihuite, a las seis de la mañana, y su desayuno consistía en un bolillo y un vaso de agua. Era una caminata larga desde cada uno de los campamentos, y una vez juntos se volvían a dividir en pequeños grupos para no llamar la atención en el ascenso a alguno de los cerros. Aprendían a subir y bajar por laderas empinadas con mochilas cada vez más pesadas, porque la mayoría de ellos venía de ciudades sin colinas alrededor, después cada grupo competía por un lado distinto en el ascenso a la cima, con cargas a la espalda y forzándose a correr ladera arriba, con algún compañero rezagado a cuestas. Así fue como Arsacio descubrió el secreto que guardaba Ernesto, pero antes de exhibirlo frente al grupo le habló en privado.

—Ya vi que tus pulmones no funcionan bien.

—Mirá, gordo, lo que has visto no quiero que lo sepa nadie —contestó nervioso. Temía que su enfermedad fuera a ser un obstáculo para formar parte de la expedición. Haría todo para ocultarla—. Tengo asma.

Arsacio movió la cara en desaprobación.

—Tú sabrás. Cuenta con mi silencio.

—Che, gracias.

Una segunda etapa del entrenamiento incluía defensa personal en un gimnasio de la calle Bucareli. Arsacio los guiaba en combates cuerpo a cuerpo, levantamiento de pesas y juegos de basquetbol para relajarse. Les enseñaba a torcer brazos, a dar golpes en las partes vulnerables del cuerpo y a hacer llaves que inmovilizaran a su contrario; mantenía una relación de las actividades y evaluaba a cada uno en disciplina y condición física.

Para recibir a los que seguían llegando rentaron dos casas más que usaban también para guardar las armas que conseguía Antonio, luego de que Fidel y él las examinaran en su casa de Coyoacán. Varios de los recién llegados aportaban más dólares para ensanchar las arcas revolucionarias.

A fines de marzo encontraron el campo de tiro Los Gambitos, en la colonia Santa Fe, en las montañas y a las afueras de la ciudad, al que acudían tres veces por semana, tomando un tranvía y un autobús. A las seis de la mañana, a oscuras, arrancaban el viaje de una hora y al llegar hacían ejercicios de calentamiento antes de tomar los fusiles calibre .30-06 con mira telescópica. En ocasiones usaban animales amarrados de las patas para simular el movimiento del ejército contrario, y quien le diera al blanco movedizo tenía el derecho de llevarse la presa a su campamento, cocinarla y comerse la parte que él escogiera. A algunas de estas prácticas los acompañaba Fidel para tomar nota de las aptitudes de cada uno, tirar y compartir sus conocimientos. Sabía de armas porque desde niño convivió con ellas en la finca de su padre, en Birán, y en sus años universitarios solía andar armado.

Nunca asistió a las prácticas de resistencia física y defensa personal. Tenía buena condición y conocía la provincia de Oriente en la que tenían pensado desembarcar, por eso su tiempo era más valioso organizando el plan maestro.

Después de tirar seguían las caminatas con carga pesada y fusiles, las emboscadas y los disparos sobre la marcha, para acostumbrarlos al campo de batalla y poder también evaluarlos. Volvían cansados a los campamentos, en los que tenían lecturas pendientes o círculos de estudio obligatorios, con permiso de pasear por la ciudad un rato por las tardes.

Fidel volvió a casa de Alberto y reiteró su petición.

—Usted es cubano y tiene que ayudarnos.

—Tengo mi tiempo sobrecargado de ocupaciones y preocupaciones —le contestó—, pero quiero que sepa que vibro con sus ideales. Le dedicaré a sus muchachos tres horas diarias después de mis trabajos.

—No, general Bayo, no es eso. Queremos de usted el día entero. Es preciso que se desentienda de todos sus quehaceres, de todos absolutamente, y se dedique de lleno a nuestro entrenamiento. ¿Para qué quiere usted su fábrica de muebles, si dentro de muy poco ha de venir con nosotros y hemos de vernos victoriosos en Cuba? Vamos a abatir a Batista.

Alberto escuchó a Fidel hipnotizado por una elocuencia que hacía irresistibles sus órdenes y que contagiaba su seguridad en la futura victoria. La memoria de los días caribeños del general republicano se diluía ante esas palabras, y la verdad era que quería creerle. Ganarle a la opresión tenía que ser posible. Borracho de entusiasmo, cedió hasta en el último punto:

—Dejaré mis clases y venderé la fábrica para entrenar a sus muchachos.

—Excelente, general. Le juro que no se arrepentirá.

Dejó las clases sin complicación; pidió un permiso de tres meses en la Escuela Militar de Mecánica y de Aviación y llegó a la fábrica de muebles a hablar con su mano derecha, un buen técnico y un gran vendedor.

—Le vendo la fábrica.

—¿Es una broma? —le preguntó—. ¿Cómo voy a comprársela, si no puedo ni terminar el mes con los ingresos que tengo?

—Se la vendo fiada.

—¿Cómo fiada?

—Sí, fiada. Yo no me ocupo más de la fábrica y usted redobla su trabajo, porque el negocio va a ser suyo. Venda, cobre y pague como quiera. La única condición es que me pague la fábrica abonándome mensualmente mil pesos.

—Sin fiador, porque no tengo.

—Sin fiador.

—¿De verdad no es una broma?

—Es una propuesta seria.

—¿Y a qué se debe todo esto?

—Me voy fuera de México y prefiero vendérsela a usted que a cualquier otro.

—¿Y en cuánto me la vende?

—En cien mil pesos, menos de su costo real.

—Le doy la mitad.

—Entonces no hay venta.

—Yo no puedo pagar más. Además, tengo otra condición: que no empiece a abonar sino hasta el quinto mes.

Alberto levantó la vista y recapacitó, con la firme convicción de que todo era una locura, pero una fuerza dentro de él lo empujaba por ese camino descabellado. Alargó la mano y dijo:

—Está bien, trato hecho.

El subalterno abrió los ojos de par en par, visiblemente emocionado, y estrechó con mucha fuerza la mano que se le ofrecía.

Después habló con Carmen y le ocultó el motivo real de su decisión. Habían compartido ya muchas guerras, y era probable que la verdad hubiese hecho que la revolución se llevara a cabo en su casa antes que en ningún otro lado. Le dijo que estaba cansado y enfermo y que el médico le recomendó una larga temporada en las montañas; que consiguió un trabajo como profesor de dos hijos de un rico hacendado y que los primeros meses daría clases durante todo el día en la capital, y después seguiría en una finca. Que ganaría ochocientos pesos por poco trabajo.

—¿Y la fábrica? —preguntó al fin.

—Se la vendí al encargado.

—¿Estás loco? Pero si no tienes un centavo.

Soportó su indignación y sus argumentos, porque era imposible ignorar la pérdida económica que significaba para ellos; a partir de ese momento dependieron de las clases de Carmen a un grupo de sordomudos. Fidel le daba los ochocientos pesos mensuales que dijo que ganaría, tanto para ayudar con los gastos familiares como para continuar con la ficción por el tiempo que fuera necesario, y Carmen duplicó sus horarios de clase. Alberto veía todo como su última oportunidad para aventurarse una vez más en el campo de batalla por una buena causa, y nada lo obligaría a darle la espalda a semejante coyuntura. Quizá esta vez sus esfuerzos no serían en vano.

Empezó con la tarea de ir a cada uno de los seis campamentos para explicar primero la teoría. Fingía ser maestro de inglés ante cualquier persona externa, y era el único además de Fidel que conocía esas direcciones.

—¿Debo dar mis clases con gafas ahumadas, boina y nombre supuesto, por si hay chivatos? —le preguntó a Fidel.

—Aquí, mi general, no hay chivatos.

—Estás en un gravísimo error, Fidel. En todas las organizaciones de este tipo hay chivatos. Yo desde los veinte años estoy metido en conspiraciones contra la reacción y en todas las que estuve, absolutamente en todas, se filtraron espías.

—Pues aquí falló su experiencia, general. Aquí son todos hombres de mi confianza. Los conozco a todos desde niños y son todos caballeros y patriotas.

Suspiró en vez de discutir y arrancó sus clases hablando de disciplina, del respeto a las jerarquías de mando y de nunca criticar a ningún jefe en frente de los subordinados. Conforme al orden militar, las quejas debían de redactarse y entregarse por escrito. Decía que jamás se debía de protestar por la comida, por la ropa, por el trabajo o por la paga, aunque ninguno de ellos cobraba ni cobraría, y no pudo evitar elevar el discurso al terreno de la épica al decir que la gesta que iban a emprender no era para hombres valientes, sino para gigantes heroicos.

—En esta clase de guerra, en la que lucharán en una proporción de uno contra mil, más del noventa por ciento perderá la vida o caerá prisionero, pero el diez por ciento recogerá la victoria. Si alguien quiere retirarse es mejor que lo haga ahora, porque ya con un pie en el estribo es más doloroso y más ridículo.

—Sabemos que vamos a morir, pero algunos veremos a Cuba libre —contestaba alguno.

—La guerra de guerrillas consiste en el *pega y corre*, y lucharemos así porque no hay posibilidad de que un centenar de ciudadanos, aunque se les permita armarse, reunirse e instruirse, pueda derrocar a un ejército formal cara a cara. Al soldado de la dictadura se le tiene que enfrentar con peleas de desgaste, atacarlo brevemente en escaramuzas y retirarse, para que al voltear hacia donde supone que lo agreden no haya nadie a quien apuntarle. Hay que huir para volver a atacar después, siempre en emboscadas. De esta forma se armará un ejército que estará en todas partes y en ninguna, que escogerá solo las batallas en las que crea que puede ganar.

La agenda de Fidel rara vez le permitía asistir al curso teórico, pero al enterarse de lo que Alberto enseñaba lo confrontó.

—General Bayo, está muy bien lo que les explica, pero yo quiero que les diga cómo se avanza ante el fuego enemigo, cómo se va hacia él por escalonamiento, cómo se retrocede y cómo se guarda la retirada.

—Bien, Fidel, les puedo explicar todo eso como cultura militar, pero no les recomendaré que practiquen jamás esa táctica de guerra regular, porque si luchan con ella va a ser un desastre.

—Pero nuestro movimiento evolucionará en el campo de batalla y llegará el día en que pueda luchar de frente, basado en la honradez, en la verdad y en la nitidez, en vez de seguir siempre con cobardías y golpes bajos, sin dar la cara.

—Nada de eso se puede aplicar contra un monstruo que da a su pueblo golpes bajos, peleas sucias, que echa el aparato militar de cincuenta mil hombres contra un estudiante opositor. Si nosotros hacemos la guerra de guerrillas en Cuba vamos a ganar seguro, completamente seguro, no sé si en un año o en diez, pero vamos a ganar. Si hacemos la guerra regular, es decir dando la cara, vamos a perder seguro, no sé si en una semana o en tres, pero vamos a perder.

Guardó silencio y dejó que Alberto continuara a discreción, por respeto a la experiencia militar de un hombre que había dedicado su vida a la guerra, en lo práctico y en lo teórico, y que sabía más que él. Buscar el honor en la pelea en contra de un régimen autoritario y sin escrúpulos tal vez no era la mejor manera de ganar, y lo importante era ganar a toda costa.

—La guerra de guerrillas se gana con la cabeza y se divide en tres fases: primero en la montaña con el *pega y corre*; segundo en el llano con el *muerde y huye*, pero ya con más elementos; y en tercer lugar está el asalto a las grandes capitales, pues de eso depende la victoria. La conjugación de las tres fases ha de moverla el alto mando, ponderando diferentes factores: armamento, moral e instrucción de la tropa, moral del enemigo, número y fuerza de nuestra gente y del contrario, y cien imponderables más que el talento de la directiva ha de poner en juego. La guerrilla es practicable y segura en países en los que el campesino está del lado del guerrillero, porque se necesita la información que le diga lo que está pasando con la fuerza militar del ejército, y se necesitan también alimentos. Recuerden que en esta clase de contiendas una baja humana no es una baja, pues cuando uno muere siempre hay diez voluntarios dispuestos a tomar su fusil. La causa padece poco y a veces gana, porque hay ocasiones en que coge el fusil un hombre joven y con gran moral, sustituyendo al muerto con alguien en mejores condiciones. Desde ahora les digo: irán desapareciendo las primeras caras y se renovarán las filas con rostros nuevos.

Les habló de balística y de tiro, les enseñó cómo levantar mapas y cómo interpolar datos en planos a diferentes escalas. Dibujó trincheras antiaéreas, zanjas de comunicación y nidos de tirador para hacer la guerrilla desde un lugar elevado. Explicó la técnica del camuflaje y la elaboración de filtros para purificar agua, retretes de campaña portátiles y breves ideas sobre calefacción, ventilación y elaboración de carbón vegetal. Para el sabotaje todos aprendieron a hacer bombas molotov, a encenderlas y a tirarlas, y en una demostración prendió una y se la puso cerca del ojo.

—Para que se convenzan de que jamás explotará aquí.

—¡No haga eso, general!

—Pero si no puede explotar.

Después de una hora la bomba nunca explotaba, estuviera con poca gasolina, a medio llenar o totalmente llena, tapada o sin tapar. También trataron el tema de la dinamita, bombas en vías de tren, roturas de puentes de madera, destrucción de túneles y demolición.

—Debemos preferir el combate de noche, porque los soldados de la dictadura luchan por la paga y por temor a los oficiales, y cuando no los ven se esconden. Si el oficial no puede controlarlo, el soldado se va y no dispara.

Les habló de combates en los bosques, del ataque a posiciones militares, de las retiradas escalonadas, de los bombardeos aéreos y de su ineficacia sobre los guerrilleros, de la defensa contra la caballería, contra tanques, contra aviones. Años de estudio y de práctica condensados en semanas.

Para poder asistir a los entrenamientos físicos y a las clases teóricas, Ernesto se vio forzado a abandonar el puesto de experimentación en el Hospital General y tuvo que cederle al Patojo, de vuelta en México, el negocio de la fotografía, después de enseñarle a revelar en el cuarto de servicio de la azotea de su edificio. Fue como una herencia filial.

Desde la primera clase tuvo la impresión de que tal vez su esfuerzo no sería en vano, que podían ganar, y que valía la pena morir en una playa extranjera por esa posibilidad. Solo grandes sentimientos de amor por la humanidad podían guiar a un guerrillero, y al menos tenían que intentarlo para empezar en Cuba una revolución continental. Estaba fascinado con las enseñanzas y con la persona de Alberto, que le daba una capa más de credibilidad a lo que estaban haciendo, con palabras que cubrían de legitimidad los desgastantes entrenamientos. Era la visión que necesitaban para dirigir sus esfuerzos hacia su objetivo y para mantenerse enfocados antes de partir. Haría un esfuerzo por explotar lo más posible los conocimientos de ese viejo lobo de mar lleno de sabiduría, otro acierto en la estructura que seguía armando Fidel.

Tras días llenos de actividades llegaba a casa adolorido a leer por lapsos cada vez mayores. Al ver que Hilda podía escribir a máquina con los diez dedos y sin ver el teclado se dio a la tarea de estudiar mecanografía. Aprendió de ella lo básico y practicaba alrededor de veinte minutos diarios, en los que transcribía las referencias marxistas que tenía apuntadas en sus cuadernos filosóficos. Tenía poco tiempo para Hilda y para la pequeña Mao, casi siempre dormida cuando él volvía de noche; aunque le habría gustado estar más presente no había suficientes horas en el día. Estar con ellas dependía de que ganara su lucha contra el tiempo, hacía malabares para no perderse los primeros meses de la bebé que lo veía de lejos, desde el infinito espacio que se abría entre los barrotes de una cuna.

A los cuarenta días de nacida dormía toda la noche. Se despertaba a las seis para ser amamantada, y cuando Hilda volvió a su trabajo tenía permiso de salir durante las horas en que debía de alimentarla. Una joven de catorce años les ayudaba en la limpieza del departamento, hacía las compras y cuidaba a la bebé cuando Hilda no estaba, e iba a la escuela en sus ratos libres, alentada por ellos. El papel de madre no detuvo su vida, excepto en el hecho de no poder unirse a los expedicionarios, a quienes apoyaba desde su particular trinchera. Mantener a su familia con su trabajo para que su esposo se entrenara con el movimiento revolucionario era una batalla suficientemente dura, además de no quejarse ante las migajas de tiempo que ella y su hija recibían de él. Nadie podía dudar de su nivel de compromiso.

Fidel también veía a Fidelito tanto como podía. Después del viaje a la Florida fue a México de la mano de su tía Lidia y se quedó en casa de una rica pareja mexicana que tenía alberca, mientras su padre seguía escribiendo textos para publicarlos en Cuba, siempre en busca de fondos y de información de lo que sucedía en la isla, en donde los encuentros violentos entre las fuerzas represivas del Estado y la población eran cada vez más frecuentes, con la autonomía universitaria perdida, sin garantías constitucionales, con cientos de arrestos, asesinatos, torturas y desapariciones de miembros activos del movimiento revolucionario y de víctimas inocentes, bajo una censura mediática total. A pesar de la distancia se las ingeniaba para supervisar las acciones que se llevaban a cabo allá, sin quitarle atención a los preparativos que se orquestaban a su alrededor, parte de los cuales fueron los viajes de Antonio a territorio yanqui en busca de lotes de armas a buenos precios, que además eran más fáciles de comprar, con menos restricciones y sin papeleo. Consiguió fusiles Browning con mira telescópica, automáticos Johnson y Remington y subametralladoras Thompson, la mayoría en el estado de Texas. En Los Ángeles encontró dos fusiles antitanques, en Nueva York municiones y en Miami cantimploras y otros accesorios, pero Fidel le prohibió meter las armas a México personalmente. El plan era dejarlas en lugares marcados de la frontera en donde redes de contrabandistas se encargarían de pasarlas y llevarlas a la capital pasando por Laredo y cruzando el estado de Hidalgo, en un esfuerzo titánico de coordinación por parte de Fidel. Seguían ocultando armas y equipo bélico en distintas casas de seguridad de la Ciudad de México, donde muchos de ellos dormían, o en casas de amigos cercanos al movimiento, en una carrera de movilización y de preparación que parecía no tener obstáculos.

12

Cuando Alberto creyó que la parte teórica de la instrucción llegaba a su fin, que tenía poco más que enseñarles en un aula, Fidel le encargó que encontrara un rancho que tuviera capacidad para albergar a los alumnos de los departamentos y de las casas en las que había dado clase, que estuviera en las montañas, pero cerca de la ciudad y en el que pudieran hacer prácticas de tiro. Se lanzó a los alrededores en busca de un espacio para rentar por dos o tres meses. Durante varios días no encontró nada, incluso cuando Fidel aumentó el monto a tres mil pesos mensuales, ajustándose a los precios del mercado; finalmente, en un viaje a Chalco dio con lo que parecía un castillo antiguo, construido para defender la finca contra bandas de cuatreros, rodeado de doscientas hectáreas de montañas áridas que eran parte del rancho y se usaban para cazar conejos. El área de la casa era un rectángulo cercado por una valla de dos metros de alto con cuatro torres cubiertas y varios espacios para centinelas. Era justo lo que buscaban.

Para llegar más preparado a negociar, antes de tocar la puerta del rancho Alberto logró que un campesino de las cercanías lo invitara a pasar a su casa, y le aceptó un vaso de leche.

—Estoy pensando en rentar una propiedad por estos lugares, y vi la que llaman Las Rosas.

—Se llama San Miguel, pero también se conoce como Santa Rosa. Lleva muchos años parado. Su dueño es un señor Rivera que lo quiere vender, pero no lo alquila. Quiere trescientos mil pesos, ¿usté cree?

—¿Y usted cómo sabe?

—Lo ha anunciado repetidas veces y rechazó a varios compradores que querían pagarle a plazos. Él solamente vende al contado.

—¿Y por qué lo querrá vender?

—Quiere salir de estas tierras. Es un poco loco y aventurero, de esos chiflados que andan por el mundo queriendo arreglarlo, derrocando gobiernos y componiendo injusticias —sonrió en tono de burla—. El señor tiene una vida pintoresca. Se metió a la guerrilla de Villa cuando peleaba contra los gringos, y con otros compañeros tuvo la mala suerte de caer prisionero. Los llevaron al cementerio y allí en grupos fueron fusilados y abandonados sus cuerpos, para ser enterrados o despedazados por los zopilotes. Cuando los gringos se fueron, Rivera, que además de un tiro que le atravesó el pecho tenía el de gracia, se incorporó como pudo, y ese cadáver pidió auxilio en una casa allá en el campo en donde lo atendieron y lo cuidaron. Le devolvieron la vida.

Prefirió no cuestionar el asunto del tiro de gracia, agradeció la hospitalidad de su anfitrión y pidió instrucciones para encontrar al tal Rivera, que vivía en una casa en Chalco.

—Señor Rivera —dijo Alberto cuando se encontró con el septuagenario—. Un negocio que nos interesa a ambas partes me obliga a presentarme ante usted.

—Dígame.

—Sé que quiere usted vender su rancho por trescientos mil pesos.

—Así es.

—Yo lo he visto por fuera, y me interesa comprarlo bajo ciertas condiciones.

—Lo escucho.

—La primera es que voy a traer a unos cincuenta hombres para que lo trabajen, lo pinten, lo arreglen y lo pongan en condiciones de venta, porque yo soy el representante de un coronel centroamericano que quiere invertir medio millón de pesos en México, y como no le interesa que aparezca su nombre en la escritura, yo figuraré como comprador, aunque la finca será del coronel. No quiero perder mi tiempo, pues como puede ver ya soy viejo, llevo más de veinte años trabajando con él y no tengo un centavo. Quiero comprarle esta finca en trescientos treinta mil pesos, para que usted me entregue treinta mil después de que se haga la venta, que serán mi comisión.

A Rivera le brillaban los ojos.

—Me parece bien.

—Me gustaría que me firme una carta que diga que en caso de que la compre el coronel usted me abonará esos treinta mil pesos.

—No hace falta carta alguna, señor...

—Bayo.

—Señor Bayo, soy un caballero y sé respetar compromisos.

—Es que si no hay carta yo no puedo trabajar la venta de su rancho.

—Confíe usted en mí. Si me compra la finca yo le firmaré un recibo de trescientos treinta mil pesos y usted me dará solo el precio convenido.

—Bien, entonces dejo mi futura comisión en su caballerosidad. La segunda condición es que voy a traer a cincuenta centroamericanos a trabajar la finca y no quisiera que se trataran con los locales del pueblo, es decir con sus cabreros, sus pastores, trabajadores, etcétera, para evitar incidentes. Además, no quiero que vean a ninguna mujer de por aquí, para así evitar riñas, por lo que usted debe de preparar todo para que estemos aislados.

—Lo podemos hacer, sí.

—La tercera condición es..., mire, usted debe comprender que trescientos treinta mil pesos no se dan así como así. Es necesario que al coronel le guste mucho la finca; para ello es preciso que yo viva ahí durante seis meses y pueda arreglarla, pulirla y pintarla. Cuando esté lista vendrá a comprarla seguro, porque después de veinte años de representarlo siempre compra lo que le propongo. Tiene una absoluta seguridad en mí.

—¿Y qué me paga usted de renta durante esos seis meses?

—Será al revés, señor Rivera, ¿qué me paga usted a mí? Yo soy viejo y me voy a encerrar medio año en este rincón del mundo sin contacto exterior. Estaré al frente de cincuenta o más vagos salvadoreños, porque, guárdeme usted el secreto, señor Rivera, pero son salvadoreños: gente maleante, electoreros y agentes políticos del coronel, que quiere tenerlos aquí en lugar de verlos vagabundear por la capital, darles trabajo y que vivan a sablazos bajo sus costillas, porque los piensa usar políticamente en El Salvador. Pero esto lo tiene que guardar en secreto, porque si se entera la prensa salvadoreña, enemiga de mi coronel, pone una línea sobre nuestra empresa, su venta se pierde y a mí se me evapora mi comisión.

—Pero, señor Bayo, ¿cómo voy a tener mi rancho ocupado sin recibir dinero?

Alberto estaba a punto de decirle que se conformaría con la mitad del tiempo, que era lo que necesitaban, cuando Rivera no pudo resistir la oferta y remató:

—Está bien, acepto. Me pagarán un alquiler simbólico y firmaremos el contrato, por si no me conviniera a mí seguir, que se vayan ustedes a la terminación del contrato de arrendamiento.

Y acto seguido firmaron un contrato por seis meses a cien pesos mensuales.

—Todos los días voy a meter hombres que vayan a buscar agua a las montañas, y si la encuentran, puede usted contar con la compra al instante.

—Muy bien, les diré en donde la tierra es más húmeda, a ver si dan con algo.

De vuelta en la ciudad pasó a ver a Fidel. Tomó asiento frente a la mesa que funcionaba también como escritorio, y con una taza de café le relató la fantástica historia que le acababa de contar al dueño de la finca perfecta. Fidel no podía creer lo que escuchaba.

—Es usted un genio, general —decía con una sonrisa que no podía contener—. Gracias a su poder de convencimiento nos vamos a ahorrar una pequeña fortuna en los meses que durará el entrenamiento. Se está ganando usted el cielo.

Chocaron sus tazas y siguieron riendo durante un rato, un tanto incrédulos de lo que se había logrado. Parecía que las estrellas se alineaban en su favor.

—En el pueblo de Chalco me encontré con una historia que te va a gustar —dijo después Alberto—. Hace casi cien años, dicen que en 1869, fusilaron ahí a un agrarista-socialista que llamó a todos los oprimidos y pobres de México a levantarse en armas. Uno de los viejos del pueblo estaba muy bien informado. Me contó de una escuela llamada Moderna y Libre en donde enseñaban socialismo utópico.

—¿Y crees que sea cierto?

—Pues no tienen por qué mentirme. Eso sería tener mucha imaginación. Julio López Chávez me dijeron que se llamaba, y quería que se repartieran las haciendas entre los campesinos explotados. Décadas antes de la revolución.

—Esa tiene que ser una señal, ¿no le parece, general?

—Es lo mismo que pensé.

Fidel puso la mano en su hombro y le dio una palmada: todo encajaba.

Al día siguiente, el engranaje para dejar los departamentos y las casas que funcionaban como campamentos empezó a girar en función de la mudanza a las montañas, para también dar cabida a los que seguían llegando y que tenían que comenzar desde abajo. Aprovecharían la operación para aceitar su capacidad de reacción, la mudanza sería un simulacro de movimientos militares, limitados por los tres o cuatro vehículos con los que podían contar. Cada día que pasaba los acercaba más al ideal militar al que Alberto quería llevarlos.

Ernesto cruzó el umbral de la puerta con la cara desencajada. Aún se dividía entre su responsabilidad como padre y el compromiso revolucionario, y la noticia que traía ese día no era una cosa menor. Llamó a Hilda y ella le contestó desde el baño, en donde estaba bañando a la pequeña Mao, así que se olvidó de lo que tenía que decirle y se les unió. Terminó de lavarle el pelo cuidando que la espuma no tocara los ojos, sacó una toalla y la envolvió como taco, Hilda le puso el pañal y entre los dos la vistieron para dormir. Ernesto la cargó durante un rato para dormirla con sus movimientos y palmadas en la espalda, la acostó en la cuna y se quedó mirándola.

—Ven para acá —le dijo Hilda desde la sala.

—Es que no se duerme.

—Si te quedas ahí no se va a dormir nunca.

Cada vez que se empezaba a alejar la pequeña Mao rompía en llanto.

—¿Viste? No me deja ir.

Hilda entró de nuevo en la habitación, la cargó y con la otra mano empujó a Ernesto hasta que lo sacó, luego cerró la puerta, cantó una canción de cuna y la meció en sus brazos. Cuando se calmó volvió a dejarla en la cuna, apagó la luz, salió del cuarto y cerró la puerta.

—Tienes que dejarla con decisión, si no es muy difícil que se duerma, y menos contigo, que nunca te ve. Te extraña mucho, ¿sabes?

Él bajó los ojos y se llevó la mano a la nuca, nervioso por sus siguientes palabras.

—Y me va a extrañar más.

Hilda lo miró con los ojos bien abiertos.

—Me tengo que ir al campo como parte del entrenamiento.

Ella tomó asiento en una de las sillas del comedor y él la siguió.

—¿Por cuánto tiempo?

—No sé. Fidel dice que de dos a tres meses, pero nada es seguro. Che, habla de hacer el desembarco el 26 de julio para que coincida con el ataque al Moncada, pero creo que es imposible. No tiene claro todavía en qué barco, y hasta piensa en la posibilidad de un avión piloteado por Alberto, el hijo del general Bayo, pero eso lo veo más difícil.

Hilda se llevó las manos a la cara y dejó salir un gran suspiro.

—Cómo me gustaría poder acompañarlos.

—Yo sé, pero en el campamento no va a haber una sola mujer, y vos tenés muchas responsabilidades.

—Lo sé, pero de todas formas me dan ganas.

—Voy a sufrir lejos de esa criatura, lo sabés, ¿no?

—Sí, también eso lo sé.

Se tomaron de la mano y se vieron a los ojos.

—Me comunicaré con vos lo más que pueda. Si alguien pregunta en dónde estoy, vos decís que en Veracruz, en una investigación de alergias.

—Listo.

Uno de los días temidos al fin había llegado. No era una partida definitiva, pero era el inicio de un viaje sin final; una primera despedida que traería otras. Se abrazaron con fuerza antes de levantarse a preparar algo de cenar, ambos con los ojos casi cerrados del cansancio que traían a cuestas.

Organizaron el traslado en forma escalonada en varios autos. Fidel dejó a Alberto como encargado de la instrucción militar y a Ernesto como jefe de personal, por ser el alumno más sobresaliente. Su dedicación a los entrenamientos, al estudio y a la observación no tenían parangón; su curiosidad lo llevaba a preguntar más que ningún otro y obligaba a Alberto a ampliar sus enseñanzas. Su cultura era también motivo de elogio. Para Fidel no tenía importancia que no fuera cubano.

La casa tenía una sala, un pequeño comedor, dos habitaciones y un baño, y atrás había un cuarto amplio que servía de establo. Se acomodaron como pudieron y enseguida acondicionaron las instalaciones para su estancia, empezando por la matanza de miles de moscas que tenían la casa tomada debido a la leche de cabra usada para la producción de queso. Mientras unos empuñaban los matamoscas otros trataban de limpiar un pozo de agua y otros más construían letrinas.

Todos dormían en el suelo, excepto Alberto, que lo hacía en una cama vieja e incómoda, incluso cuando llegaba Fidel a inspeccionar.

—Toma la cama, Fidel —le decía Alberto en reconocimiento de su categoría de jefe.

—La cama es para usted, general.

La diana era a las cinco de la mañana, luego arrancaban con la limpieza del local y el aseo individual y de ahí a los ejercicios militares: arme y desarme de los distintos fusiles, lanzado de granadas y defensa personal. Durante el día había prácticas de tiro, concurso de lanzamiento de bombas molotov y clases teóricas. Tenían un horario rígido que no permitía descanso y culminaba con las marchas nocturnas por las montañas cargando armas, una dotación de doscientos cincuenta tiros por persona, la cantimplora y una mochila, trayectos que formaban la columna vertebral del entrenamiento.

—Si andamos más que los soldados batistianos jamás lograrán cogernos. También habrá ocasiones en que sea necesario reunirse con otra unidad a una hora determinada, o efectuar un ataque, y para eso hay que tener condición —decía Alberto.

Partían a las ocho de la noche y las primeras caminatas duraron cinco horas, después se fueron extendiendo gradualmente a siete, a nueve, a trece y hasta a quince horas, con una brújula para guiarse y con un descanso de diez minutos cada dos horas. Quien no levantara bien los pies podía caer y rodar ladera abajo por culpa de piedras o de ramas caídas. Hablar y fumar estaba prohibido, los grupos eran de siete a diez guerrilleros y cada noche cambiaban de guía.

Al final de la jornada, Ernesto escribía partes de guerra destinados a Fidel, en los cuales detallaba las actividades realizadas, a veces con la colaboración de Alberto. Cuando tenían tiempo ambos disputaban intensas partidas de ajedrez. Juntos procuraban darle vueltas de tuerca a las prácticas para hacerlo cada vez más difícil, ungidos con la responsabilidad de preparar a una tropa que se enfrentaría a un ejército más grande y mejor entrenado. En sus manos estaba la posibilidad de perder vidas o ganar la revolución. En el poco tiempo que sobraba por todo lo que hacían durante el día, Ernesto no paraba de hacerle preguntas a Alberto. Lo trataba como su mentor además de asumirse como un subalterno; cuando era necesario hablaban sobre el resto de la tropa, de los sobresalientes y de los rezagados.

A sus sesenta y cinco años Alberto no iba a las marchas; como quería ser parte de la expedición y estaba un poco pasado de peso se dio a la tarea de hacer la dieta más extrema posible. Solo tomó agua durante veinticuatro días, una proeza que había hecho en Costa Rica en el 48 para luchar contra Somoza. En esa ocasión lo hizo durante veintiocho jornadas completas.

—El diario de operaciones debe llenarse cada quince días aproximadamente, y debe estar completo y legible para que no haya lío entre los oficiales —dijo Alberto en una de sus clases—. Lo deben hacer los oficiales o los heridos y enfermos, en caso de que haya; hay que incluir los hechos de armas con las fechas correspondientes y tenerlos en cuenta para los eventuales ascensos y recompensas; debe estar firmado por el jefe de unidad —concluyó.

Había labores de cocina y de guardias de día y de noche, como parte de una rutina de rotación diaria. A veces Alberto les contaba sobre sus escaramuzas en la guerra contra los moros, de cómo aquella fuerza menor derrotó al ejército español mediante la guerra de guerrillas.

No hubo incidentes de alcohol o de mujeres, pero se dio el caso de que un miembro se negó a llevar a cabo las agotadoras marchas y fue juzgado frente a sus compañeros, con Raúl como fiscal y Fidel y Alberto como jueces. No podían permitirse una insubordinación en la cadena de mando, o la falta de disciplina podría perjudicarlos durante la batalla: era esencial que se respetase. Aunque en el juicio se manejó la pena de muerte, la sentencia final fue encerrar al rebelde en un cuarto en la ciudad hasta que todos salieran a Cuba; sin embargo, después de unos días, el hombre tomó la decisión de unirse de nuevo al grupo. De ahí en adelante trabajó más que todos y marchó hasta por quince horas. Fue perdonado. Su problema era que tenía una desviación ósea que después de andar por un rato le provocaba fuertes dolores, pero antes de confesarlo y ser expulsado de la expedición, se aguantó y siguió.

Para elegir el punto en donde harían las prácticas de tiro, Ernesto se llevó a dos voluntarios a explorar las montañas que rodeaban la propiedad. Tenían que encontrar un lugar lo suficientemente alejado para que no se escucharan los tiros fuera del diámetro de los terrenos del rancho; gracias a las marchas tenían ubicados varios espacios posibles. Llegaron a un pedazo de bosque tan tupido que a veces costaba trabajo pasar entre dos árboles, en una oscuridad en la que fue difícil encontrar la ruta para cruzar, pero al salir dieron con el claro rodeado de árboles que habían visto desde una de las montañas colindantes, similar a un valle. Tenía la extensión necesaria para realizar las prácticas, solo quedaba hacer pruebas de sonido.

Ernesto se paró en el centro, pegó ambas manos a los lados de la boca para simular un megáfono y gritó:

—¡Cuba!

Como suponía, su voz no rebotaba mucho, casi no había eco. Los árboles alrededor funcionaban como un colchón natural. Uno de los voluntarios se paró a su lado y gritó con más fuerza:

—¡Argentina!

Lo comprobaron. Sin embargo, un tiro con escopeta era otra cosa. Al otro voluntario le tocó caminar hasta el límite del rancho y esperar un par de horas mientras los otros colocaron un blanco y se pusieron a tirar. Se reencontraron en la casa con la certeza de haber dado con la zona indicada: no se escuchaba nada.

Con las caminatas bien establecidas se levantó un campamento con tiendas de campaña en una de las montañas, a unos kilómetros del rancho, que un grupo rotante de guerrilleros debía cuidar por varios días. Era una manera de adaptarse a las condiciones que esperaban vivir en la Sierra Maestra. Siguieron con las marchas de exploración, los ejercicios, las prácticas de tiro y la necesidad de hacer una guardia constante, con una alimentación irregular, expuestos a las inclemencias del tiempo y unas temperaturas que en la noche bajaban de cero. Cuando hacían ejercicios con dinamita u otros explosivos colgaban pedazos de tela blanca como señalamiento y, para trasladar agua y provisiones hasta el campamento, compraron dos burros que bautizaron como Batista y Marta, el dictador y su esposa.

Alberto tenía tan convencido al señor Rivera, que cuando las autoridades le preguntaron lo que sucedía en el rancho les dijo que no había problema, que no estaban haciendo ningún daño, lo que en estricto sentido era totalmente cierto.

En la Ciudad de México varias mujeres trabajaban para confeccionar los uniformes, con María Antonia llevando la batuta y al tanto de las coordenadas del rancho en caso de que la necesitaran, además de recibir a nuevos voluntarios que arrancaban con los ejercicios de Arsacio en el gimnasio de Bucareli, el remo en el lago de Chapultepec, el tiro en el campo de Santa Fe y el adiestramiento táctico en los cerros cercanos, siempre con la idea de las células independientes que nunca debían de juntarse. La organización funcionaba como reloj, cada uno con una labor específica que debía empeñarse en cumplir a cabalidad; de esa forma atajaban cualquier imprevisto a tiempo. Después de la primera tanda en el rancho empezó la rotación, para que quienes estuvieran listos bajaran otra vez a la ciudad a supervisar los entrenamientos de los recién llegados y otros pudieran subir a las montañas a seguir con las prácticas.

En esos días Fidel hizo un viaje relámpago a San José de Costa Rica para ver a un grupo de exiliados cubanos, entrevistarse con altas personalidades del gobierno que se ofrecían a colaborar en la insurrección y renovar su visa de turista en la embajada de México; mientras tanto, en Cuba se llevaba a cabo una recaudación extraordinaria por todas las provincias. La experiencia de Alberto hizo que no se tomara las palabras de los costarricenses demasiado en serio. Cada parte del plan estaba en marcha para que Fidel pudiera cumplir su palabra de llegar a Cuba ese año e iniciar la insurrección, con las distintas piezas acomodándose en el tablero político en donde las quería. Parecía que nada iba a detenerlos.

Entretanto los agentes de Batista les seguían la pista de cerca y la vigilancia era cada vez más notoria. Había rumores de un atentado en contra de Fidel, que nunca dormía en la misma casa por más de dos o tres noches, en constante movimiento a pesar de toda la comunicación que recibía y enviaba por distintos medios. Uno de esos rumores involucraba a dos civiles de nacionalidad cubana que cobrarían diez mil dólares; se presentarían uniformados en una patrulla de la policía, esposarían a Fidel y a quien lo acompañara —sabían que era raro que anduviera solo—, y los desaparecerían. Incluso tenían la firma falsificada de Fidel para, una vez asesinado, enviar una supuesta carta con su nombre desde otro país y así despistar al enemigo. Sin embargo, el trabajo de contraespionaje del movimiento, con adeptos en los rincones más inesperados de las instituciones del régimen, descubrió el plan antes de que se pusiera en acción, lo cual los obligó a estrechar la precaución y la vigilancia. Procuraba salir lo menos posible y cuando lo hacía era en dos autos, evitaba sus lugares cotidianos y siempre andaban armados.

Las condiciones en los dos campamentos perdidos en las montañas llegaron a ser tan extremas que varios guerrilleros estaban a punto de sublevarse. Las marchas y los ejercicios los tenían exhaustos, había poca comida y menos agua; pasaban la noche en una cobija echada sobre la tierra y rodeados de moscas, sin poder descansar mucho. Algunos pensaban que Fidel no estaba enterado de lo que sucedía, y que Alberto y Ernesto eran los culpables del estado en el que estaban viviendo, por desidia o desorganización.

Cuando la guardia en turno llevaba veinticuatro horas sin comer, y barajeaban la posibilidad de bajar al rancho sin permiso, a riesgo de ser acusados de insubordinación, escucharon los dos tiros de fusil que anunciaban la llegada de una patrulla integrada por Ernesto y dos hombres más. Los recibieron con caras largas y Ernesto les dio agua, arroz y frijoles.

—Mirá, vengo con la orden expresa de Fidel de desbaratar el campamento número dos y dejar solamente dos hombres en el campamento número uno —les anunció—. El resto se viene al rancho para esperarlo, llega a la noche.

La orden se ajustaba a los deseos de los conjurados, y durante las dos horas de bajada no se emitió una sola palabra. Ernesto consideraba que si no podían aguantar tales condiciones no podrían soportar las verdaderas condiciones de una batalla, pero no era su papel decirlo. Una parte importante de su puesto era empujarlos a ciertos límites dentro de lo razonable, hacer que su cuerpo y su mente se acostumbraran al terreno para así saber quiénes eran los más aptos, porque no todos harían el viaje. «Si tan solo entendieran que no es una cuestión personal en su contra…», pensaba mientras aplastaba la maleza con cada pisada, con la vista fija en el suelo. En lo que más ocupaba su mente era en concebir maneras de llevar el entrenamiento a nuevos márgenes, muy a pesar de la resistencia de algunos miembros de la tropa.

A las ocho y media estaban todos abajo, sucios de pies a cabeza, con costras de tierra en los pies y barbudos de siete días, cansados y hambrientos.

La camarilla completa se agrupó en un cuarto y poco después llegó Fidel. Algunos tomaron asiento en el suelo, otros estaban de pie, todos formaban un círculo. La penumbra de las velas encendidas formaba figuras fantasmagóricas sobre las paredes blancas; el silencio se cargaba del ambiente de hostilidad que no presagiaba nada bueno. Era la segunda crisis que experimentaban y, como fallar no era una opción, tenían que llegar al fondo del problema. Se hicieron a un lado para que Fidel se colocara en el centro del círculo. Observó a cada uno en silencio y finalmente dijo:

—Esta reunión es para cambiar impresiones, y aquí todos podrán expresar sus quejas y sus ideas.

Alberto movió la cabeza en desaprobación, pero no dijo nada.

El primero en pedir la palabra no logró articular algo coherente. Los nervios y el disgusto lo tenían temblando, con la voz perdida por la emoción y el coraje. Otro se levantó y pintó el cuadro que se vivía en los campamentos como «campos de concentración» y acusó a la dirección de indiferencia.

—Por inhumanos esos campamentos deben desaparecer —dijo.

Otro más se levantó para quejarse de las interminables marchas.

—Y es que además estoy enfermo.

—Si estás enfermo no debiste haber venido al movimiento —dijo Fidel, tajante.

Otros hablaron en el mismo tenor sobre una desventura que tenía como culpable principal a Ernesto, que en su defensa contestó:

—El primer grupo de combatientes soportó esas mismas calamidades sin quejarse.

Después Alberto sentenció:

—Mi opinión es que esta clase de reuniones no deben celebrarse. La estructura militar no es una democracia, aunque nuestro fin sea defenderla. Yo recomiendo que se le ponga fin a esta reunión y que las quejas se eleven por los canales reglamentarios, como debe de ser en cualquier formación militar, incluyendo la guerrilla. Esto es insubordinación.

Pero Fidel continuó con la asamblea hasta que alguien dijo:

—Además el doctor Guevara ni siquiera es cubano.

Varios asintieron y Fidel tomó la palabra.

—Me parece increíble que no vean claramente lo que está frente a sus ojos. La conducta del doctor Guevara es intachable, y me cuesta trabajo creer que no agradezcan que alguien que no nació en nuestra tierra esté dispuesto a dar su sangre por ella. A todos los que hoy se quejan les pido que tengan en mente nuestra meta última, y que sepan que el camino será duro, mucho más duro que las condiciones en los dos campamentos a unas horas de aquí. Si les cuesta trabajo quizá no estén preparados para las privaciones y los sacrificios que vendrán después, porque esto que a muchos les parece inhumano es un juego de niños en comparación con lo que las fuerzas batistianas nos van a querer hacer. Que no les quepa duda: habrá dolor, habrá lágrimas, habrá sangre y habrá muerte; aquí solo hay un poco de dolor producto del hambre y del cansancio, pero nadie los está torturando. Si eligieron la senda del guerrillero deben aprender a caminar en ella, soportar lo que les llegue y seguir adelante, sin echarle la culpa al jefe de personal, que solo está cumpliendo con el deber de prepararlos para la guerra, preparándose él también. Acepté que se convocara a esta reunión porque aquí todos somos compañeros, pero ya conocen la opinión de quien sí sabe lo que es una guerra. Su confianza en el general Bayo debe de ser total; él sacrifica su tiempo para transmitirnos las enseñanzas de toda una vida al lado del fusil. Señores, no estamos aquí para estar cómodos, sino en preparación de unas circunstancias tan extremas que aún no pueden ni imaginar. Piensen bien lo que quieren y no dejen de mirar el objetivo, que es la meta más grande a la que puede aspirar el ser humano: la liberación de un pueblo, su pueblo, el pueblo de Cuba.

Sus palabras no lograron aliviar el dolor que le provocó a Ernesto la impugnación, en el papel de jefe solo por cumplir una orden, sin ninguna ambición por el poder, pero decidió callar sus sentimientos y seguir adelante. Alberto más bien se molestó por esa convocatoria, furioso con la tropa que se atrevió a cuestionar a la dirigencia. Su intención era protegerlos del fracaso que había presenciado tantas veces antes; sería una lástima que después de meses de buenos resultados las cosas se vinieran abajo por un motín, que pudo haber pasado por darles voz a los insatisfechos en frente de todos. Eso era justo lo que no se debía hacer en una situación así, aunque Fidel creyera que era la mejor manera de mantener los ánimos del grupo. Escuchó con atención a Alberto y prometió no volver a hacerlo. Confiaba tanto en sus propias palabras que tenía previsto el desenlace de la reunión, pero ese no era el punto. Si Alberto tenía razón, lo más importante era respetar la cadena de mando porque, además, él no siempre estaría disponible para apagar el fuego con su pura labia.

Para aligerar la situación, con la idea de que los entrenamientos no lo eran todo y que necesitaba a la gente entera para la verdadera pelea, ordenó que algunos de los más extenuados tomaran días de descanso en la Ciudad de México, en una casa ubicada en la calle de Kepler número 26, en la colonia Chapultepec Morales. La tarde del miércoles 20 de junio pasó a visitarlos para checar el estado de salud de uno que salió enfermo del rancho, y contempló la opción de mudarlo a casa de María Antonia como último recurso, aunque era preferible que ese lugar se mantuviera al margen del resto de las células. A fin de cuentas, era el responsable de todos ellos; parte de su labor era velar por el bienestar de esas personas y no podía darse el lujo de que una enfermedad que pudo haber sido curada a tiempo se saliera de las manos. Tampoco podía recurrir a Ernesto, inmerso en las montañas. Estaba en esa encrucijada cuando otro de ellos estacionó un auto cerca de la casa y entró alarmado antes de que pasara una patrulla a poca velocidad. Se agacharon, unos se pegaron a las paredes y desenfundaron armas, y vieron que agentes de la policía se bajaban a revisar el Oldsmobile 42 recién estacionado.

Fidel ordenó separarse en grupos. Dos de ellos tomaron el Packard 51 que solía usar él y huyeron hacia el Monumento a la Revolución, pero fueron arrestados en cuanto bajaron del auto; dos más fueron detenidos en la esquina de Kepler y Copérnico, en un esfuerzo por despistar para que Fidel lograra fugarse. Este enfiló hacia Mariano Escobedo con dos acompañantes, uno detrás de otro, con una distancia considerable entre sí y Fidel en medio; los tres armados con ametralladoras ocultas en sus abrigos. El de adelante vio a dos hombres que no parecían sospechosos, pero al acercarse lo tomaron por los lados y un tercero lo desarmó por la espalda, lo tiraron al suelo y lo metieron a un auto. El acompañante que iba atrás, al llegar a la esquina, fue cercado por varios vehículos que lo iluminaron con las luces altas; lo inmovilizaron y lo detuvieron. Fidel siguió por una calle transversal hasta llegar al sitio de un edificio en construcción, creyendo que sus compañeros estaban todavía cerca. Vio un auto sospechoso acercarse despacio, se escondió detrás de una columna y analizó las posibilidades que tenía para escapar. No iba a dejarse capturar por unos agentes que estaba seguro venían de parte de Batista; para eso contaba con los treinta tiros que tenía en la ametralladora, pero al momento de querer tomarla por el mango sintió el cañón de una pistola en el cuello. Se rindió. En cuestión de segundos lo desarmaron y lo subieron a un auto en el que estaban sus dos acompañantes. Salieron de allí a toda velocidad, cuando el cielo se apagaba y las luces comenzaban a iluminar una ciudad crispada. Al fin habían dado con él.

13

Sentados en la parte trasera del vehículo, la primera instrucción de Fidel a sus hombres fue que guardaran silencio y lo dejaran hablar a él, ya que no sabía aún en manos de quién estaban. Si eran esbirros de Batista les esperaba lo peor: quizá serían torturados para sacarles información, y de ninguna manera sobrevivirían, pero había algo en la manera de tratarlos que les decía que ese no era el caso. Si fueran los yanquis su suerte sería bastante más incierta, y lo más que podían esperar era haber caído en las garras de la justicia mexicana, con la que no tenían nada en contra. Los llevaron a un parque oscuro a las afueras de la ciudad, donde los interrogaron y amenazaron creyendo que eran miembros del crimen organizado.

—Lo único que puedo decirles es que no somos criminales, somos gente decente —dijo Fidel—. Ya se enterarán de quiénes somos.

Fidel y sus hombres se mantuvieron en silencio ante el interrogatorio al que fueron sometidos; luego fueron conducidos a las oficinas de la Dirección Federal de Seguridad, frente al Monumento a la Revolución, donde nuevamente fueron interrogados durante toda la noche, en calidad de detenidos y como miembros del movimiento. No los dejaban hablar entre ellos y estaban esposados. Sus miradas combinaban el miedo con la desilusión: quizá todo había terminado. El sueño de la revolución se acababa antes de siquiera haber comenzado. En el bolso superior del saco de Fidel encontraron un papel con el número telefónico de una de las casas que más armas guardaba. A las doce de la noche llegó el jefe de control de la dependencia, Fernando Gutiérrez Barrios, a interrogarlo personalmente.

—Necesito que me diga quiénes son y qué están haciendo en México.

—No tengo ningún dato que ofrecerle —contestó Fidel. Lo único que podía hacer en esos momentos era comprar tiempo para que quienes seguían fuera se protegieran.

—Si no me dice lo voy a averiguar por mi cuenta, solo me va a hacer trabajar más.

—No tengo nada que decirle.

Dos hechos sucedieron paralelamente: el Packard 51 cayó en manos de la policía y se abrió la comunicación con el Servicio de Inteligencia Militar de Batista. Los papeles que encontraron en el auto dieron varias pistas; entre ellas estaba el mapa que conducía al rancho, mientras que el SIM les confirmó que habían capturado a una célula revolucionaria cubana. Eran las dos piezas que necesitaban para armar el rompecabezas de lo que sin querer habían descubierto.

El nuevo designio de Batista consistía en frustrar las actividades de los revolucionarios por medio de las agencias de seguridad mexicanas. La embajada era el centro de encuentro de los agentes del servicio secreto, que no escatimaban a la hora de sobornar a diversas autoridades para que persiguieran a los exiliados; aunque parecía que la detención estaba relacionada con la persecución de Batista, lo cierto fue que los agentes habían visto un auto sospechoso y pensaron que habían dado con un grupo de delincuentes comunes. Hasta entonces no tenían datos concretos en la Federal de Seguridad sobre la presencia de cubanos revolucionarios en México. Dentro de todo corrieron con suerte.

Al día siguiente agentes de la Federal de Seguridad tocaron la puerta de María Antonia y comenzaron un registro minucioso: dieron con una pistola calibre 45 y veintinueve pasaportes de miembros del movimiento. Detuvieron a quienes se encontraron a su paso, a la dueña de la casa y a una mujer que estaba de visita. Por los documentos sustraídos del Packard y del departamento de Emparán 49, los agentes se hicieron una idea bastante clara sobre la labor del grupo, con nombres y apellidos de buena parte de los conspiradores, así como las fechas de entrada a México. Con esta información los agentes podrían ejercer presión durante los interrogatorios, dadas las numerosas leyes que los detenidos habían violado.

Tomaron huellas dactilares y fotografías para fichar a los detenidos, mientras la noticia del arresto de Fidel corría entre los cubanos que se habían salvado de los dos allanamientos. Para alertar a los del rancho fueron a casa del hijo de Alberto, que tenía auto y conocía la ruta, y se dirigieron a uno de los campamentos para avisar a Raúl. La movilización fue inmediata: bajaron todos a la casa, metieron las armas y los libros en el par de vehículos con los que contaban y la mayoría del grupo, incluido Ernesto, se quedó a esperar órdenes. Raúl, Alberto y su hijo regresaron a la ciudad con el cargamento que debían esconder, y recorrieron las casas-campamentos que aún no habían sido descubiertas y el hotel Galveston, para avisar de lo sucedido a quienes encontraban allí. Alberto y su hijo también fueron al campo de tiro en Santa Fe a recoger varios fusiles de mira telescópica para guardarlos en un departamento neutral. La alerta roja hacía que sus movimientos fueran lo más precisos posibles, en un intento por adelantarse a las autoridades para que la empresa no se derrumbara. A Alberto se le ocurrió que el de la mala suerte podía ser él.

En medio de la agitación seguían llegando de Cuba miembros del movimiento, sin saber que caerían en manos de una intensa investigación policiaca. Unos fueron recibidos por Arsacio y otros, al llegar al departamento de María Antonia y enterarse de las detenciones, se refugiaron en el hotel más cercano y salían a recorrer la ciudad con la famélica esperanza de encontrarse con alguno de sus compañeros, en una de las urbes más grandes del mundo.

Fidel sintió alivio al comprobar que esa rama de las autoridades mexicanas no estaba coludida con Batista, aunque suponía que los avances de la investigación y la suma de detenidos podían ser la estocada que terminara con la expedición. El gran peligro era que los juzgaran y que los metieran a una cárcel mexicana por años, sobre todo a él, y que el momento para hacer la revolución se pasara de largo, todo por el azaroso olfato de unos agentes policiacos en busca de bandidos. Debía fraguar una manera de acercarse al alto mando y ponerlo de su lado; para lograrlo tendría que usar sus más profundas dotes de encantador de serpientes, dispuesto incluso a hacer un pacto con el diablo si fuera necesario.

El sábado 23 de junio la prensa publicó la primera nota sobre la detención, bajo el titular del periódico *Excélsior*: «Siete comunistas cubanos presos aquí, por conspirar contra Batista; recogen armas». La nota mencionaba a Vicente Lombardo Toledano, líder comunista, como uno de sus principales contactos en México, lo que hacía suponer que la embajada cubana estaba aliada con la prensa, porque ni un solo miembro del movimiento tuvo contacto con los comunistas. Esa no era su ideología. El servicio diplomático cubano se perfilaba para armar una campaña mediática a su medida, filtrando información falsa para mantener a la opinión pública de su lado y de esa forma presionar a las autoridades mexicanas para que hicieran lo que ellos querían.

Después de darle de comer a su hija y acostarla de nuevo en la cuna, Hilda se preparó un café y se dirigió al comedor; al descansar la mirada en uno de los encabezados del diario quedó paralizada. Su primer reflejo fue buscar los nombres de los detenidos, pero no encontró ninguno, en una nota llena de imprecisiones y datos falsos, tan vaga que no pudo llegar a ninguna conclusión certera. Enseguida rastreó las cartas comprometedoras que pudieran tener en su departamento, como uno de los contactos que recibía correspondencia de Fidel; luego revisó papeles y juntó lo que pudiera ser políticamente riesgoso, como resúmenes de libros y notas de Ernesto sobre las medidas que debería tomar un gobierno revolucionario. Hizo un paquete, lo llevó a casa de Laura y le contó lo poco que sabía.

—¿Cómo no me han dicho nada? —preguntó extrañada.

—Me acabo de enterar por el periódico. Tenemos que ser muy discretos. Recurro a usted porque es posible que la policía venga a mi casa, pero no la quiero involucrar más. Si pasa algo le mando decir.

—Sabes que estoy con ustedes, Hilda, para lo que necesiten. No duden en buscarme.

La tomó la mano en signo de agradecimiento y se levantó rápidamente; fue en busca del Patojo y de otro amigo de Ernesto y les advirtió sobre la posibilidad de que cayese el resto, aunque no tenía idea de dónde podían estar.

—Mejor no lleguen a la casa.

—Al contrario, vamos a ir más seguido para estar al tanto de las cosas y poder ayudar. Estás sola con la niña.

Tenía a la adolescente que la ayudaba, pero era demasiado joven para algo más que cuidar a la pequeña Mao. Con los nervios cabalgando a todo galope no podía estar tranquila, pero tampoco sabía qué podía hacer. Condenada a esperar con los brazos cruzados, no le quedó más que consolarse con su hija encima de ella. Aquel día no fue a trabajar.

Alrededor del mediodía, dos hombres vestidos de civiles tocaron a su puerta.

—¿La señora Hilda Gadea?

—No, la señora de Guevara.

—No, esto es Nápoles 40, departamento 5; buscamos a la señorita Hilda Gadea.

—Yo soy Hilda Gadea de Guevara.

—Usted recibe correspondencia.

—Sí, de mi familia del Perú y de la Argentina.

—No, pero le ha llegado un telegrama de otro país.

—No sé, no he recibido nada.

—Entonces nos acompaña para que vea el telegrama, porque es comprometedor y se lo queremos enseñar.

Era uno de los papeles que encontraron en Emparán 49.

—Está bien —contestó Hilda—, pero voy con mi hija, porque tengo una niña de cuatro meses y está lactando. No la puedo abandonar.

Cambiaron miradas entre ellos y uno dijo:

—Entonces por ahora no venga, todavía no, pero no se mueva de su casa. Nosotros le diremos qué procede.

Por la tarde detuvieron al Patojo y al otro amigo.

Hilda llevaba dos semanas de no saber nada de Ernesto. Estaba acostumbrada a breves mensajes por intermediarios, a que alguien viniera por algún libro o por ropa limpia, pero en esa situación no sabía si llegaría o si la mandaría llamar. Era una suerte que su nombre no se hubiera mencionado todavía en la prensa. Bajó a la calle para cerciorarse de que el edificio no estuviera vigilado; no vio nada sospechoso, pero a las siete regresaron los agentes.

—Debe de acompañarnos.

—¿Con la niña?

—Sí.

La llevaron a la Federal de Seguridad y le enseñaron un telegrama de Cuba en el que decía que alguien llegaría para entrevistarse con Alejandro. Ella nunca había visto ese mensaje porque toda la correspondencia que llegaba a su nombre de soltera se la entregaba a Fidel o a Raúl sin abrirla, o se la llevaba Ernesto.

—No conozco ese telegrama.
—¿Quién más vive en su casa?
—Mi esposo, el doctor Ernesto Guevara.
—¿En dónde está?
—En Veracruz —respondió según lo acordado.
—¿En qué parte de Veracruz?
—En un hotel, ustedes pueden averiguar...
—¿Han estado anteriormente ustedes en Veracruz?
—Sí, de paseo.
—¿Y él qué hace allá?
—Investigaciones sobre alergia. Es especialista en alergia y trabaja para el Hospital General.

En los momentos en que la dejaron sola en la oficina tuvo tiempo de pensar en una posible salida. Cuando volvieron les dijo:

—Soy asilada política; quiero que avisen al senador Luis Rodríguez, que amparó mi asilo. Además, estoy con mi hija y esto no es lugar para un bebé. Quiero un abogado y necesito saber de qué se me acusa para poder defenderme.

Se fueron sin responder a sus alegatos, más tarde volvieron y la llevaron a un salón con varios hombres, entre ellos un cubano que admitió haber enviado el telegrama.

—Pero a ella no la conozco.
—Tampoco yo a él —contestó—, y tampoco conozco el texto del telegrama.

A los agentes les costaba trabajo creerle.

—Si no nos dice la verdad la vamos a dejar encerrada.

Hilda mantuvo su postura al tiempo que la amenazaban. Por momentos le hablaban con gentileza, repetían las mismas preguntas o buscaban que ella se equivocara; luego la confrontaban con brusquedad para amedrentarla.

—Usted es una persona inteligente, culta; si no tiene la culpa de nada, diga dónde está su esposo, quiénes la visitan en su casa, todo lo que pueda aclarar su inocencia. Usted debe colaborar con nosotros por su propio bien; así nos demostrará que dice la verdad. Díganos: ¿visitan la casa centroamericanos?

—No, solamente peruanos.

—¿Es usted política?

—Sí, soy aprista; soy Hilda Gadea Acosta de Guevara; fui dirigente estudiantil del Partido Aprista, y me vi obligada a llegar aquí por la persecución que se desató en mi país.

—¿Pertenece a alguna organización actualmente?

—Al comité de exiliados apristas —dijo, y dio el nombre del secretario general para que lo agregaran a las notas que no paraban de tomar.

Siguió reclamando el derecho a un abogado, pero en vez de permitirle una llamada la movieron a una habitación oscura, con su hija en brazos. La luz que se filtraba del pasillo iluminaba una silla y le indicaron que se sentara; sintió la presencia de varias personas y al tomar asiento se encendió una lámpara que solo la alumbraba a ella. No podía distinguir las caras que la rodeaban. La luz dirigida a los ojos la hacía ver manchas azules y fue bombardeada de preguntas encaminadas a desenmascarar una posible infiltración comunista dentro del movimiento. Pensó que alguno de quienes la observaban era de la CIA o del FBI. Como no lograban dar con nada que pudiera probar la hipótesis comunista, le preguntaron cómo conoció a Ernesto.

—En Guatemala.

—Sí, conocemos de las relaciones de ustedes...

—¿Qué relaciones insinúa usted? Éramos novios.

—El doctor Guevara tiene desde hace años relaciones con los rusos.

—Nunca he sabido nada de eso.

—¿A qué se dedican?

—Ya le dije. Ernesto trabaja en el Hospital General y yo en la Organización Mundial de la Salud.

—¿De dónde reciben dinero?

—Yo tengo un buen sueldo y aunque Ernesto gana menos, también le pagan —mintió una vez más. Quizá sus engaños podrían librar a su marido de la cárcel. Los agentes trataban por todos los medios de hacerla caer en contradicciones, pero ella repetía casi textualmente lo que había respondido en preguntas anteriores, hasta que recurrieron a la amenaza de encerrarla por un tiempo muy largo.

—Me tienen que dejar hacer una llamada para pedir un abogado. Soy asilada política.

A las once de la noche terminaron con el interrogatorio. Al salir de la habitación Hilda oyó unas palabras en inglés que corroboraban su teoría de que las autoridades mexicanas no estaban trabajando solas.

—La vamos a llevar a su casa para que descanse, y mañana viene solo a firmar sus declaraciones.

Los mismos que la apresaron la llevaron de vuelta, y le preguntaron:

—¿Cree usted que vendrá su esposo?

—No sé, él acostumbra venir los fines de semana, pero no sé si vendrá hoy.

Se quedaron esperando mientras Hilda pensaba en cómo avisarle a Ernesto que no se apareciera, aunque no sabía por dónde empezar a buscarlo. La incertidumbre le carcomía los huesos. Esa noche durmió en su habitación; la joven se encerró en el estudio y los agentes se acomodaron en el sofá frente a la ventana, desde donde vigilaron la calle durante toda la noche. A las siete de la mañana tocaron la puerta.

—Tiene que acompañarnos a firmar su declaración.

—¿Quieren algo de desayunar?

—No, muchas gracias.

Se cambió de ropa y no le quedó otra alternativa que acompañarlos. La tenían acorralada.

Al llegar se encontró con que no se trataba de firmar nada, sino que estaba otra vez detenida: todo había sido una treta para capturar a su marido. Con hambre y con la necesidad de alimentar a la pequeña Mao, pagó veinte pesos para que le llevaran un litro de leche. Pensó en la suerte que podría correr Ernesto: que lo atraparan o a partir de ese momento tener que mantenerse escondido, aunque estaba de vuelta en la cárcel confiaba en que sería momentáneo. Las autoridades no encontraban nada para verdaderamente incriminarla; además contaba con su hija para que la liberaran lo antes posible, pero por ser la primera vez que se enfrentaba con el sistema de justicia mexicano, nada era seguro. Podían estar en contubernio con Batista, y la CIA o el FBI podían ponerlos como chivos expiatorios en su pugna contra el comunismo. En ese caso terminaría encerrada por mucho tiempo, y con toda seguridad le arrancarían a la pequeña Mao. Las posibilidades se multiplicaban en la mente de Hilda, que no paraba de girar, más inquieta con cada minuto que pasaba.

Siguieron los interrogatorios y varios agentes se turnaban: unos fingían buenos modales y ganas de ayudarla; otros la trataban mal y la amenazaban, pero ella repetía una y otra vez lo mismo.

—Usted se debe de salvar, señora —le decía uno—. No es posible que esté presa con la niña. Cuente todo lo que sepa. Nosotros sabemos que usted no es culpable, sino su esposo; así que diga todo lo que sabe de él, si no, podría quedar presa durante años.

Nada de lo que le dijeran doblegaría su convicción.

Cuando Fidel se enteró de que ella también estaba en esa cárcel la sumó a la lista de presos para los que mandaba comprar el almuerzo a mediodía; así Hilda supo que no estaba sola, que estaban también ellos y que se acordaban de ella. De la manera más extraña y sin su consentimiento había logrado su intención de unirse al grupo.

A las tres de la tarde la llevaron a una oficina en la que estaban Fidel y Gutiérrez Barrios.

—¡Hilda! No es posible —dijo Fidel, y ella fingió que no lo conocía, todo por ayudar a la causa, pero él insistió en sus muestras de amistad.

—No puedo permitir que estés aquí con la niña, así que te ruego que declares que recibías cartas para mí, porque, como soy exiliado político, no tengo un domicilio estable en donde pueda recibir correspondencia. Por eso pedí que venga a tu nombre.

Hilda recapacitó un momento y dijo:

—Solo si tú has hablado con Ernesto.

—No, nosotros estamos en cosas más importantes, así que declaras esto para que salgas porque no puedo permitir que tú y la niña estén sufriendo estas incomodidades y estos peligros.

—Si lo crees conveniente entonces lo hago.

Después de Ernesto el único capaz de incitarla a hablar era Fidel. Firmó la declaración con la aprobación de Gutiérrez Barrios; el Patojo y el otro amigo también quedaron en libertad. Hubiera querido preguntarle a Fidel miles de cosas, imposibles de hablar en ese lugar. Se alejó de la Federal de Seguridad con la misma incertidumbre que antes, en total ignorancia del paradero de Ernesto y aún sin saber en qué podía ser de utilidad. El sentimiento de impotencia la abrumaba, y el Patojo tampoco podía hacer nada más que brindar un poco de apoyo emocional. Ahora era él quien recorría la breve colección de libros de Ernesto, en un remedo de su tiempo de velador en la librería, haciéndole compañía a la mujer y a la hija del amigo que tantas veces sacrificó noches por acompañarlo a él.

Al descifrar el plano de carreteras que encontraron en el Packard, un grupo de agentes hizo el viaje a Chalco y el rancho al fin fue descubierto. Gutiérrez Barrios mandó llamar a Fidel.

—Mire, ya sé dónde está su gente. Evite que nos enfrentemos, porque yo tengo la razón de la ley. No quiero que se derrame sangre.

Contempló el plano y escuchó la descripción del rancho; a Fidel le quedó claro que decía la verdad, así que se ofreció a acompañarlos para evitar una confrontación. Llegó a las seis de la tarde del domingo, y los vigías, entre quienes estaba Ernesto subido a un árbol, dieron gritos de aviso y se alegraron de que estuviera libre, pero al ver el nutrido contingente de policías que salió tras él, tomaron las armas que todavía tenían para defender el rancho.

—Mantengan la disciplina revolucionaria que tantas veces han demostrado —les dijo en un tono de total seriedad—. Desde este momento la policía federal se hará cargo de este lugar, y ustedes se pondrán a su disposición sin oponer resistencia.

Mientras hablaba y los agentes rodeaban el rancho, Ernesto estuvo a punto de huir, pero al escuchar las órdenes de Fidel desistió, sin percatarse de la escapada de Raúl por las montañas. Los rebeldes recogieron algunas de sus pertenencias y el oficial que dirigía la operación ordenó a los trece nuevos prisioneros ponerse en fila para ser trasladados a la estación migratoria de la calle Miguel Schultz, en la colonia San Rafael, un paso anterior a ser deportados según el artículo 33 de la Constitución, a disposición de la Procuraduría General de la República y la Secretaría de Gobernación. Ahí los esperaban los demás detenidos. De los veintitrés encarcelados, La Habana pedía la extradición de todos excepto de Ernesto, sobre quien no tenía autoridad. Alberto y Raúl se habían librado de las fauces de la ley, y seguirían escondidos.

Esa noche Fidel durmió en un pequeño cuarto casi sin luz, totalmente aislado del resto, y a María Antonia la llevaron a una habitación en el segundo piso con otras tres extranjeras, donde tuvo que dormir en el suelo. Al día siguiente todos fueron forzados a declarar sobre su filiación política, la manera en la que entraron al país y sus vínculos con Fidel. También les preguntaron sobre sus actividades, el tipo de entrenamiento y los detalles de su detención. Otro tema recurrente era el número total de integrantes del grupo, los diferentes domicilios con los que contaban y el origen del armamento que les confiscaron, además de su objetivo final, aunque los prisioneros no contestaron ninguna de las preguntas. No aportaron un solo dato que no fuera ya conocido, resguardando así sus planes, el armamento que seguía escondido y la seguridad de los integrantes del movimiento que todavía estaban libres. Mencionaron los campamentos que ya estaban desactivados: Emparán 49, Kepler 26, Avenida México 33, Insurgentes 5 y el rancho de Chalco; sobre las armas confiscadas dijeron que no sabían de dónde habían salido y que las usaban para entrenar, excepto las pistolas que necesitaban como defensa personal dada la cantidad de agentes del servicio de inteligencia cubano que estaban en su contra. A pesar de haber entrado como turistas, todos se consideraron refugiados políticos del régimen cubano, que de tenerlos en sus manos los haría desaparecer. Una cosa quedó clara en sus declaraciones: en México se entrenaban para hacer la revolución en Cuba, sin buscar agredir a la patria que les daba cobijo.

A las ocho de la noche del lunes le tocó declarar a Fidel.

—Considero un deber cívico luchar en contra de la dictadura que impera en mi país. Ante la falta total de garantías, y cerradas las vías legales, el único camino a seguir es su derrocamiento por medio de las armas, tal como lo intentamos hace tres años con el ataque al cuartel Moncada, pero quiero que haya constancia de que nunca pensamos en organizar la revolución tomando como base el territorio mexicano, sino que esperamos el momento oportuno para regresar a Cuba y desde ahí iniciar la lucha.

Reiteró lo que dijeron los demás en cuanto a las armas y los campamentos.

—Técnicamente violamos la ley, pero moral y políticamente no, porque estamos siguiendo una ley histórica. Soy el líder del Movimiento Revolucionario 26 de Julio que se está organizando en Cuba. Es falso que en nuestros planes esté asesinar a Batista, como he oído mencionar, porque no creemos en el tiranicidio, y también es falso que somos comunistas. No tenemos ningún tipo de lazo con esa facción política, ni en Cuba ni en México ni en ninguna otra parte. Batista tiene mucho empacho en acusarnos a nosotros de comunistas, mientras que en 1940 él fue el candidato del Partido Comunista para las elecciones presidenciales, y varios de sus colaboradores son miembros conocidos de ese partido, del cual yo nunca he sido parte.

A Gutiérrez Barrios le impresionó su figura, la solidez de sus principios y su forma intelectualmente seductora de hablar, y para ampliar la convivencia hizo espacio en su agenda y abrió un diálogo que iría más allá de la mera averiguación policial. Hablaban largamente sobre la situación cubana actual y sobre historia en general; ambos disfrutaban de esos encuentros, y el director de la Federal acabó por sentir admiración por un hombre tan convencido de sus ideales. Sus visitas a la estación migratoria se volvieron casi cotidianas y entre las rendijas de esas pláticas surgió algo así como una amistad. En una de aquellas charlas, ya de plano brindándole ayuda al movimiento, dijo creer que había un infiltrado entre sus filas.

—Hay demasiadas coincidencias en los datos que me llegan de la Secretaría de Gobernación; son datos muy concretos de los lugares en donde encontramos armas y a otros revolucionarios como ustedes.

Para Fidel esa era una muestra de la calidad humana de Gutiérrez Barrios y de la relación de respeto mutuo, aunque todavía no estaba seguro de hasta qué punto la policía estaba dispuesta a hacerle el juego al régimen de Batista. Recordó las palabras de Alberto, y pese a que le costaba trabajo creer que alguien dentro de la organización estaba coludido con el régimen cubano, que a su vez le transmitía esa información al gobierno de México, debía de considerarlo como una posibilidad. En lo sucesivo tendrían que ser aún más precavidos y mantenerse alerta para desenmascarar al posible espía; por más que le daba vueltas no tenía la menor idea de quién pudiera ser. Además de esas preocupaciones trataba de entender el funcionamiento kafkiano de la justicia mexicana, que consistía en varias instituciones y agencias que actuaban de forma independiente, sin ninguna comunicación entre ellas, y en la que estaba atrapado a pesar de la cercanía con el director de la Federal de Seguridad. Su suerte ya no dependía de él.

La nota siguió apareciendo en varios diarios de circulación nacional con sus debidas inexactitudes: se mencionaba un arsenal capturado cuando en realidad solo habían encontrado cuatro fusiles y una pistola en el rancho, con dos mil quinientos cartuchos y cincuenta kilos de dinamita, mochilas, cuchillos, machetes, hachas y algunos libros. El verdadero arsenal lo juntó Antonio por instrucción de Raúl. Pasó por todas las casas de seguridad que pudieran estar comprometidas pero que todavía no eran registradas por la policía, y las ocultó en el sótano de su casa en Coyoacán y en los guardarropas de la casa de unos tíos de su esposa.

En la prensa se mencionó a Alberto como uno de los instructores en el rancho.

Para ese momento Carmen estaba al tanto de la situación, y, como siempre, se puso del lado de su esposo, molesta por la mentira sin estar demasiado sorprendida. Ese tipo de aventuras eran parte de su ADN. Les aseguró a los agentes que llegaron a su domicilio en la colonia Country Club que su marido iría a declarar a la mañana siguiente; eso le dio espacio para escapar a las tres de la mañana. Pidió asilo en casa de unos amigos, luego en casa de otros y de otros más; se movía constantemente con la ayuda de un excoronel español que lo transportaba en su auto de un punto a otro, y en cuya casa también vivió. Entre tanta mudanza Alberto le escribió una carta a Gutiérrez Barrios, en la que asumía toda la responsabilidad de lo sucedido, exoneraba a Fidel y a sus compañeros y se ofrecía a entregarse si los dejaba en libertad. «Ustedes deberían simular que nos persiguen, pero en realidad deberían ayudarnos de manera oculta. Lo que ustedes están haciendo no es neutralidad mexicana, sino ayuda directa a salteadores con fortuna como el exsargento Batista». Estas declaraciones de Alberto provocaron que las autoridades intensificaran su búsqueda. Fidel le ordenó por medio de Carmen que se fugara a Cuautla y usara distinta ropa, distintos nombres y distintos accesorios además de los cambios de domicilio cada tres días. Una vez más se deshacía frente a sus narices otro plan revolucionario, esta vez cuidado con las más estrictas medidas de seguridad. Alberto maldijo su suerte, hundido en una tormenta de lamentos y pensando en lo que habían sacrificado, en todas las horas de entrenamiento, en tantos momentos de penuria en aras de una guerra que no se iba a hacer. Quizá estaba predestinado a nunca acariciar el triunfo de un movimiento de liberación.

Los cubanos que no fueron apresados no salían a la calle, escondidos en un departamento sobre la avenida Chapultepec o en el hotel Galveston. Un paso en falso podía hacer que también terminaran en la cárcel.

Una vez que Ernesto formó parte de los prisioneros, estaba claro que debía seguir Hilda: hacer todo lo posible por sacarlo, más aún por no estar en las mismas circunstancias que el resto de sus compañeros. Lo primero que se le ocurrió fue dirigirse a la embajada argentina, en la que el consejero de negocios era un pariente lejano de la familia de Ernesto, cuya primera reacción fue escandalizarse por lo que estaba pasando.

—¿Cómo es posible que un argentino esté metido en eso? Che, debería estar en Argentina.

—Nosotros pensamos distinto.

—¿Cómo distinto? ¿Qué tiene que hacer un argentino metido en un lío cubano, a ver?

—Los sufrimientos y los problemas de Latinoamérica son parte de un mismo tema, en el que estamos involucrados todos.

—Cada país es diferente.

—Bueno, creo que no es momento de discutir la manera en que vemos las cosas. Lo que importa es que un ciudadano argentino está preso, lo pueden maltratar y hacerle pasar hambre y humillaciones.

—Está bien, señora, veré lo que puedo hacer.

Acto seguido, le llevó ropa limpia y comida. La primera semana no la dejaron verlo, pero después pudo ir de visita todos los jueves y los domingos. El día en que al fin la dejaron entrar le entregó a la pequeña Mao al primer cubano que se topó y abrazó a Ernesto como nunca había abrazado a nadie. Además del encierro tenía semanas sin verlo. Estaba más flaco, bien rasurado y con el cabello corto, y al voltear notó que nadie había descuidado su apariencia durante esas semanas de entrenamiento. Él también la estrujó entre sus brazos y le susurró al oído palabras para calmarla.

—Estoy bien, no pasa nada, no te preocupés. —Enseguida le hizo una seña al compañero que tenía a su hija. La cargó y al cerrar los ojos pegó los labios a la frente de la niña por varios minutos. Hilda los abrazó a los dos. Ernesto la contagió con su tranquilidad y después del primer encuentro la situación no le pareció tan grave, al menos en esa etapa. Estaban todos juntos y por lo que podía ver no los maltrataban, podían charlar y leer, recibir visitas y aceptar comida. Entró al galerón donde dormían; vio las camas de metal blanco entre un caos de sillas, mesas de noche, ropa y varios libros. El que Ernesto traía entre manos en esos días era *Cuestiones de leninismo*, un libro escrito por Stalin, sin importarle que la acusación más problemática fuese precisamente la posible filiación comunista del movimiento. De los panoramas posibles ese era el más alentador; sin embargo, un día la policía regresó a su departamento y se llevó todas las cartas personales que habían llegado de Argentina, las de su familia y las que Ernesto escribió para mandarlas más tarde.

—Tiene que ser por órdenes de la policía de Batista —dijo Hilda sentada a su lado.

—Vos sos muy desconfiada —contestó Ernesto mientras mecía en brazos a la pequeña Mao, y Fidel, que ya no estaba aislado, remató:

—Hilda tiene razón, debe de ser la policía de Batista, porque no hay motivos para que hagan un segundo registro. La policía de acá ya lo hizo.

Cuando un amigo de Ernesto quiso sacarlo por medio de un amparo, por ser argentino, Fidel aprobó la idea, pero él se negó.

—De ninguna manera. Yo corro la suerte de los cubanos.

Esos días en cautiverio eran la culminación de la experiencia colectiva que Ernesto vivió con un grupo de personas que hasta hacía poco no conocía, parte de una hermandad que para él era más importante que el individuo, y para la que viviría de ahora en adelante, dejando de lado el yo. Eran el inicio de una transformación de acción y pensamiento que acabaría por darle prioridad a una colectividad en abstracto, cuya versión más concreta eran las células revolucionarias y el grupo con quien compartió una celda en la Ciudad de

México. De aquella experiencia saldría fortalecido y todavía más comprometido que antes.

Los prisioneros padecían actos de torturas que rayaban en lo salvaje; sufrían golpes y desnutrición; los metían boca abajo en tinas de agua fría hasta casi ahogarlos. Eso sucedía en las instalaciones del Primer Escuadrón Montado, conocidas vulgarmente como el Pocito, a donde eran llevados con las cabezas tapadas. Había dos pozos: uno para torturar y otro para enterrar los cadáveres de quienes no sobrevivían. A veces, además del agua, les metían estiércol de caballo en la boca. Esta tortura la padecían sobre todo quienes claramente no eran los líderes.

—No hay duda de que aquí está metido el xx para defender a Batista que representa para ellos el dominio sobre las centrales azucareras y el comercio con la isla —decía Ernesto cambiando de parecer—. A los mexicanos no les puede interesar tanto perseguir a cubanos revolucionarios; ellos acaban de hacer una revolución y saben lo que es tomar las armas. Son esos yanquis «hijos de la chingada», como dicen aquí.

Desde Miami, el expresidente Prío declaró que no tenía ninguna relación con los detenidos, aunque los conocía bien; sin embargo, envió una carta al presidente Ruiz Cortines para evitar que Fidel fuera deportado a Cuba, donde su vida correría peligro, mientras Raúl decidió que todos los integrantes del movimiento que aún estaban en libertad viajaran al puerto de Veracruz. Empeñaron sus objetos de valor para comprar los pasajes y de esa forma salieron de una ciudad que los perseguía por cualquier grieta, que ya no los dejaba respirar, y poco a poco reanudaron los entrenamientos y consiguieron otras casas que funcionaban como campamento, como antes lo hicieron en la capital.

Raúl se quedó para organizar la defensa legal de los detenidos. Contrató a dos abogados que con un amparo lograron que un juez accediera a dejarlos en libertad, pero la

Secretaría de Gobernación se negó a acatar la orden judicial, con la intención de que el caso llegara a instancias de un juez federal.

A Fidel le permitieron dar entrevistas en el patio de la estación migratoria, charlar con cualquier visita y escribir artículos que saldrían publicados en Cuba y en medios mexicanos. Vestido con un traje y una corbata que le prestó el hijo de Alberto, bien rasurado excepto por el bigote, su postura nunca dejó de ser la del dirigente de un movimiento popular. Daba la impresión de ser un hombre noble, sereno y lleno de confianza que sobresalía entre sus compañeros allí detenidos. En cambio, aunque Ernesto era solo dos años menor, parecía mucho más joven, y era impensable verlo de traje y corbata. Defendía las ideas en las que creía, pero no era el líder que daba la cara al mundo, sino un soldado al servicio de una causa; en ese momento la tarea era aguantar el tiempo que fuese necesario. Su apariencia le tenía sin cuidado.

En los diarios *Novedades* y *Excélsior* se desató una oleada de información sobre el caso, la mayoría poco veraz, con hechos inventados o posturas que el gobierno cubano quería contagiar a la opinión pública, por medio de sobornos a miembros de la prensa y a algunas autoridades; sin embargo, también había datos verídicos y voces en favor de los detenidos. Fidel publicó una declaración en la que explicaba en seis breves puntos la situación en la que estaban. Una cascada de cartas inundó los periódicos, la mayoría en defensa de los apresados y algunas en contra; más tarde una carta de los integrantes del movimiento que no estaban presos tuvo el mismo efecto. En aquellos días Laura se convirtió en una de las principales promotoras de su liberación.

En el trajín de la persecución lograron capturar a Antonio, que al fingir no conocer al cubano que estaba siendo torturado en el Pocito, y luego de dar una *mordida,* fue dejado en libertad.

Si la policía hubiera encontrado las armas guardadas en su casa, su suerte habría sido distinta.

Las telarañas burocráticas en las que estaban metidos los abogados defensores partían del estira y afloja entre el poder judicial y la Secretaría de Gobernación, que no se ponían de acuerdo, una institución ordenaba la liberación y otra la negaba; así la vida en la estación migratoria se alargaba. Comenzaron una huelga de hambre, retomaron los círculos de estudio y la lectura y jugaban pelota y ajedrez, en el que Ernesto presumía su capacidad de recordar de memoria ambas posiciones para jugar de espaldas al tablero. Con toda paciencia se podía sentar con algún compañero interesado en aprender el movimiento de las piezas y las reglas básicas, o jugaba partidas con los principiantes sin su dama. Las asperezas del rancho quedaban atrás. A veces, al final de un domingo de visita se unían todos en el patio para cantar el himno nacional cubano y la Marcha del 26 de Julio, rodeados de familiares y amigos.

La Procuraduría mandó a varios oficiales del Ministerio Público para llevar a cabo los interrogatorios finales, acompañados de secretarias y máquinas de escribir; entre todos, el de Ernesto fue el más sorprendente. Hizo suya la responsabilidad del alquiler del rancho y aceptó que Hilda recibió correspondencia a nombre de Fidel; ante la pregunta de si tenía relaciones con los rusos, respondió que tenía vínculos con el Instituto de Intercambio Cultural Mexicano-Ruso para aprender el idioma, porque pensaba hacer un viaje allá.

—¿Y esta tarjeta? —preguntó un agente, mostrándole la tarjeta de presentación de Nikolai Leonov, un funcionario de la embajada que meses antes le había prestado un par de novelas. Fue lo poco que pudieron rescatar de la inspección de su departamento. Para los agentes esa era la prueba que corroboraba sus lazos con la Unión Soviética.

—Solo me prestó libros de autores rusos que no se encuentran acá.

—¿Qué autores?

—Chapáyev y Ostrovski.

—Ese cuento no te lo cree nadie.

—Es la verdad —contestó, y era cierto, pero entendía que pudiera parecer inverosímil.

—¿Es usted comunista?

—No soy comunista militante, pero sí soy marxista-leninista. He leído la filosofía marxista y estoy completamente de acuerdo con ella, aunque creo que no ha sido comprendida bien en la Unión Soviética. Hay errores de interpretación.

—¿Y qué hay de los valores democráticos?

—Tanto Marx como Lenin estaban de acuerdo con la democracia, pero para que exista una verdadera democracia, y no un control por otros medios que aparentan ser democráticos, necesita haber un pueblo educado. De lo contrario todo se cae.

—Y usted cree en todo lo que dicen Marx y Lenin.

—De hecho, de lo que Lenin se dio cuenta es de que las ideas de Marx y Engels, aunque brillantes, resultaron ser solo una aproximación en relación a lo que se tiene que hacer al triunfo de una revolución. Con la teoría revolucionaria estaba todo bien, pero a la hora de crear el Estado socialista se encontró con que tenía que experimentar con muchos factores que antes no se habían tomado en consideración en forma teórica. Un quilombo lo de la Unión Soviética.

—Entonces usted no cree en la libertad.

—Al revés. Porque creo en la libertad lucho en contra del capitalismo que esclaviza.

—No sabe lo que dice.

—Sos vos el que no ha leído mucho. Mirá, creo que es necesario que exista un partido único dirigente de las masas obreras, un partido que aun con el advenimiento de la dictadura del proletariado debería subsistir hasta que se consolide ese poder, porque si los trabajadores no se unen, si la base que conforma un país no lucha hombro con hombro, siempre ganarán los de arriba, los dueños de los medios de producción, que lo único que quieren es ampliar sus fortunas a expensas del proletariado. El problema con los bolcheviques fue que heredaron las deformaciones burocráticas de la era zarista porque no destruyeron ese viejo aparato de Estado, sino que todo lo construyeron sobre eso.

—El capitalismo está basado en la libertad.

—No, el capitalismo está basado en la plusvalía, y la plusvalía es robo: robo al obrero. Es una esclavitud que no se nota tanto.

—¿Se está usted burlando de mí?

—De ninguna manera. Lo que sí le digo es que el régimen imperialista, sea cual sea, desaparecerá de forma violenta, porque en su misma esencia trae el germen de su destrucción.

Al escuchar ese intercambio, Gutiérrez Barrios se detuvo a un lado del funcionario.

—Licenciado, evite esta situación, porque no tiene sentido. No se trata de una discusión filosófica, sino de explicar la presencia ilegal de los cubanos aquí.

Y a regañadientes dejó pasar el tema bajo la mirada impávida de Ernesto.

El informe que resumía las declaraciones concluía que el grupo debía de responder a varios cargos, principalmente a la violación de las leyes de población y al acopio de armas, y comprobar que no tenían ningún vínculo con los comunistas, nacionales o extranjeros. La huelga de hambre dio resultado: el 9 de julio veinte de ellos fueron puestos en libertad, bajo el argumento de que sus permisos estaban dentro del plazo que otorgaba la ley para permanecer como turistas, pero era una libertad condicionada a que salieran del país tan pronto como pudieran. Mientras tanto estarían vigilados y tendrían que reportarse regularmente al departamento de migración. El cruce de mensajes institucionales era una prueba más de la esquizofrenia que sufría la vida burocrática mexicana.

Solo cuatro de ellos seguirían detenidos, entre los que estaban Fidel y Ernesto, con la excusa del vencimiento de sus documentos migratorios, aunque los abogados defensores probaron que estaban en regla. Una vez más fueron sometidos a interrogatorios, recibían visitas, leían y jugaban ajedrez, de acuerdo con la rutina que imponían los muros que los contenían. En esos días, en el tablero de ataque a las fuerzas enemigas Fidel estaba varias jugadas adelante, ya que la deportación estaba prácticamente descartada. Su principal preocupación era que el retraso podía hacer que incumpliera la promesa de llegar a Cuba ese año. La palabra empeñada era para él una cuestión vital, por eso tuvo que tragarse el orgullo para enviarle una carta a Prío en la que le pedía un préstamo de cincuenta mil dólares para que sirvieran como acelerador, pues su credibilidad y la del movimiento estaban en juego.

En La Habana se unieron varias organizaciones para acudir en masa a la embajada de México a pedir la liberación de Fidel, entre las que estaban el Movimiento 26 de Julio, las Brigadas Juveniles, la Federación Estudiantil Universitaria y el Frente Cívico de Mujeres Martianas, pero al llegar se encontraron con un cerco policiaco. Algunos lograron entrar, otros fueron perseguidos y veintiséis de ellos acabaron en la cárcel y fueron liberados al día siguiente. A la protesta pacífica se le acusó de promover el desorden.

Durante el 130 aniversario del Congreso Anfictiónico de Panamá, originalmente convocado por Simón Bolívar para unir a las emergentes naciones independientes de América, diecinueve jefes de Estado acordaron llevar a cabo una lucha conjunta en contra del comunismo, liderados por Eisenhower y a la que también acudieron Ruiz Cortines y Batista, uno de los tantos dictadores presentes en la reunión, al tiempo que en México volvían a acusar a Fidel de tener nexos con el excandidato a la presidencia por el Partido Popular y conocido socialista. «Nunca le he escrito una carta, ni siquiera he visto en mi vida al señor Lombardo Toledano. Acuso a la embajada cubana de estar tramando toda esta campaña de insidias, intrigas, calumnias y persecuciones contra nosotros, invirtiendo decenas de miles de dólares. A pesar de todo no pasará mucho sin que Cuba alcance la libertad plena», escribió en un mensaje publicado en la prensa para reafirmar su independencia ideológica en medio de una guerra fría que lo convertía en víctima.

14

Cuando en 1929 Gerardo Machado ordenó que todas las escuelas de La Habana mandaran a sus alumnos a darle la bienvenida cargando flores, después de un viaje triunfal por territorio yanqui y poco antes de una reelección que violentaba la Constitución, Teresa Casuso, de dieciséis años, rehusó acatar la orden y se quedó en casa. Esa sería su primera afrenta política, en una república en ciernes que estaba siendo devorada por la corrupción y la impunidad. Era el tiempo en que la Universidad de La Habana, la única de la isla, era usada como un brazo más del gobierno, que ponía y quitaba al profesorado como más le convenía y expulsaba a los estudiantes que luchaban en su contra. Desde ahí presenció la caída del dictador, forzado a renunciar por una presión social a punto de transformarse en una revolución, con una masacre en el palacio presidencial y una huelga general de trabajadores; a pesar de su renuncia el pueblo salió a las calles a linchar a los esbirros del régimen caído y a saquear las mansiones de los ricos machadistas. En tres semanas hubo dos presidentes, hasta que los sargentos se revelaron y depusieron a los oficiales de mayor rango para quedar como los mandamases del país, e invitaron al Directorio Estudiantil Universitario a tomar las riendas del poder junto con ellos, con Carlos Prío como uno de sus representantes.

En un paseo por el palacio presidencial al que la llevó Pablo, que era su novio y que también estaba muy involucrado en la organización del nuevo gobierno, Teresa se separó de él y deambuló por los pasillos acompañada de un soldado. Frente a un par de sargentos dormidos en dos sillones franceses supo que uno de ellos se llamaba Fulgencio Batista.

—Él fue el que logró la revuelta —dijo el soldado—. No había dormido en tres días.

Recordó haberlo visto hacía tiempo, en un juicio militar en contra de uno de los amigos de Pablo, cuando Batista era un simple taquígrafo que le dijo que no se preocupara, que lo más probable era que no condenaran al acusado a la pena de muerte, y tuvo razón. Le dieron treinta años en la Isla de Pinos.

Pablo era varios años mayor que Teresa. Se conocieron de chicos en la provincia de Oriente; eran tan afines que antes de que ella tuviera quince años estaban comprometidos, pero él rompió el compromiso al ver que ella no estaba lista. Los padres de Teresa se mudaron a La Habana para que ella pudiera estudiar una carrera; se inclinó por filosofía y letras y por pedagogía. Allí reanudaron su noviazgo hasta que Pablo fue encarcelado por sus actividades políticas, sin juicio de por medio. Cada uno de los quinientos días que estuvo en la Isla de Pinos recibió una carta de Teresa, pues tenía prohibido recibir visitas. Al salir de la cárcel publicó un libro dedicado a ella. Eran una pareja destinada a no separarse nunca.

Tras la rebelión de los sargentos hubo un periodo en el que se intentó instaurar un gobierno plural compuesto por cinco representantes: dos profesores universitarios, el editor de un diario, un independiente y un político limpio de escándalos, pero el experimento fue un fracaso que llevó a Ramón Grau San Martín, uno de los dos profesores de la pentarquía, a la presidencia; Batista fue ascendido a coronel y se hizo cargo de las fuerzas armadas, que pronto impusieron el orden por medio de la fuerza y la barbarie. La universidad volvió a abrir sus puertas y a los pocos meses Grau fue obligado a renunciar. Así empezó la época en que Batista ponía y quitaba presidentes según su conveniencia, sin que nadie pudiera detenerlo, por contar con el apoyo del gobierno yanqui y del ejército.

Una de las principales demandas de los estudiantes era la autonomía universitaria, y en las constantes asambleas en las que se temía que el gobierno volviera a ocupar militarmente las instalaciones, como antes hizo Machado, Teresa emergió como uno de los líderes. El día en que supieron que iba a ser tomada por las autoridades decidieron quedarse, sin armas para defenderse. Soldados y policías rodearon la colina en la que se erguía la universidad y dispararon gas lacrimógeno desde las azoteas de alrededor, mientras ellos se protegían con pañuelos rociados con vinagre. Las tropas se retiraron antes de la medianoche, y, en vez de continuar con el curso escolar, los estudiantes organizaron una huelga para exigir la autonomía. Ante la amenaza de ampliar la huelga al nivel nacional, el gobierno decidió escucharlos. Teresa fue la única mujer entre los ocho miembros del comité de huelga que acudieron al palacio presidencial, donde fueron recibidos como embajadores de un país importante. Era la fuerza que tenía la universidad. Tomaron asiento en una mesa frente al presidente en turno, de un cajón sacó el decreto que otorgaba la autonomía y se lo entregó a Teresa, que salió jubilosa y sin poder creer lo que tenía en las manos: los frutos de una lucha que comenzó doce años antes con Julio Antonio Mella, con muchos muertos de por medio. Ocho mil estudiantes en la universidad gritaban y aplaudían; ella levantó el decreto y se paró sobre una mesa para leerlo, en medio de un silencio absoluto que le dio al acontecimiento la solemnidad que merecía. Fue el día más radiante de su vida.

El cuerpo que gobernaría la universidad estaría compuesto de profesores y alumnos en igual medida; se actualizarían los planes de estudio y la educación sería gratuita para quienes no contaran con recursos suficientes. Teresa y Pablo se casaron en una pequeña ceremonia y se mudaron a un departamento en el que nada más vivieron un mes, dada la constante persecución de cualquier activista por parte de las autoridades, que respetaban la autonomía solo dentro de las instalaciones. La ciudad era un espacio feroz que seguía produciendo muertos, muchos cercanos a ella, quien además de luchar contra el régimen seguía estudiando.

Cualquier grupo reunido despertaba sospechas y era sofocado. La universidad era el único lugar en donde podían juntarse y organizarse, y donde planearon la huelga de marzo de 1935 a la que se unió todo el país, incluso los burócratas. Las ciudades se quedaron sin luz y sin transporte público, en una quietud espeluznante que orilló a Batista a querer fugarse, pero el embajador yanqui lo convenció de quedarse y convenció también al jefe de la policía de que aplastara la huelga usando más violencia, porque ni Batista se atrevía. El terror se desató con una furia inusitada, corrieron ríos de sangre de culpables e inocentes, sin misericordia, hasta que al undécimo día el pueblo no pudo más y cedió. La dictadura se alargaría por otros diez años. La universidad cerró y los principales activistas lograron esconderse durante los días más escabrosos, y cuando el humo de los fusiles se disipó, cuando la sangre en los cuchillos se había secado, se vieron forzados a huir a otro país.

El dolor persiguió a Teresa durante los siguientes veinte años de exilio. La generación de los treinta, de la que ella formaba parte, había sido totalmente erradicada, y ahora estaba hecha de fantasmas. La vida a la que fueron arrojados en Nueva York hizo que Teresa y Pablo sintieran el peso de las interminables jornadas de trabajo, sobre todo en fábricas, donde pasaban hasta once horas diarias. Salían de casa a oscuras y volvían de noche. Después ella pudo tomar un curso en la Universidad de

Columbia y formar el Club José Martí junto con otros exiliados, con quienes editaba un periódico que enviaban de manera clandestina a Cuba, en donde las cárceles estaban llenas y Batista consolidaba su poder poniendo y quitando presidentes, ahora como general del ejército. Inauguró un nuevo Congreso, reabrió la universidad y declaró una amnistía general, en el entendido de que quien quisiera volver lo haría siguiendo las reglas del nuevo régimen militar. Al estallar la Guerra Civil Española, Pablo fue como corresponsal y Teresa volvió a Cuba con sus padres, en lo que veía cómo alcanzarlo allá, pero él no pudo mantenerse al margen. Se unió a la lucha y perdió la vida; ella fundó una asociación de asistencia para niños españoles que con los años fue creciendo, con una delegación en cada pueblo de la isla. Perderlo fue como si le amputaran una parte de su espíritu.

Viajó a México para tratar de publicar una colección de textos de Pablo, que en Cuba estaban prohibidos; conoció a un joven cineasta que le dio el papel principal en su película, hizo otra y conoció a un escritor mexicano con el que se casó, y con quien volvería a Cuba dos años después. El vacío que dejaron los tiempos sangrientos la llenó de nostalgia al ver que la universidad era tomada por grupos de alumnos armados que en vez del idealismo que le tocó a ella se iban por el camino gansteril, como un eco del gobierno que subyugaba al resto de la población. En 1940, impulsado por el Partido Comunista y unas elecciones coaccionadas por el ejército, Batista se convirtió en presidente por primera vez, y para dar una imagen de renovación promulgó una nueva constitución que establecía derechos y protección a los trabajadores, que ponía sobre la mesa todo por lo que Teresa luchó cinco años antes. Las elecciones del 44 fueron limpias, y Grau le ganó al candidato de Batista, pero su gobierno resultó igual o peor que los anteriores, con escandalosos niveles de corrupción y una violencia desaforada entre diversos grupos.

Teresa regresó a México luego de divorciarse; actuó en cuatro películas más, trabajó en un periódico y así se reencontró con Prío, presidente electo de Cuba, en las habitaciones que ocupaba en el castillo de Chapultepec, y retomaron una amistad que surgió en esos turbulentos meses universitarios. La nombró agregada comercial de la embajada en México, un puesto que en los hechos se acercaba más al de agregada cultural y que le permitió viajar por todo el mundo. Prío tuvo que luchar en contra de la corrupción heredada, y aunque él se benefició económicamente de su paso por el Poder Ejecutivo, también creó un tribunal autónomo cuya misión sería erradicar esa misma corrupción, pero la usurpación le pondría freno. El suyo fue un gobierno constructivo que reactivó la industria y la agricultura y creó un Banco Nacional, con una política nacionalista que empezaba a dar frutos, hasta que el diez de marzo del 52 Batista dio el golpe apoyado por los yanquis.

Sin un trabajo fijo, Teresa se dedicó a escribir de tiempo completo artículos, guiones, obras de teatro o novelas; era su forma de lidiar con el constante sentimiento de vacío en la expansiva Ciudad de México. A inicios del 56 montó una obra de teatro con la ayuda de López Mateos, secretario de Trabajo del gobierno en turno y su amigo cercano, que fue un relativo éxito a pesar del costo elevado de la producción. Antes de la última función recibió una carta de Prío que decía: «Te envidio porque mi sueño en la vida era dedicarme a la actuación; si no fuera presidente, hubiera sido actor».

El siguiente proyecto de Teresa fue aislarse del mundo para escribir una novela, sin leer periódicos ni oír el radio. Por las tardes charlaba con Isabel, una chica de dieciocho años que vivía con ella mientras sus padres, españoles republicanos, viajaban por el mundo. Eran buenas amigas pese a la diferencia de edad, Teresa ya pasaba de los cuarenta, y muchas noches las pasaban escuchando discos que traía la joven de la tienda en la que trabajaba. Al terminar el proceso de escritura compró el primer periódico que leía en meses. Entre las notas encontró la del grupo de cubanos encerrados en la estación migratoria. Aprovechó que un fotógrafo amigo de Isabel llamado Néstor Almendros tenía planeado retratarlos y entrevistarlos para la revista *Bohemia*. Así fue como estrechó la mano de Fidel, quien la saludó con afecto sin conocerla, en voz baja y con una expresión suave. Le presentó a Isabel y él a sus camaradas. Fidel notó que varios sabían quién era, ya fuera por su historia personal o por Pablo y sus escritos. Se alejó para escuchar un resumen de su vida y enseguida volvió.

—Nadie que no sea miembro del grupo se ha preocupado por venir —dijo Fidel—. Me siento muy honrado de que hayas venido, con todo lo que simbolizas en Cuba.

También le presentó a Ernesto, que levantó la vista de un ancho libro de medicina para saludar y al que luego se le acercaron las dos Hildas, en un típico domingo de visita en el que todos parecían parte de la misma familia. Los cubanos se acercaban a Teresa para contarle cómo habían llegado ahí, las torturas de la policía y su silencio en los interrogatorios. En sus pláticas pudo ver el origen humilde de todos ellos, su poca educación, en contraste con las ideas de Fidel y de Ernesto, salidas de una cultura ecuménica similar a la suya.

Fidel y Teresa charlaron durante un rato, Néstor se acercó para que sus preguntas dieran inicio a la entrevista y siguieron hablando de manera informal. No hubo una sola indicación para las fotografías, más bien retratos naturalistas con la luz existente, con la sombra de Isabel apareciendo de repente, llena de curiosidad. Era de celebrarse que dos mujeres que ellos no conocían estuvieran ahí.

—Mi casa es tu casa —le dijo a Fidel antes de partir, y le dio su dirección: Sierra Nevada 714, en la colonia Lomas de Chapultepec.

—Gracias, querida Teresa. Muchas gracias por haber venido. Ha sido un placer.

Isabel le lanzó una mirada indiscreta, sonrió, se dio la vuelta y se alejó junto con Néstor.

Al quedar nada más cuatro en la estación migratoria iniciaron una nueva huelga de hambre en paralelo a la defensa legal. Ante el *impasse* de las autoridades, los abogados se acercaron al general Lázaro Cárdenas mediante una mujer que lo conoció en la infancia. Los escuchó con atención, y cuando uno de los abogados le sugirió comunicarse con el Secretario de Gobernación, contestó que hablaría directamente con el presidente.

—No tienen delito. Están luchando por la libertad de su patria. —Fueron las palabras con las que le resumió la situación a Ruiz Cortines, que ya había recibido varios telegramas que pedían la liberación de Fidel: uno de Prío, otro de Raúl Chibás, jefe del Partido del Pueblo Cubano, y el de José Antonio Echeverría, dirigente de la Federación Estudiantil Universitaria, mientras el gobierno de Batista pedía la extradición. La llamada de Cárdenas inclinó la balanza y al día siguiente Fidel salió libre.

—Seguí adelante con los planes, che, no se detengan por culpa mía —le dijo Ernesto al despedirse—. Soy un extranjero ilegal en México y se me imputan una serie de cargos. Dejame aquí; yo luego trataré de ir a pelear desde donde esté. Lo que sí te pido a vos es tratar de que me manden a un país cercano, y no a Argentina.

—Yo no te abandono —contestó Fidel—. Haré todo por sacarte de aquí.

Se dieron un abrazo y a Fidel le dieron dos semanas para salir del país. Hizo un recorrido por varios departamentos, en uno de los cuales estaba Raúl, en otro Lidia y María Antonia; por la noche llegó al de Hilda, pero no recordaba el número interior.

—¡Hilda! ¡Hilda! —gritó desde la calle.

Subió con un acompañante, besó a la pequeña Mao y sin perder tiempo le dijo:

—No te preocupes, vamos a hacer todo lo posible para que Ernesto salga. Trata de conseguir asilo para él, si es posible en El Salvador, de manera que pueda regresar en auto con el hijo de Alberto. Así que no te preocupes.

La dejó con una tarea diplomática que parecía difícil, pero antes decidió esperar porque había rumores de su liberación. Los jueves y domingos en los que iba de visita ponían una frazada en el suelo y se colocaban debajo de una sombrilla para proteger del sol a la pequeña Mao, jugaban con ella hasta que se dormía y Ernesto se perdía en sus gestos; luego él la cargaba y recorría con ella el patio. Más allá de la calidez que significaban esas visitas, eran imprescindibles para romper con la monotonía de la cárcel, por más libros que lo dejaran meter. Estar solo allí encerrado era más difícil que cuando formaba parte de un grupo. Ya no había nadie con quién jugar ajedrez, ni a quién enseñarle. No le quedaba más que esperar con ansia la llegada de su hija.

Poco después de su visita a la estación migratoria, Teresa recibió a Fidel en casa, y hablaron solo de una cosa: la revolución. Era una escéptica que creía que el pueblo cubano había perdido la chispa que podía encender un movimiento como ese, en contraste con el optimismo de Fidel.

—En el momento de la verdad no estaremos solos. La gente se levantará con nosotros.

«¿De verdad lo harán?», pensó al contemplar a ese joven idealista, una vez más implicada en la historia cubana a pesar de su tácita renuncia al mundo de las luchas sociales.

—¿Qué prueba tienes?

—Ahora vivimos de las colectas que se llevan a cabo en los pueblos y en las ciudades de Cuba en apoyo al movimiento, del que esto es solo la punta del *iceberg*. Allá cada vez somos más. Nos están esperando porque el pueblo quiere ser libre, deshacerse de una vez por todas de la tiranía de Batista, y yo no descansaré hasta que eso suceda.

Ese día Fidel le preguntó a Teresa acerca su experiencia de hacía más de veinte años, con hincapié en los personajes históricos de los que siempre había querido saber más. Su pasado se unía al presente de Fidel y al futuro de Cuba, con la fuerza de una racha de viento que buscaba convertirse en huracán. La escuchó en silencio y ella recurrió a sus recuerdos más ocultos, aquellos que guardaba lejos y que habría preferido no evocar, con la esperanza de que su experiencia pudiera servir de algo.

Al día siguiente, Fidel regresó con Teresa a pedirle que guardara algunas cosas; ella, como había quedado, aceptó sin dudarlo, sospechando de lo que se trataba. Por la noche llegaron varios autos cargados de armas y municiones con las que retacaron los guardarropas de las habitaciones, y para que los vecinos no sospecharan, Isabel simuló una fiesta poniendo la música a todo volumen. Cuando terminó la mudanza siguió la charla con Fidel, ya con el volumen bajo, solos por primera vez, hasta que llegó Teresa con la máquina de escribir para teclear el dictado de un artículo que se enviaría a Cuba al día siguiente. Esos momentos que pasó con Isabel fueron el germen de una relación sentimental basada en el coqueteo y la seducción. Fidel llegaba sin avisar a cualquier hora del día, a recoger o guardar armas, o para invitarla a dar un paseo. Teresa veía con recelo ese amorío a hurtadillas para el cual en realidad Fidel no tenía tiempo, debido a la rápida reaparición de las actividades prerrevolucionarias. De una manera u otra él abría un espacio en su agenda para verla o llevarla como acompañante a funciones que podían hacer juntos. Fidel estaba fascinado por la belleza de una joven carismática que lo veía a él como a una celebridad.

Los revolucionarios tomaron fuertes medidas para evadir la vigilancia de la policía que los tenía identificados; dejaron los lugares ya expuestos y rentaron otros en la capital. Barajearon la posibilidad de conseguir casas en Mérida para acercarse por tierra a la isla, pero tres que se habían lanzado de avanzada fueron arrestados en la carretera por transportar armas. Acabaron en manos de la Policía Judicial de Mérida, y la prensa especuló sobre las posibles conexiones con Fidel, aunque, en los interrogatorios, los detenidos negaron cualquier vínculo. Para que no los relacionaran con el movimiento, los abogados que llevaron la defensa en la capital enviaron a un joven que trabajaba con ellos para iniciar los trámites de defensa por la acusación de tráfico de armas.

A Antonio se le encomendó la tarea de conseguir un barco para hacer la travesía a Cuba. Gracias al préstamo de un banco en Miami pudo dar diez mil dólares de enganche para uno en venta, en Delaware, pero el gobierno yanqui investigó al probable comprador y no permitió que saliera del país. Se perdió el enganche.

Para seguir con la propaganda previa al desembarco, Fidel le concedió una entrevista al gerente de la United Press, en Cuba.

—Pronto la unión de todos los sectores opositores al régimen será una realidad, con todas las armas, pues la revolución no puede fracasar. La decisión de unir a todas las fuerzas combatientes que hay en Cuba es un cambio táctico en la línea del Movimiento 26 de Julio. Hoy es hora de unir fuerzas.

—¿Cuál es la relación con el gobierno mexicano?

—Siempre ha sido buena. No quiero que se insista en los hechos ocurridos recientemente; el incidente ya pasó y no quiero que deje huellas de resentimiento en los cubanos contra México. La prisión y el maltrato son gajes de nuestro oficio. Pero sí le voy a decir una cosa: los representantes diplomáticos de Cuba en la capital mexicana, desde la embajada, fueron responsables de la persecución y la difamación. Son esbirros con casacas rameadas que invierten el dinero de la república en perseguir a los compatriotas en el destierro.

—¿No cree que pueda haber un entendimiento con el régimen cubano?

—De ninguna manera. Nuestra respuesta es la reacción a la acción desatada por el régimen; es la consigna de hacer un solo frente. La historia de estos cuatro años demuestra con argumentos irrebatibles que la táctica de la dictadura ha sido dividir y batir a sus adversarios por separado, uno tras otro. Todos los partidos políticos, sin excepción, se unieron para demandar inútilmente una solución electoral. Mucho más digno es unirse para exigir la libertad, y nadie podrá criticar eso. Ya hemos dicho que en 1956 seremos libres o seremos mártires, y cumpliremos nuestra palabra.

Días después Fidel recibió a Frank País, coordinador del movimiento en la provincia de Oriente, en una nueva casa de seguridad, en Polanco, para preparar las condiciones del desembarco y la primera etapa de la revolución. Acordaron detener el influjo de voluntarios de Oriente a México para intensificar al máximo el adiestramiento de las células de acción en aquella zona, cuya labor sería enfrentar al ejército y de esa forma facilitar la llegada de los expedicionarios y el ascenso a la Sierra Maestra. Decidieron también que la recaudación de esa provincia ya no estaría destinada a México, sino a la compra de armas para sus células. Colocaron varios planos sobre la mesa, mapas del terreno de Oriente, y trabajaron hasta las cinco de la mañana para trazar el primer plan a seguir. Antes de irse, Frank vio el trozo de tela que Fidel seleccionó para los uniformes después de comparar varios tonos con el verde de la maleza, en una casa del Pedregal de San Ángel.

Una tarde, a mediados de agosto, Hilda llegó apurada a casa a recoger las cosas que le llevaría a Ernesto. Al entrar vio una sombra detrás de la puerta del dormitorio; en vez de salir corriendo se acercó y se sobresaltó al ver a su esposo escondido con la intención de sorprenderla. Se abrazaron y voltearon a ver a la pequeña Mao que dormía en la cuna.

—No quise llamarte a la oficina para darte la sorpresa aquí.

—Qué bonita sorpresa.

—Se llevaron todos mis libros y la máquina de escribir.

—También tu ropa, y el tablero y las piezas de ajedrez.

—¿Y para qué quieren eso?

—Uf, pues quién sabe. Tal vez solo para molestar. ¿Cómo le hiciste para salir?

—Fidel dio una buena guita para arreglar mi estado migratorio, pero me dieron diez días para irme del país.

—¿Y qué vas a hacer?

—El plan es estar unos días en casa para dejar todo en orden y luego me voy a terminar la preparación. Todos vamos a vivir en la clandestinidad en diferentes pueblos hasta que nos vayamos, pero creo que no será pronto porque todavía faltan muchos detalles que afinar.

—Me imagino. Yo sigo pensando en regresar al Perú por algún tiempo, cuando ustedes se vayan.

—Es buena idea. También voy a pedir aquí el asilo político, a ver si me lo dan.

Se dedicó a arreglar sus papeles y a contestar correspondencia acumulada, sobre todo la de su familia. Pasó todo el tiempo que pudo con su hija, revolcándose en la alfombra y recitando mientras se reía de él. Tres días después prometió a Hilda que pronto se pondría en contacto, se despidió y partió rumbo a Ixtapan de la Sal, donde dijo ser estudiante. Allí el clima húmedo le provocaba repetidos ataques de asma que lo dejaban exhausto. Siguió hacia Cuautla, se hizo pasar por el doctor Ernesto González y logró que las Hildas fueran allí a visitarlo, también para que su esposa le entregara el dinero que le enviaba el movimiento para sobrevivir.

—¿Qué guita usaste para venir?

Hilda sonrió a pesar de lo delicado del tema para Ernesto.

—Claro que la de mi trabajo. Nunca me atrevería a tocar los fondos del movimiento.

—Qué bueno.

—Hay que agradecer que tengo trabajo.

Sin una entrada de dinero desde hacía meses, él sí dependía de lo que el movimiento le mandara. Se despidieron y él se hospedó en un cuarto de hotel, en la plaza central de Toluca. Allí leía, hacía ejercicio y salía lo menos posible, en plena sombra. A ratos se veía como un samurái preparándose para la batalla, y, a veces, todo le parecía ridículo y le ganaba la desesperanza. Cabía la posibilidad de que los revolucionarios no lograran organizarse para partir a Cuba; en ese caso él tendría que hacer algo más con su vida. Tener todo invertido en aquella expedición a veces le producía vértigo.

Cuando se desocupó la vivienda ubicada en el número 712 de la calle Sierra Nevada, cuya pared lindaba con la que rentaba Teresa, Fidel le pidió que la alquilara por seis meses y dijera que la ocuparía un compatriota. El lugar se convirtió además en un depósito de armas y varios cubanos lo usaban para dormir. La oleada de compatriotas seguía ensanchando las filas revolucionarias; algunos se quedaban en la capital, otros en Veracruz y otros más en Mérida. Una vez que las autoridades los liberaban, los rebeldes se separaban aún más por seguridad ante la presión de las autoridades federales y migratorias. La secreta relación con Isabel era un pie de página dentro del trajín de los días agitados de Fidel, cautivado por una joven que lo mantenía en vilo, emocionada ella también por la personalidad de un guerrillero en ciernes que la hacía sentir como el centro del mundo. Era como estar metida en una novela de aventuras, en situaciones que jamás creyó posibles, y vislumbraba un futuro lleno de peligro y romanticismo. En su imaginación creía que juntos vencerían a las fuerzas del mal. Ambos disfrutaban del espejismo en el que estaban inmersos.

Luego de permanecer oculto durante varias semanas en distintos lugares de la capital y de las zonas aledañas, Alberto decidió presentarse ante Gutiérrez Barrios, en la Dirección Federal de Seguridad.

—Muchas gracias, pero ya no lo necesito. —Fue la sorpresiva respuesta—. Al principio lo necesitábamos para recoger todos los hilos de la trama, pero ahora sabemos más que usted.

Mientras charlaban pasaron por el despacho algunos oficiales para conocer al general que se les escondió. Gutiérrez Barrios le estrechó la mano y lo llevó hasta la puerta; la despedida marcaba el fin de su aventura revolucionaria. Meses después sabría, incrédulo, que pese a haber ayunado por veinticuatro días y ser perseguido por la justicia durante sesenta y tres, los revolucionarios lo habían dejado en tierra. Se quedó sin clases y ni siquiera recibió el poco dinero pactado por la venta de la fábrica, que no pudo recuperar porque el subalterno ya la había vendido. Se sintió traicionado y despotricó a los cuatro vientos, pero con el tiempo comprendió la decisión táctica de Fidel de separarse de él. Había terminado el papel que le tocó jugar en esa historia. No le quedó más que guardarse el coraje y seguir los acontecimientos por los diarios, el radio y la televisión.

Con la idea de unir a todas las fuerzas opositoras, Fidel se entrevistó con José Antonio Echeverría, presidente de la Federación Estudiantil Universitaria y secretario general del Directorio Revolucionario. El diálogo duró hasta las cinco de la mañana, y, al día siguiente, firmaron la Carta de México, una declaración conjunta en la que daban por sentada su unión y ponían de manifiesto su postura en diecinueve puntos. Los acuerdos involucraban acciones armadas en toda la isla con el fin de crear un clima revolucionario antes del desembarco. Era un alfil más al acecho.

El siguiente paso era acercarse a Prío, sobre todo para conseguir dinero. Le pidió a Teresa que intercediera por él, porque sabía que ella y Prío eran amigos. Sin embargo, no recibió respuesta a ninguna de las cartas que le envió a Teresa, quien se postraba como la única vía para tocarle el corazón al expresidente en tal situación de emergencia, tanto por cumplir su palabra como por la persecución de las autoridades. Cinco días en Miami consiguieron que Prío accediera a entrevistarse con Fidel, pero al expresidente le prohibían salir de territorio yanqui por estar involucrado en un caso de contrabando de armas y Fidel no podía salir de México porque la Secretaría de Gobernación tenía su pasaporte retenido por igual motivo. Acordaron verse en un hotel de McAllen, una ciudad texana delimitada al sur por el Río Bravo. Fidel hizo el viaje en automóvil, siempre acompañado, y se turnaban en el volante para que todos durmieran. La ruta era interminable; solo interrumpieron la marcha para comer y estirar las piernas hasta llegar a Reynosa. Continuaron a caballo hasta llegar a unos quinientos metros del puente McAllen, en la orilla mexicana del Bravo. Fidel cruzó la frontera a nado, sus compañeros a ambos lados lo observaban, y recogió ropa seca en la otra orilla. Quienes tenían su documentación en regla pudieron pasar el puesto migratorio a través del puente, sin bajarse del auto.

Aquella entrevista sería para Fidel una experiencia amarga. Tuvo que dejar el ego a un lado en aras del futuro, pues hacía tiempo que Prío era su adversario político. En varias ocasiones le recriminó de manera pública el enriquecimiento personal durante su mandato, pero estaba en un momento crítico que no podía dejar pasar, y quien antes fuera su rival era ahora la única alternativa para que el movimiento saliera adelante. Después del paso por la cárcel, la recaudación en Cuba decayó considerablemente y la confianza depositada en él iba en picada. A fin de cuentas el dinero que le pediría venía de las arcas del pueblo cubano; por ende, les pertenecía a todos, aunque antes había dicho que con el dinero robado a la república no se podía hacer la revolución. Fidel se vio forzado a contradecirse y tuvo que tomar el papel de un indocumentado más que cruzaba el río.

Lo llevaron en auto al hotel Royal Palm, donde sería la reunión, y lo acompañaron a la habitación en la que Prío lo esperaba. Se saludaron cordialmente y empezaron a hablar con dos interlocutores más; no tocaron temas del pasado y ahondaron solo en los planes revolucionarios. Por la tarde se reunieron de nuevo. Fidel caminaba de un lado a otro de la habitación y Prío sugería que se aliaran con una insurrección dentro del ejército.

—De ninguna manera. No podemos tener nada que ver con el ejército, que ha sido la principal herramienta de Batista en todos estos años.

Fidel lo invitó a unirse a la expedición, pero Prío lo rechazó con el argumento de que estaba preparando otra que podría coordinar con la suya si él se comprometía a decirle en qué fecha partiría. De noche tocaron el tema que más le interesaba: los cincuenta mil dólares que aportaría al movimiento en el futuro inmediato. Para ambos, estar ahí significaba una concesión; dos rivales que en otras circunstancias habría sido imposible juntar; sin embargo, el grado de descomposición política y social en la isla llamaba a medidas extremas. Al final de la reunión parecía que Prío estaba de acuerdo en aportar ese monto.

Por la noche Fidel cruzó la frontera en auto, sin un solo control para salir de territorio yanqui. Poco después Prío entregó los primeros veinte mil dólares, una inyección de oxígeno a la menguante organización. El sacrificio dio sus frutos.

Al llegar a la capital hizo una llamada a Cuba para pedirle a la madre de su hijo que le permitiera viajar con Lidia. Hacía meses que no lo veía y Fidel quería organizarle una fiesta de cumpleaños, a la cual acudirían varios miembros del movimiento y su hermano Raúl. En esos días también Ernesto pudo pasar tiempo con las Hildas en su departamento. Regresaban a la normalidad intermitentemente, como si su vida de ciudadanos comunes estuviera siempre a la espera: podían brincar por un instante y, luego, las ilusiones se fugaban una vez más, en un vaivén difícil de equilibrar. Fidel tenía más experiencia para mezclar al activista con el padre de familia. Ernesto apenas se estaba acostumbrando, y, en ocasiones, dudaba de cuál de sus dos facetas era más importante. Debía habituarse a andar en paralelo entre dos realidades diametralmente distintas.

Empezaban las reuniones del grupo de economistas que redactarían las *Tesis económicas del Movimiento Revolucionario 26 de Julio* mientras el resto seguía con los entrenamientos como podía, aunque con mayores precauciones que antes y evadiendo la vigilancia de la que algunos eran sujetos. El lago de Chapultepec y sus alrededores volvía a ser uno de los lugares comunes; la disciplina continuaba en cada uno de los campamentos y los círculos de lectura tampoco se detuvieron. Fuera de las actividades oficiales no podían salir de los departamentos ni de las casas; vivían en un constante estado de emergencia. Para evitar que en el puerto de Veracruz y en Boca del Río se concentraran tantos cubanos, rentaron dos casas más en la ciudad de Xalapa. Las células independientes se diseminaban cada vez más; de vez en cuando Raúl pasaba a verificar que todo estuviera en orden.

La situación amorosa con Isabel evolucionó al grado de que Fidel pidió su mano en matrimonio; los padres de ella accedieron y la relación se volvió más seria; sin embargo, el estatus migratorio de Fidel era un obstáculo. Pensaron en casarse como Hilda y Ernesto, en un pueblo aledaño en donde pudieran sobornar a un juez. Al tiempo que barajeaban esa y otras opciones, los preparativos revolucionarios seguían su curso de una manera frenética. Las visitas de Fidel eran cada vez más breves. Teresa, como observadora a cierta distancia, veía cómo la vanidad de la joven crecía cuando escuchaba en boca de los seguidores de su prometido que sería la primera dama de Cuba. Pero entre las fisuras del tiempo en que no estaban juntos regresó el exnovio de Isabel, le declaró su amor y él también le pidió matrimonio. Se debatió entre sus dos pretendientes: el recién llegado, con el que podía contar a cualquier hora y parecía estar totalmente dedicado a ella, y el hombre que pronto se iría de México en un viaje en el que sería impensable acompañarlo. Por un lado, tenía a alguien dispuesto a servirla, a construir una vida juntos; por otro, un hombre cuya meta máxima era una revolución, y su amor estaría subordinado a ello. Entretanto, Fidel no tenía idea de lo que pasaba por la mente de su prometida.

Un día llegó a casa de Teresa en busca de Isabel y recibió la noticia de que acababa de salir de viaje con otro novio. Tomó asiento en una de las sillas de la cocina, Teresa sirvió un par de tazas de café y se sentó a su lado. Más que cualquier otra cosa Fidel estaba sorprendido.

—Es increíble que no me diera cuenta de nada.

—Lo hizo con toda la intención de que no te dieras cuenta de nada, Fidel. Con tantas cosas en la cabeza era imposible que supieras lo que sucedía.

—Pues sí, pero de todas formas...

Bajó la cabeza y le dio un trago al café, con la vista perdida en los azulejos de la pared. Teresa lo tomó de la mano.

—No pasa nada. Ya habrá otras.

—Sí, todo bien.

Se pasó la mano por el pelo y se rascó la nuca. No estaba acostumbrado a perder el control de esa manera. Teresa hizo una mueca y al fin dijo lo que pensaba:

—Tiene dieciocho años, Fidel. ¿Qué esperabas?

Él sonrió, se acabó el café de un trago y segundos antes de despedirse sonó el teléfono: era ella, desde el aeropuerto. Teresa tapó la bocina y le hizo señas a Fidel para saber si quería hablar, y él se animó:

—Acuérdate de que yo te había recomendado que hicieras eso; es mejor para ti. No te guardo ningún rencor. Solamente te pido un favor: que nunca hables de los secretos que sabes ni de las casas y departamentos que has visitado conmigo.

—Te lo prometo —contestó, y al día siguiente se casó con otro.

15

De entre la colección de armas que los guerrilleros seguían almacenando, había cinco fusiles Remington automáticos cortos que todavía no probaban.

—Me gustaría ir a una zona topográfica que pueda parecerse a Cuba —dijo Fidel.

—Sé de un lugar en Veracruz que puede servir —le sugirió Antonio—. Conozco bien la zona.

—Entonces vamos.

—Pero hay que tomar en cuenta que las salidas de la ciudad están muy controladas los fines de semana, y la vigilancia que hay sobre ti puede complicar las cosas.

—Salgamos de noche y listo.

Se adentraron en el monte y encontraron un paraje como el que buscaban, donde probaron los fusiles sin contratiempo alguno; luego fueron a Tuxpan a comer a un restaurante típico y cruzaron el río para volver a la ciudad.

—¿Les importa si me bajo a ver un asunto rápido?

—¿Qué asunto puedes tener aquí? —preguntó Fidel.

—Una compra que tengo pendiente. Es aquí cerca.

—Vamos.

Llegaron y Antonio se bajó del auto, caminó por la orilla del río y Fidel lo siguió sin avisarle, hasta dar con un barco muy deteriorado, en aparente abandono. Antonio se agachó para ver cómo había quedado la quilla que le había mandado poner por ochocientos pesos; al levantarse dio con la mirada grave del cubano.

—¿Y ese barco de quién es?

—Mío. Lo compré a plazos. Todavía no lo acabo de pagar y apenas lo estoy arreglando, después de que lo embistió el huracán del año pasado. Quedaron de hacerle un par de arreglos y quería ver si los hicieron bien.

—Si usted me arregla ese barco, en ese barco yo me voy a Cuba —dijo con la seguridad de sus discursos más vehementes, una de sus afirmaciones que no admitían negativa.

—Este barco no sirve, ni quilla tiene; los motores no funcionan. Se necesitan muchas reparaciones antes de que esto pueda tocar el agua, menos aún cruzar el Golfo; además, es muy chico para toda la gente que va a ir.

—Si usted me arregla ese barco, en ese me voy.

Estaban frente a un yate de madera hecho en Tampa, en 1943, de cuarenta y tres pies y una amplia cabina que cubría casi toda la superficie. Tenía un camarote principal; otro para invitados con seis literas y dos más para los marineros, en el área general, donde cómodamente podían dormir diez personas. Habían jugado con la idea de usar un avión bimotor con posibilidad de amarizar; daría varias vueltas para trasladar a todos los expedicionarios, piloteado por el hijo de Alberto, con un costo de trece mil dólares. El *Granma* trajo de regreso la idea del barco.

Volvieron a la capital con la urgencia de cerrar la compra y empezar con las reparaciones lo antes posible, a la par de ejercer presión sobre Prío para que diera otra parte de la aportación pactada, bajo la consigna de que Antonio sería el capitán. El dueño quería que además compraran una casa que tenía en Santiago de la Peña, cerca de donde estaba el *Granma*. A Fidel le pareció buena idea pese a que no tenían los treinta y cinco mil dólares que el propietario pedía por la casa. Pagaron veinte y el resto quedó a cuenta, con la armería de Antonio como aval de la operación; varios obreros, entre mecánicos y carpinteros, comenzaron con las reparaciones. Después de componer los motores pintaron el barco, arreglaron el sistema eléctrico, instalaron una planta de luz y quitaron el mayor lastre posible dentro de la cabina para acondicionar los camarotes y meter los tanques de agua y de combustible; finalmente echaron la embarcación al agua para probar motores y verificar las reparaciones. Antonio hizo travesías cortas para probar la velocidad que podía alcanzar. Más tarde Fidel lo acompañó. Revisaron los mapas náuticos y calcularon que podrían llegar a Cuba en cinco días.

La noticia de la muerte de su padre le llegó a Fidel como un relámpago. En medio del tren en el que estaba, no tenía tiempo para detenerse a pensar en un acontecimiento tan importante y a la vez tan fuera de su control. Era impensable volver a la isla para estar presente en el rito funerario y tampoco quería hacer un paréntesis en los preparativos de la insurrección. Vivió gran parte de su vida lejos de él, en escuelas e internados, y luego como estudiante universitario. Veía las tierras donde su padre vivió y en las que él había pasado sus primeros años como imágenes deslavadas, partes lejanas de una existencia paralela con la que tenía una débil relación emocional. Lamentó no haber pasado más tiempo con el hombre que se empeñó en que tuviera la mejor educación posible.

Todo avanzaba con velocidad cuando recibió por dos flancos la petición de aplazar el viaje. Frank y el Partido Comunista Cubano creían que todavía no estaban listos para llevar a cabo acciones conjuntas en toda la isla y que deberían de pensar en principios para el año siguiente. Era la primera vez que el partido se acercaba para unir fuerzas. Fidel explicó su postura y les dijo que no quería perder su apoyo. Estaba encadenado a la promesa dicha exactamente un año antes: «En 1956 seremos libres o seremos mártires»; de lo contrario el movimiento perdería credibilidad. Frank entendió la necesidad de cumplir. Fue ascendido a jefe de acción a nivel nacional, ya no solo en la provincia de Oriente, y el Partido Comunista aceptó a regañadientes, con miras a arrancarle la dirigencia de la revolución en un futuro cercano.

Un fin de semana Ernesto llegó a visitar a Hilda y a la pequeña Mao. Aprovechó la nueva máquina de escribir para mecanografiar las instrucciones sobre cómo atender a heridos en caso de urgencia, que traía apuntadas a mano. Era una recopilación de datos, de procedimientos médicos y de primeros auxilios que podrían ser útiles en su ausencia, porque, aunque iría como médico, también sería combatiente. Su plan era identificar a quienes tuvieran una cierta disposición para la enfermería y enseñarles a aplicar los conocimientos básicos que había resumido en esas notas, e incluso pensaba que podían aprender a ocuparse de heridos graves. Estar a cargo de esa parte de la expedición era una responsabilidad que no podía tomar a la ligera, y con la salida cada día más inminente su preocupación iba en aumento.

Para comunicarse usaban notas que intercambiaban por medio de algún enviado del movimiento; de esa forma él mandaba a pedir los libros que tenía por leer, principalmente marxistas. No sabían cuándo sería la última vez que se verían en territorio mexicano, por eso la tristeza crecía con cada despedida, sobre todo para Hilda, que en verdad lo iba a extrañar.

—No hay que llorar; hay que pensar en todas las cosas que hay que hacer —le decía Ernesto cuando ella no podía contenerse—. Tal vez yo muera, pero la revolución va a triunfar. Cuba solamente será el inicio de la lucha latinoamericana.

—No digas eso.

—Dale, puede pasar. Vos estás consciente de eso, ¿no?

Hilda asintió. Para él la situación era menos dolorosa porque la cercanía emocional que alguna vez sintió por Hilda ya no existía; el tiempo erosionó el amor, aunque el respeto y la admiración por ella seguían intactos. Lo que más le pesaba era alejarse de la pequeña Mao.

En una ocasión, Ernesto estaba de paso en un departamento de la colonia Roma, escuchó conmoción. Salió de la habitación para enterarse de que un coronel en La Habana había sido asesinado, y los expedicionarios que dormían ahí se emocionaron tanto que comenzaron a hablar en voz muy alta, en un tono de celebración que podía llegar a los departamentos vecinos. Ernesto se les acercó y con las dos manos les hizo señas de que guardaran silencio porque la algarabía podría escucharse desde los departamentos vecinos.

—Cálmense, che, tenemos que pasar desapercibidos.

Los hombres callaron sin borrar sus sonrisas. Ernesto hizo que todos tomaran asiento y les habló:

—Nuestro objetivo va más allá de la ejecución de uno de los esbirros del régimen. La revolución es una cosa mucho más profunda. Esa ejecución es terrorismo, un sistema muy limitado.

—No importa que sea limitado, es un inicio —dijo uno de ellos.

—Puede darles alegría, pero el terrorismo como táctica política no funciona.

—¿Por qué no?

—Porque es un sustituto muy ineficiente de la acción de masas, que es lo que nosotros buscamos. La cosa no es concentrarse en individuos, sino en cambiar el sistema económico, que los medios de producción pasen a manos del pueblo. Un funcionario muerto no significa nada si el pueblo no se levanta en armas. Hay miles detrás de él.

Cuando Ernesto se tomaba el tiempo de hablar lo escuchaban, después de ver las horas que pasaba leyendo de temas siempre ligados a la lucha en la que todos estaban involucrados.

El gobierno de Batista responsabilizó del asesinato al Movimiento 26 de Julio, al expresidente Prío y a la Federación de Estudiantes Universitarios. Fidel dio la orden de acuartelarse en los distintos campamentos para no darle a la policía motivo de arrestarlos, aunque no hubieran tenido nada que ver con el atentado. El escenario político se tensaba cada vez más. El acercamiento de dos fuerzas antagónicas preveía una colisión frontal de una dimensión aún desconocida, con el reacomodo de piezas necesario antes de la primera batalla. Batista tenía la misma fe en la victoria que Fidel.

Una de sus muchas amistades le recomendó a Fidel el rancho María de los Ángeles, a dieciséis kilómetros de Abasolo, en Tamaulipas, para continuar con el entrenamiento de uno de los nuevos grupos de cubanos.

—Estamos buscando un lugar donde un grupo de alumnos veracruzanos puedan llevar a cabo prácticas de exploración del subsuelo, y que también les sirva para ejercitarse —le dijo al dueño, haciéndose pasar por el ingeniero Aguirre, en Ciudad Victoria, y tras una rápida inspección del lugar el trato estaba hecho.

Abasolo era un pueblo que no llegaba a las mil casas, enclavado en el centro de una zona semidesértica, con poca vegetación, sin calles, luz eléctrica ni alcantarillado. Los supuestos estudiantes llegaron en los últimos días de octubre a dormir en las tres habitaciones de paredes de madera y piso de tierra, procedentes sobre todo de la Ciudad de México. Ernesto no fue uno de ellos; estaba escondido en el cuarto de servicio del edificio de un conocido que no tenía nada que ver con el movimiento y que no hizo preguntas. Días después de su llegada hubo un robo en varios departamentos de alrededor; como parte de la investigación los policías subieron hasta el cuarto de servicio y se entrevistaron con él, sin entrar a la habitación.

—No, joven, no se moleste usted. Estamos seguros de que este hecho es obra del amante de alguna de las trabajadoras domésticas que aquí chambean —dijeron los hombres y se fueron.

Ernesto le pidió a su anfitrión que guardara un lote de medicinas en el refrigerador, porque, según dijo, pronto se reintegraría al hospital para hacer un largo recorrido de inspección en varios estados de México. Como las medicinas no cabían en una sola nevera, el anfitrión recurrió a sus vecinos, que no sabían nada del huésped. Con el mate en una mano y un libro en la otra, Ernesto era un huésped silencioso, preocupado por no importunar y no aparecer en el radar de la policía, dada la precariedad de su situación migratoria. Su anfitrión tenía que rogarle que bajara cuando quería invitarlo a comer con la familia.

El grupo del rancho empezó el entrenamiento después de una visita de Fidel. Nombraron a un responsable general y a otro encargado de la instrucción militar, retomaron las marchas a campo traviesa, las prácticas de tiro en las márgenes de un río y los movimientos de guerrillas: ataques, emboscadas, repliegues y desplazamientos nocturnos. Quienes tomaron clase con Alberto y participaron en las prácticas de Chalco eran ahora quienes transmitían esos conocimientos a los primerizos, en una cadena de capacitación que se replicaba en los campamentos de Mérida, Veracruz, Tamaulipas y la Ciudad de México.

Cuando Raúl notó la deserción de un integrante del grupo que entrenaba en el rancho María de los Ángeles, lo fue a buscar hasta Ciudad Victoria, sin suerte. Al enterarse Fidel pensó que ese podría ser uno de los chivatos que le pasaban información a la embajada cubana. Se prepararon para un posible ataque, mientras algunos campamentos procedentes de Veracruz se les unían en ese paraje desolador.

Un buen día los pobladores se quejaron con el dueño a causa de los disparos.

—Lo tengo rentado a un grupo que le gusta la cacería —les dijo.

—Con ese ruido no van a cazar ni un venado —fue la respuesta, y el dueño prefirió no investigar más.

Las reparaciones del *Granma* también seguían su curso. Pasó el examen del inspector técnico de máquinas de la Secretaría de Marina que lo certificó a flote en el puerto de Tuxpan y que lo dio por bueno para navegación de altura, pero al sacarlo a pruebas intensas los motores fallaron y una vez más los mecánicos se metieron a solucionar esos problemas.

Para Fidel había llegado el momento de echar a andar la expedición. Su escenario perfecto era desembarcar con trescientos hombres, solo tenía alrededor de cien y no cabían todos en el *Granma*. Con sus más cercanos allegados discutió el proceso de selección, que tomaría en cuenta la experiencia, la disciplina, la destreza y hasta el tamaño y la masa corporal de cada uno. En la lista de los esenciales estaban las armas, entre las que tenían subametralladoras Thompson, fusiles de cerrojo y semiautomáticos y miras telescópicas, además de los fusiles suecos, belgas, Browning, Remington y Johnson, con algunos hechos en México. Tenían pistolas alemanas y españolas. Ellos confeccionaron los uniformes y mandaron a hacer las botas a Pachuca; consiguieron cantimploras y mochilas para cada uno. Todo ese equipo debía ser transportado desde la capital en varios viajes. Cuando Teresa notó que lo que salía de los armarios ya no regresaba sospechó que la fecha estaba cerca, pero nadie le decía nada y ella no preguntó.

—Ya casi acaba el año. No estaremos aquí por mucho tiempo —decían al vuelo. No sabía si Fidel quería protegerla con su silencio o si él mismo no estaba seguro. De esa forma quedó al margen de un movimiento del que nunca fue parte integral, pero al que trató de ayudar en todo lo que fue posible.

Dos semanas después de la deserción del rancho, agentes de la Federal de Seguridad arrestaron a Teresa y a dos sujetos que estaban en la casa aledaña, con una lista detallada de las armas que encontrarían en ambas direcciones. Se la llevaron, entre los enérgicos gritos de su cocinera, a la estación migratoria en la que conoció a Fidel, en una irónica vuelta del destino, y la encerraron en un cuarto oscuro. El primer interrogatorio giró en torno a la responsabilidad de Fidel en el acopio de armas, pero ella inventó que unos cubanos, de cuyos nombres no podía acordarse, fueron quienes dejaron unas cajas en su casa. Cuando pensó que no iban a regresar las abrió y se llevó una sorpresa. Suponiendo que las armas serían dirigidas en contra de Batista decidió esconderlas, además de las cajas y maletas que guardaba en la cochera para un grupo de teatro y un amigo. Construyó así una historia poco creíble de la que nunca se alejó. Nunca mencionó el nombre de Fidel. La mantuvieron incomunicada durante ocho días; solo permitieron la entrada de la comida que llevaba su cocinera. Finalmente recibió la visita de la madre de Isabel y le contó que los cubanos estaban todos escondidos.

—Se esfumaron de la faz de la Tierra.

Teresa bajó la mirada y mientras duró la visita fingió serenidad. Al volver a la celda se llevó la mano a la cara y cerró los ojos, arrollada por varios sentimientos encontrados. El más inmediato era el desamparo, pues confiaba en que Fidel, a quien consideraba su amigo y a quien jamás le negó nada, se preocuparía por sacarla de ahí. No tenía otro plan, y sus contactos en la política no iban a querer acercarse a un caso como el suyo. Con el desamparo venía también el sinsabor de la desilusión ante la reacción de Fidel, que se combinaba con el orgullo herido por verse a sí misma como una ingenua que había creído en su rescate. La mezcla de tales sentimientos la dominó al principio mientras se adaptaba a su nueva situación de extranjera encarcelada; sin embargo, finalmente aceptaba lo que estaba viviendo. Era el riesgo que implicaba colaborar en la liberación que prometía Fidel: un sacrificio más para la patria, y comprendió que dentro de ese esquema era inviable que su amigo saliera de la clandestinidad para liberarla a ella. Nada habría valido la pena si volvían a atraparlo. Simplemente no podía arriesgarse, además de todo lo que todavía estaba pendiente para poder salir antes de que terminara el año. Ella era una mínima pieza dentro del engranaje que ya no se detendría. Se podría decir que, aunque no se lo dijo a la cara, lo perdonó.

La noticia le cayó a Fidel como otro balde de agua no solo por pensar en Teresa detenida, sino porque eso comprobaba que había un espía entre sus filas, uno bien informado. No sabía en quién podía confiar. Dio la orden de mover las armas que todavía quedaban en algunos campamentos y a cada uno de los miembros del movimiento les prohibió hablar por teléfono, con salidas solo para lo indispensable y en grupos de tres, en una vigilancia colectiva que debía de cubrirlos a todos. Estableció un cuartel general en el motel Mi Ranchito, en Xicotepec de Juárez, a mitad de camino entre Tuxpan y la capital, desde donde coordinaría los detalles finales y en donde guardarían las maletas con las últimas armas que saldrían del Distrito Federal. Después de que la Federal de Seguridad capturara las armas guardadas en otro campamento aceleraron aún más los preparativos de salida. Les estaban pisando los talones.

Ernesto pasó a casa de Laura cuando estaba enferma, con el objetivo tácito de despedirse. Le puso una inyección intravenosa y ella le dijo:

—Vuelva, por favor.

—Ya no habrá tiempo —respondió. La tomó de la mano y le dio un beso en la frente. Notó que los ojos de Laura estaban a punto de cerrarse y salió directo a su departamento para pasar el fin de semana con Hilda y con la pequeña Mao. Las pausas en medio del ajetreo de aquellos días descabellados eran como un oasis en el que podía relajarse y contemplar la cara de su hija sin preocuparse demasiado en el futuro inmediato. Evitaban salir para prevenir un incidente; eran días hogareños en los que los tres jugaban sobre la alfombra y cocinaban durante la siesta de la pequeña Mao. Por la noche, Hilda se quedaba dormida sobre el pecho de su esposo, mientras él leía en voz alta fragmentos de algún libro que acaparaba su atención en ese momento; caía dormido minutos después. Aquel domingo llegó un compañero muy agitado.

—¿Dónde está el Che? —le preguntó a Hilda cuando abrió la puerta.

—Se está bañando —contestó; él se metió al baño sin siquiera tocar la puerta y segundos después salió Ernesto con el pelo mojado.

—Parece que la policía nos está persiguiendo, así que nos vamos al interior otra vez, como precaución. No creo que pueda venir el siguiente fin de semana.

—¿Va a pasar algo?

—No creo, son solo precauciones —dijo al tiempo que empacaba lo que se llevaría consigo. Fue a la cuna y acarició a su hija, se despidió de su esposa con un beso y al abrazarla ella tembló, mientras se esforzaba por parecer tranquilo en medio de la tormenta. Se volverían a ver mucho después, en un éxodo que llevaría a Hilda primero a casa de Laura para protegerse de otro posible arresto, y luego al Perú, al resguardo de una familia que hacía siglos no veía. Había pasado mucho tiempo desde que Hilda se había ido de su país.

La cara de Ernesto desapareció detrás de la puerta y una vez más Hilda sintió el vacío que llegaba cuando él se iba. Hacía tiempo que Ernesto estaba implicado en algo serio, no eran solo palabras dichas a puerta cerrada frente a un plato de comida o una taza de café. Ahora ambos se jugaban la libertad, poco más tarde comenzarían a jugarse la vida y eso a Hilda la aterraba, pese a estar de acuerdo con cada decisión que tomó Ernesto hasta ese último momento en que estuvieron juntos. Se iba el padre de su hija y el amor de su vida.

En su último viaje al rancho, Fidel hizo un breve discurso en el que pedía renunciar a quienes no estuvieran seguros de sacrificarse, que se fueran pero que no entorpecieran las actividades de los que sí querían dar la vida por su patria. Sus palabras eran una clara alusión a las fugas de información que había en el movimiento. Trató de ver en los ojos de los reclutas una posible falla, algo que delatara su filiación al régimen de Batista. Lo único que vio fue caras de jóvenes patriotas que creían en su palabra y que estaban dispuestos a lo que fuera que pudiese venir. Si todavía existía un chivato estaría acotado por la incomunicación forzosa a toda la tropa. A fin de cuentas, Alberto tenía razón. Era tarde para arrepentirse de no haberlo escuchado.

Llevó al responsable del grupo a recorrer la ruta que debía de seguir hacia Tuxpan cuando llegara el día, inspeccionaron el *Granma* y se separaron, uno de vuelta al rancho y Fidel a la capital, donde pasó a ver a Gutiérrez Barrios en su casa del barrio San Lucas. Entre ambos había una amistad bien afincada, comprobada en el hecho de que una parte de la policía lo perseguía mientras ellos charlaban por las calles de Coyoacán.

—Los están golpeando demasiado, eso no puede ser casual.

—Estoy de acuerdo —contestó Fidel.

—En el caso de Miret, Leyva y Teresa Casuso llegó una información muy precisa a la Federal de Seguridad. Sabían la cantidad de armas que había y el lugar exacto en donde estaban. Tiene que ser un colaborador muy cercano el que está dando información a la embajada cubana, que a su vez pasa los datos a la Secretaría de Gobernación. Es evidente que hay un traidor.

—Tenía que ser así. Aunque al principio pensé que el nuestro sería un movimiento refractario a ese tipo de circunstancias, debí de haber escuchado al general Bayo y nunca haber subestimado las lecciones que da la historia. A Martí lo delató un traidor cuando ya tenía tres naves repletas de municiones en Nueva York y gente esperándolo en Cuba. Perdió todo lo ganado, pero a él no lo agarraron. Huyó de la policía y llegó por otros medios.

Gutiérrez Barrios le deseó suerte, se estrecharon la mano y Fidel se alejó preocupado: la estructura completa estaba en peligro; si el delator conocía la ubicación del *Granma* nada los salvaría del desastre. Batista habría ganado la partida. El consuelo era que los detalles de esa información lo sabían pocos. Solo Antonio, los mecánicos y sus más cercanos colaboradores los conocían, gente por la que ponía las manos al fuego, pues creía que jamás iban a traicionarlo. Podían caer otros campamentos, algunos podrían ir presos y perderían más armas, pero la meta última estaba resguardada y la multitud de células hacía imposible que las agarraran a todas. Para eso tendría que haber un espía en cada una que lograra ocultarse del grupo para hacer una llamada, o fugarse, como ya había pasado, aunque era probable que el desertor del rancho solo tuviera miedo. Por más que esperaron la redada nunca llegó.

Cuando otros dos desertores huyeron del rancho, Fidel dio la orden inmediata de evacuarlo. No podían saber si fue una reacción ante las palabras de Fidel o si estaban allí desde el principio para sustraer información y boicotearlos. Sin municiones para seguir entrenando, enfilaron a Ciudad Victoria y se hospedaron en varios hoteles, al tiempo que en la capital levantaban los campamentos en los que todavía había cosas guardadas. Fidel se hallaba en un estado de preocupación constante, pues no había elegido irse de una manera tan precipitada.

Llevaba semanas de dormir muy poco y de un estrés que comenzaba hacer mella en su sistema nervioso.

—Estoy seguro de que cuando lleguemos, el pueblo de Cuba se irá uniendo a nuestras fuerzas —les decía a sus compañeros en la cabaña número trece del motel de Xicotepec—. Si salgo, llego; si llego, entro; y si entro, triunfo —repetía como un mantra, como un conjuro, y antes de que el trajín de salida se soltara como tren bala quiso hacer tiempo para recordar la tradición de la que se sentía heredero—. Martí desembarcó en el 95 en Playitas, cerca del lugar al que llegaremos, bajo un aguacero y entre rocas, en un barco de remos, con el pecho hinchado y el corazón a pleno galope, dispuesto a dar la vida por la patria. Se equivocó en el punto de atraque, pero al fin llegó con varios acompañantes armados con revólveres. Lo primero que hizo fue juntarse con Gómez y Maceo, que buscaban que el liderazgo del movimiento quedara en manos de una junta militar. Él no estaba de acuerdo, prefería un liderazgo civil; pero, poco después lo mataron cerca de Bayamo. El brazo militar tomó el control. De haber sobrevivido, habría sido el primer presidente de Cuba y nuestra historia sería muy diferente. Nosotros vamos a vencer, se los aseguro —dijo viendo a los ojos al puñado de hombres que lo acompañaban, antes de que Antonio entrara a la cabaña para ponerlo al tanto de las reparaciones. Una vez a solas Fidel le dijo:

—Batista subió la recompensa de diez mil a veinte mil dólares por cualquier información sobre la identidad del mexicano que suministra las armas al movimiento.

—Que ofrezca lo que quiera.

—Debes tener cuidado, cuate.

—No te preocupes por mí.

—Bueno, pero tenemos que partir cuanto antes. Es mejor que tú te quedes y trates de calcular nuestro paso por el Golfo para seguirnos por tierra, en caso de un percance de tipo técnico. Ahora hay que tener el barco listo para zarpar.

—Está prácticamente preparado, comandante.

Antonio cumpliría su misión al pie de la letra, hasta llegar a Puerto Juárez y a Isla Mujeres.

Las células empezaron a acercarse a Tuxpan desde las distintas coordenadas, en autos prestados o rentados, o en autobuses comerciales, sin que casi nadie supiera cuál era el punto de partida. Unos llegaron a Poza Rica con dos maletas llenas de armas, los que estaban en los campamentos de Veracruz y Boca del Río alcanzaron a los que se refugiaban en Xalapa; otros más salieron de allí hacia Tecolutla; los treinta y dos de Ciudad Victoria fueron a Tampico y los que aún se encontraban en la capital llegaron al motel de Xicotepec. Fidel pasó a revisar la casa de Santiago de la Peña, frente a la que se encontraba el *Granma*, y volvió a la capital para escuchar las últimas opiniones sobre si el barco podría hacer la travesía, aunque poco importaba la respuesta: no había otra salida. El delator y la policía los tenían sitiados.

La última junta en la Ciudad de México fue en casa de dos tías de uno de los simpatizantes del movimiento. Ese lugar neutral evitaría que fueran sorprendidos por las autoridades. Un centinela se quedó afuera, atento a las sombras de la noche. Raúl leyó la lista de quienes se embarcarían y Fidel giró las instrucciones finales: darles algo de dinero a los que fueron descartados y permanecer acuartelados hasta nuevo aviso, para no llamar la atención y no ser encarcelados.

Por la noche fue a la casa del Pedregal a despedirse de Lidia, Emma y Agustina, las hermanas que lo siguieron hasta allá. No pudo decirles que no volvería a verlas en mucho tiempo, o nunca. Fingió que era un día como cualquier otro, y alguien le sugirió rasurarse. En caso de toparse con la autoridad era buena idea. Además, vestía de corbata y llevaba un abrigo azul de invierno, más cerca de la imagen de un hombre de negocios que del revolucionario. Toda la operación dependía de él. Era el único insustituible.

Siguió al edificio de la colonia Narvarte donde Ernesto era huésped. La esposa de su anfitrión insistió en que allí no vivía nadie con ese nombre; representaba en forma extraordinaria su papel de encubridora, pero él no tenía tiempo que perder. Puso el pie en la puerta antes de que se la cerraran encima, y dijo:

—Sé que aquí está, señora, y voy a entrar.

La empujó un poco hasta que pudo meterse, subió las escaleras y llegó al cuarto de servicio donde estaba Ernesto entre libros y papeles, sobre un catre tirado en el piso. Hablaron con monosílabos y salieron con una pesada caja de medicinas, dejando tras de sí, bajo candado, *El Estado y la revolución* de Lenin, *El capital* de Marx, *Biografía del Caribe* de Germán Arciniegas, un manual de cirugía de campaña y *Cómo opera el capital yanqui en Centroamérica* de Alfonso Bauer Paiz. Para no levantar sospechas no se despidió de su anfitrión ni de su esposa. Cansado del tiempo muerto, imbuido en la lectura, pero pensando en la revolución, recibió con júbilo la noticia de la partida.

Llegaron al motel de madrugada y bajo la lluvia. Al día siguiente Fidel mandó a un par de compañeros a Tuxpan para averiguar el pronóstico meteorológico y revisar las condiciones del *Granma*, listo para el abordaje, con arreglos pendientes que ya no había tiempo de hacer. En Tecolutla se reunieron los que venían de Xalapa; otros de la capital pararon en Poza Rica, en donde los alcanzó Fidel para recoger las dos maletas de armas que estaban allí. Al enterarse del mal tiempo que se avecinaba en el Golfo bajó los ojos y movió la cabeza en desaprobación.

La presencia de un sujeto sospechoso en un auto estacionado en el motel los puso una vez más en alerta, y extremando precauciones Fidel dio la orden de salir al punto de reunión, algunos en auto y otros por sus propios medios, como fue el caso de Ernesto, que después de horas pudo encontrar un taxi que accediera a llevarlo a Poza Rica. Allí llegaron los que estaban en Tecolutla mientras los de Tampico emprendían el viaje a Tuxpan, casi cien personas coordinadas e intentando pasar desapercibidas.

En la agitación de las horas que se desvanecían, Fidel encontró el tiempo para dejarle una carta a una pareja de amigos:

«para el caso de que caiga en la lucha dejo a mi hijo al cuidado y educación de los esposos Ing. Alfonso Gutiérrez y Sra. Orquídea Pino. Tomo esta determinación porque no quiero que al faltar yo caiga mi hijo Fidelito en manos de los que han sido mis más feroces enemigos y detractores. [...] Lo dejo por eso a quienes mejor pueden educarlo, el matrimonio bueno y generoso, que han sido además nuestros mejores amigos en el exilio y en cuya casa los revolucionarios cubanos encontramos un verdadero hogar. Y al dejarle a ellos mi hijo, se lo dejo también a México, para que crezca y se eduque aquí en este país libre y hospitalario de los niños héroes, y no vuelva a mi Patria hasta que no sea también libre o pueda luchar por ella».

También dejó varios telegramas que daban cuenta de su salida, para ser enviados a las provincias de Cuba dos días después, para desatar las revueltas que protegerían su paso de la playa a la Sierra Maestra. A Frank le avisó que llegaría el 30 de noviembre a Playa Las Coloradas, en la costa oeste de Oriente, pero en ambos casos se equivocó.

La capitanía de puerto en Tuxpan recibió la solicitud de navegación de Antonio para esa madrugada, con el supuesto propósito de llevar a unos amigos a pescar a la isla de Lobos. Debido al norte que se aproximaba, el capitán se negó a darle el permiso para doce personas. Antonio asumió la responsabilidad del viaje y usó toda su capacidad de persuasión para que el papel saliera de allí firmado; luego siguió a la casa y ayudó a cargar el barco con armas, municiones y equipo, además de quince sacos con naranjas, chocolates y un par de jamones.

El embarque estaba en proceso cuando llegó Fidel, aunque la mayoría llegaría esa noche desde varios puntos y por una amplia variedad de medios. Los que iban en auto apagaban las luces antes de llegar a la casa y luego lo escondían; los que venían de Tuxpan cruzaron el río en barcazas rentadas, bajo la lluvia y en plena oscuridad. Varios de ellos, armados, se colocaron como postas para indicar el camino a la casa, y un centinela con una subametralladora Thompson daba instrucciones en voz baja y permanecía atento a cualquier movimiento sospechoso en los alrededores. Ernesto llegó en auto con dos compañeros y al instante se unió a la carga, consciente de ser un engranaje más dentro de una maquinaria que los rebasaba a todos; se concentraba en cada detalle de la operación para zarpar lo antes posible. El *Granma* estaba lleno de armamento, medicinas y de la poca comida que lograron juntar en esas horas finales, con un espacio reducido para los rebeldes. Antonio acomodaba cajas, cargaba subametralladoras y metía las pistolas que debían de tener a mano en caso de que las necesitaran durante la salida, dispuestos a batirse a tiros con quien se cruzara en su camino.

Cubierto con una capa negra para protegerse de la lluvia, Fidel tomó una Thompson para supervisar el camino fangoso que separaba la casa de la tabla de madera que usaron de puente de abordaje, en medio de un silencio solo interrumpido por pisadas. Algunos de los que llegaban se saludaban sin hacer ruido, unos entraban a la casa y otros eran conducidos directamente a su lugar en el *Granma*. Uno de ellos, como el resto, era la primera vez que veía la embarcación y preguntó:

—¿Realmente ese es el barco?

—Claro.

—Parece imposible que pueda trasladar a tanta gente. ¿Cuántos vamos a ir?

—Cerca de noventa.

—¿Estás seguro?

—No importa ni la cantidad de hombres ni los problemas que tiene todavía uno de los dos motores. Estoy seguro de que llega a las costas de Cuba.

Y la verdad era que no tenía más opción que creérselo, sumido en una situación que no podía ser más crítica. Aunque Fidel no lo sabía, en esas horas, Gutiérrez Barrios recibió cierta información sobre su partida, y en una máxima prueba de amistad tomó la decisión de postergar la pesquisa por veinticuatro horas. De no haberse topado con un hombre que supo ver lo que valía, la suerte del movimiento pudo ser otra, y la historia de Cuba también.

Con la carga completa la tripulación estaba lista: capitán, segundo capitán y piloto, primer oficial, dos timoneles, un maquinista, un telegrafista y el resto hacinados como sardinas, pero Fidel no quería irse sin los que faltaban. Vio el reloj de nuevo y no le quedó otra que zarpar, luego despedirse de un abrazo del puñado de gente que se quedaba en tierra, a las dos de la mañana del domingo 25 de noviembre. Soltaron las amarras y encendieron los motores para avanzar río abajo con ochenta y dos a bordo, en el más absoluto silencio y sin una sola luz encendida. Los vigías ocuparon sus puestos; el capitán a ratos apagaba los motores y se dejaba guiar por la corriente del río Tuxpan, lentamente, y sin que el ruido de las máquinas destruyera ese sosiego, hasta cruzar frente al faro que anunciaba las aguas del Golfo. Confrontado con las olas que salpicaban por encima de la cubierta, el capitán aceleró motores, el viento rugía a su alrededor y la lluvia arreciaba. Bultos no asegurados caían por todas partes. Encendieron las luces, y al sentir que estaban fuera de peligro se dieron todos los abrazos que se habían guardado. Entonaron el himno nacional y la marcha del Movimiento 26 de Julio, sin saber que allá los esperaban cincuenta mil hombres armados con tanques y cañones, diez navíos de guerra, quince guardacostas y setenta y ocho aviones de combate, con soldados, policías, guardias rurales y un eficiente servicio secreto de seguridad, además del apoyo yanqui traducido en artillería, entrenamiento, explosivos, aviones y bombas de napalm que podían cargar en la estación naval de Guantánamo, en la costa de Oriente. Una revuelta de ochenta y dos personas contra aquella fuerza descomunal parecía una empresa suicida.

Nota bibliográfica

Pese a ser una obra de ficción quiero aclarar que inventé poco. Es decir, la mayoría de las acciones narradas sucedieron, o al menos eso claman sus protagonistas o los historiadores que revisaron las vidas de esos protagonistas. Me tomé algunas libertades literarias y le di una estructura, aunque creo que mi función más importante al traspasar los hechos al mundo de la novela histórica fue de sustracción. Reduje el foco a cuatro personajes principales y a un puñado de secundarios, y solo incluí los hechos esenciales para la trama que me interesaba contar. Recreé también algunos decorados, si bien pocos. Donde sí cabe una explicación más minuciosa es en los diálogos, que a su vez dan pie a la bibliografía.

Buena parte de los protagonistas de los eventos previos a la revolución escribieron libros, con la gran excepción de Fidel Castro, y en muchos de esos libros hay diálogos. Imposible saber si el autor o la autora en cuestión los inventó o si están fielmente basados en sus conversaciones. Lo que me planteé desde un principio fue respetar en el mayor grado posible las voces de cada uno, y me parece que incluir los diálogos que decidieron reproducir en sus recuentos biográficos es una manera de hacerlo. Hay dos fundamentales: *Mi aporte a la revolución cubana,* de Alberto Bayo, y *Che Guevara. Años decisivos,* de Hilda Gadea, ambos pródigos en diálogos y descripciones. El título del de Gadea es engañoso porque, aunque es claro que habla largo y tendido sobre el Che, lo más significativo del libro está dedicado a ella, a lo que sentía y a cómo ella veía las cosas. En contraste, *Otra vez*, el diario del Che que abarca esta época, casi no hace mención de Gadea, y se interrumpe antes de empezar los entrenamientos para una expedición que él nunca menciona. Usé dos entrevistas a Fidel Castro: *Biografía a dos voces,* de Ignacio Ramonet, y la de Arturo Alape para *El bogotazo. Memorias del olvido.* También usé fragmentos de *La historia me absolverá.* Cada vez que me fue posible dejé intactas las palabras de todos ellos, bajo el espíritu del respeto a aquellas voces, aunque la mayor parte de los diálogos a lo largo de la novela son míos.

Documentos invaluables en mi investigación fueron los dos tomos de *La palabra empeñada,* de Heberto Norman Acosta, que dan fe con extraordinario detalle de cada paso que dieron en México y en Cuba no nada más mis personajes, sino casi todos los que participaron en la expedición del *Granma,* y los que se quedaron a organizar el movimiento en la isla. Es un fiel recurso para cualquier historiador de este periodo, sin el cual me habría visto perdido en más de una ocasión, llegado a mí por la más hermosa vía. Y para complementarlo recurrí a *Huellas del exilio: Fidel en México, 1955-1956,* de Otto Hernández Garcini, Liliana Núñez y Antonio Núñez.

El diario del Che, para efectos de la novela que me disponía a escribir, es bastante escueto, en cambio las biografías de Jon Lee Anderson y de Paco Ignacio Taibo II fueron imprescindibles. En el caso de Taibo va más allá del mero recuento de una vida: gracias a la bibliografía que generosamente incluye después de cada capítulo, pude empezar a conocer el mundo de información que hay detrás de los hechos que aquí se cuentan. Mi profundo agradecimiento a su fina labor de biógrafo.

Cabe mencionar también la biografía de Tad Szulc sobre Castro y la de Luis Díez sobre Bayo.

Hay dos mujeres admirables que también dejaron escrito su testimonio, y que merecerían un espacio mayor al que cupo en esta historia. *Cuba y Castro,* de Teresa Casuso, es una lectura obligada, sobre todo para quienes van en busca de la visión de los traicionados por la revolución. Después de ser la delegada de Cuba ante la ONU decidió exiliarse en Estados Unidos, en pleno reproche ante la dirección en la que Castro conducía al país. *Albizu Campos y la independencia de Puerto Rico,* de Laura Meneses de Albizu Campos, fue otra fuente primordial, complementada por *Guerra contra todos los puertorriqueños: Revolución y terror en la colonia americana,* de Nelson A. Denis, para quien esté dispuesto a comprobar que la historia puertorriqueña durante el siglo XX fue más dura que la de cualquier otro pueblo latinoamericano, dada la profundidad del horror y las décadas que lo sufrieron.

Para el golpe de Estado guatemalteco está el libro clásico de Stephen Schlesinger y Stephen Kinzer, *Fruta amarga. La CIA en Guatemala,* y para el tema argentino de la época, *La caída de Perón. De junio a septiembre de 1955,* de Julio Godio.

Para llegar a la pequeña lista arriba mencionada consulté alrededor de treinta títulos, de entre los que falta subrayar dos más de Bayo: *Tempestad en el Caribe* y *Mi desembarco en Mallorca*; *Simón Bolívar,* de John Lynch; y *Cuba: La lucha por la libertad,* de Hugh Thomas. El documental *La huella del doctor Ernesto Guevara* de Jorge Denti también fue un recurso.

Al resto le debo menos.

Quiero agradecer a la Biblioteca Daniel Cosío Villegas del Colegio de México y a la Biblioteca Central de la UNAM, especialmente al Fondo Reservado.

Este libro no solo está dedicado al pueblo cubano, sino a los pueblos latinoamericanos en general y a los movimientos revolucionarios en particular, para que el pasado nos obligue a apreciar el presente e ilumine nuestro futuro.

México, mayo de 2019